家在巴山

杜文涛 著

陕西新华出版传媒集团
太白文艺出版社

图书在版编目（CIP）数据

家在巴山 / 杜文涛著. -- 西安：太白文艺出版社，2020.3（2023.2重印）
 ISBN 978-7-5513-1825-9

Ⅰ. ①家… Ⅱ. ①杜… Ⅲ. ①散文集－中国－当代 Ⅳ. ①I267

中国版本图书馆CIP数据核字(2020)第033979号

家在巴山
JIA ZAI BASHAN

作　　者	杜文涛
责任编辑	姚亚丽
封面设计	赵　立
出版发行	陕西新华出版传媒集团 太 白 文 艺 出 版 社
印　　刷	三河市嵩川印刷有限公司
开　　本	787mm×1092mm　1/32
字　　数	203千字
印　　张	9
版　　次	2020年3月第1版
印　　次	2023年2月第2次印刷
书　　号	ISBN 978-7-5513-1825-9
定　　价	52.00元

版权所有　翻印必究
如有印装质量问题，可寄出版社印制部调换
联系电话：029-81206800
出版社地址：西安市曲江新区登高路1388号（邮编：710061）
营销中心电话：029-87277748　029-87217872

杜文涛

中国民间文艺家协会会员，陕西省作家协会会员；陕西省岚皋县文联主席、岚皋县作家协会主席。出生于岚皋县城，初长于南郑县玉泉，求学于古城西安。曾在《品读》《中国艺术报》《华侨报》《延河》《陕西日报》《人民日报》及《人民日报》（海外版）等发表散文及各类文学作品。著有报告文学集《创业巴山》、散文集《巴山深处》，主编有地方文化专著十余部。有散文作品入选初中语文课外读本和中考语文模拟试卷。

序一

读杜文涛散文集《家在巴山》

朱　鸿

我和杜文涛不熟,这也很好,因为有往来的关系,便会产生关系的负担。我和司马迁、苏东坡都是不熟的,这反倒给了我思想的空间。当然,读其书而知其人的道理,我也坚信。

杜文涛应该是一个深受儒家文化影响的作家,这种人格意象一再从其作品中浮出。进退适宜,行止不失规矩,即使作品也多选择可以反映家国之情和贤士之德的题材,并表现出温柔敦厚的诗教。久矣,中国传统文化,包括儒家文化,遭到了怀疑、批判和摧残,其危害是,它导致人往往不知道如何生活才合乎情理,遂畸形与失态迭现。以此角度观察杜文涛的作品,其思想价值是值得肯定的。

实际上这部散文集的题材并不单一,他自己也做了分别。凡山水、贤达、士绅、宗族、老师、朋友及序跋,咸有囊括。散文这种文体,唐宋八大家也不过辄取如此题材,然而杜文涛用的是现代汉语,遂抒发的是现代意味。他是本分的,不过写作完全可以放荡。

不管杜文涛表现什么,他的叙述都很克制。我以为这是他突出的艺术特点。对自然风光、社会生活及自己的感受和见解,

1

杜文涛显然都在反复推敲,寻找准确与生动的词语。句子或长或短,或引用诗词,他都不喧哗,不夸张,保持着一种度。关于祖父或别的亲情的作品,我看得出杜文涛无不情深而义厚,每每激动。他感到的自己精神上的缺憾或悔恨,总使他心潮澎湃,肺腑纠结,甚至要哭,然而终于纳入了情理之中。"乐而不淫,哀而不伤",他似乎谙熟并常在体验。"修辞立其诚",他似乎深明其意,遂怀真挚、敬畏和中正之心。不过文章放荡,并非不可。

此书最感动我的,我印象最深的,是杜文涛关于祖父的追踪和想象。

他叙述家乡岚皋及清末各类人物的作品,显然也兼具方志和文化人类学的史料价值。

2019年9月19日于窄门堡

(朱鸿:著名作家,陕西省作家协会副主席,陕西省写作学会会长、陕西师范大学文学院教授,有《西楼红叶》等三十余部散文集行世。)

序二

二哥文涛

杜文娟

我们家是知识分子家庭。父亲20世纪50年代毕业于汉中农业学校，懂医理通文史，所以我们家识字的人多，算账的人少，到现在我也不知道牌有几张麻将有几枚。

我们家过去很穷。因为父亲被打成右派，工作没几年就被开除公职，直到改革开放初期才被平反，所以我们兄妹从小胆小、老实、自卑、隐忍。当然长大之后也有变化，比如小弟文凯当过解放军特务连指导员、扫雷队政治教导员，在中越边境大排雷中荣立战时二等功。连大学都没有考上的小妹也成为能说会道的导游，国内国外说走就走，无论面对达官显贵还是乡野村夫，张口就讲。

我们家兄妹六人，属于多子女家庭，这也是致贫的重要原因。父亲刚平反那几年，一家人住在一间租来的土坯房子里，无门无窗，晚上睡觉前把一块木板挡在门上，后面用扁担抵住。我最怕的是下连夜雨，正睡得迷迷糊糊，雨滴从石板瓦缝落到脸上，扯起被子就往头上盖，另一头的大妹妹自然被淋醒。

拮据的生活使我们常产生怨气，我们怪罪父母生得太多，父母则一言不发。春华斑斑，岁月荡漾，当我们全都自食其力衣食无忧以后,谁也不提当年的辛酸,但内心的愧疚是真实的,举国上下都挨饿的时代,哪有温雅高贵的子民?

文涛排行第二,我第三,很长一段时间,他都是全家的依靠,无论叔家舅家,大小事他都放在心上,还经常陪母亲散步聊天看电视。二老归去以后,我回娘家,自然是回二哥二嫂家。他们家有一书房的书,二十平方米的书房,除过门窗,四壁全是书架,据说是岚皋县私人藏书最多的人家。这大概也与父辈的身教有关系,父亲离开我们的时候,身边还放着四卷本姜黄色精装版《资治通鉴》,折页的指温依稀尚存。

以前我看见别家门楣上有"耕读传家""晴耕雨读"字样,就羡慕这家人。随着年龄的增长,我逐渐意识到尽管家里没有地可种,有书读也很知足。读书是生活的一部分,是一辈子的事,读书当然也有入世的收获,文涛就从初中生读成了大学生,从临时工读成了公务员。对机械不敏感的他还学会了用电脑和开车,文章还上了《人民日报》《中国艺术报》《延河》等多家报刊。

有人说,人的悲哀是一生可以选择朋友却无法选择出身和亲戚。风雨几十年,我觉得我们家每个人都可亲可爱,温暖如春,互相体恤,互帮互助。有一次在我西安的家里,一家人围坐在一起享用着美食,我正在想如果父亲活着该多好啊,二哥脱口而出"老爷子在就好了"。我心生感动的同时,对心有灵犀更加信服。

我的文学启蒙来自父亲和二哥。父亲归去以后,愈加理解能说出来的苦不叫苦,能写出来的痛不叫痛,很想跟母亲和亲戚梳理一下我们的过去,但我怕自己承受不住这份疼痛。某一天二哥忽然发来洋洋洒洒数万言的《父亲年谱》,看到题目,我便潸然泪下。恰在这个时候，我正在创作长篇小说《红雪莲》，三十多万字中，男一号着墨十余万字，这个主人公就有我父亲的影子。从这一点也可以看出，文涛更注重写实，不管是他的散文还是纪实作品，都有文献文本的特点，也不失温润温暖的情怀。偶尔，有人告诉我："还以为那篇文章是你的，读一会儿就发现不是你的风格，思考更深邃，行文更缜密，仔细看署名，原来是杜文涛的作品。"这本集子收录的大部分作品都公开发表过，有的品质很高。有一次看见他桌上摆了几摞《人民文学》《散文选刊》，他说只读散文。我就想，不管写什么体裁的作品，一定要读经典，特别是长篇小说。长篇小说是海纳百川的文体，文字自然泉水般流淌。但我没有告诉他，我不想看见家人辛苦劳累。事业是讲给别人的，享受是讲给亲人的。

　　记得母亲曾经对我说，她这一辈子值得了。我就跟她开玩笑："你以后见我爸的时候，一定告诉他我们都生活得很好。"然后轻松地探讨她百年以后穿几套衣服，贴身穿什么，外层穿什么。她就哈哈大笑，灿烂地说："好的，好的。"那一刻，我特别幸福。同时也希望未来的日子，我们的后人也能时常有这种感觉。

　　近年来我常常思考一个问题，我们家三四代人的经历，就是中国百年历史的一个缩影。我们这一代尽管先天不足，但比起父辈要幸运得多，父辈比他的父辈看到的曙光要多，那光亮，就是我们。我的爷爷可能是一位远征军，至今有影无踪。我们的下一代有五个在省会城市读书或工作，其中文涛的孩子正在读博，而且是文学博士。孩子们重要的是健康阳光，不给亲人添麻烦，不给社会添乱，在我看来这就是成功的标志。

短文似乎与文学无关，但在亲情面前，其他都是过眼烟云、昨日彩虹。我们是一家人，永远在一起，才是最重要的。

以此献给远去的先辈和深爱的双亲，是为序。祝二哥文涛散文集《家在巴山》在我们的生命历程中发芽开花，文脉绵长。

2019年10月8日于子规阁

（作者系杜文涛之胞妹，中国作家协会会员，中国报告文学学会理事，著有长篇小说《红雪莲》《走向珠穆朗玛》等十部作品。作品获多项奖，并被翻译成多种外文出版。）

自序
一路走来亦牵魂

杜文涛

自己都没想到,这一生与文字结上缘了。

文字其实与谁都会有缘分的,缘得不知道艰难困苦的人,缘得不系身外高处诱惑的人,才会去操持文字。

父亲喜爱文史,头戴右派帽子,身着汗衣,躬身下放回原籍汉中盆地黄土地上劳作时,从岚皋到南郑运徙的行李中,一木箱兽医书里间杂着《远离莫斯科的地方》《在遥远的海岸上》《红色的保险箱》三部苏联小说。一本枣红色硬纸壳封面题有"和平"字样的笔记本里写满了文采斐然的小诗和短文。我一手牵着牛缰绳,一手捧着那竖排版繁体字的书,在田坎上放着牛,也在书里放飞着心绪,尽管好多字并不认识,尽管那俄国人的一长串名字难以记住。父亲见我爱看书,有一次从高台赶集归来给我买回一本《智取华山》的连环画。我知道父亲是喜欢我读书的,连环画封底标价八分钱,我常去杜家湾分销店里买的火柴一盒才两分钱。父亲还不知从哪儿给我找了一本破旧得无头无尾的,描写白洋淀抗日英雄牛大水、杨小梅的长篇小说,多年后我才知道那本书的名字叫《新儿女英雄传》。

夏天的晚上我和哥哥去秧田里捉黄鳝。我们提前用三片硬竹片做成火钳状的黄鳝夹,半边两片半边一片,竹片前端削成锯齿形,手持下端部位打个眼,用铁钉贯进后砸弯做成轴杆固牢,合而若铡,开合自如。黄鳝白天藏匿,夜间出洞,于水中纳凉,此时为捕鳝好时机。月光下操一只黄鳝夹子,发现水中有鳝,双手持牢鳝夹快速插入水中,剪刀似的一夹,黄鳝瞬间被擒。若无月光,便用手电筒,只要下田都会在蛙声中有收获的。黄鳝配上去村后寨山上放牛揹回的野韭菜做的汤,是穷困日子里的美味。木盆里积得多了,逢上高台、周家坪集市日,又恰遇上星期日不上学,我们便用竹篓把黄鳝装了提到集市去卖。若星期天碰不上集,我们便把竹篓提到连山姑姑家不远处的一家军工厂门外,那骑着锃亮自行车、揣着公家工资的人,视黄鳝为稀罕物哩。卖黄鳝的钱,我记得先买了小人书《小马过河》《闪闪的红星》,后又买了浩然的长篇小说《西沙儿女》和叶辛的中篇小说《高高的苗岭》。

上学时不愿学的是数学,喜欢的是语文。上西沟坝初中时,老师几次在课堂上表扬、解读我的作文。个子瘦小、坐在前排座位上的我,羞怯又兴奋。

工作后的第一个单位是药材公司,先随老同事们下乡到药场、到农户家指导种植杜仲、黄连、天麻、党参、牛夕、大黄、云木香等中药,后又在公司药材收购门市部里鉴别、收购药材。在药材地头、树疙瘩火堆旁,听到了令我耳目一新的民歌和传说故事,或记或抄,集成了几大本。可以说,我一直在读乡间文学这部巨书。工作上的亮点,我试着写成了新闻稿,稿件变成了广播上的声音,变成了报纸上的文字。几年后参加了一次招考,我成了一名县级广播站的专职新闻从业人员。后来,我考上了西安一所成人大学,学中文。三年学满回来后先后转了几个部门给别人当秘书;后来,我给自己当秘书。

文字伴随我一路跋涉,先是新闻,后是公文,案牍劳形中始终偏爱的还是文学。文无定法,写过诗,写过小说,写过报告文学,后自忖散文最能表情达意,随心随性,可咏可唱可吟,或叹或喊或泣,便多青睐这舒缓恬适、地气最浓的小文体了。

文式虽小,写好难之又难。散文是最为古典的,陶渊明《五柳先生传》一百七十一个字,却传之千古。苏子瞻前后《赤壁赋》均不逾千字,树为后学典范。

安康清初文坛大家刘应秋半城半乡,常到当时的砖坪即今天的岚皋别墅小住。康熙十八年(1679)九月,他再次步行到岚皋,初六发郡城,十五日抵砖坪别墅,行程十天,亦乘船亦陆行,遇洪水邂故人,叙景致记夜话,字虽五百,却文采斐然,有意有境,收放有致,详略得当,破了日记体或流水账式旧套,似有"增之一分则太长,减之一分则太短;著粉则太白,施朱则太赤"的登徒子欣赏美色之叹。道光年间,岚皋孟石岭大小毛家沟一带赌博成风,弃儒经商、奔母之丧返家的地方文士宋德隆看到此种境况,和几位乡绅商议说:"赌则输数百金,讼亦费数百金,与其为无益之行,莫若广有余之福。"遂动员乡亲禁赌,集所赌所讼费用修建大小毛家沟两座石桥,以解决乡邻过河之不便。宋德隆在桥建起后勒存的《双丰桥建桥碑记》中为建桥前大小毛家沟写道:"春夏汪洋,水石相搏,声若洪钟,涛澜汹涌,势莫敢凭;秋冬涟漪,风霜雨雪,水冷冰寒,揭厉虽能,人皆病其涉也。"碑文对桥建起后桥边景色描绘道:"若夫野芳发而幽香频来,佳木秀而繁荫相映;风霜高洁,水落而石出者,此桥之

9

四时不同也。至于日出而林辉，云归而壑暝，朝曦一色，皓月千潭，晦明风雨，变化而无穷者，此桥之朝暮各异也。"不到五百字的碑文，字字珠玑，情理相融，词句华丽，古意深邃，读之似身处岳阳楼下恭读范公美文，慨然叹息古时巴山老林里的岚皋，竟有如此心旷神怡之文字。

思想是种流体，世事总在生发。散文从小处萌态，亦在新时期里分蘖壮枝，向大散文式走进，篇幅由短向长，主题由微见强，继承古典散文大而化之的传统，单章数万字，甚至独篇成书。闲来从晨到晚阅不尽一篇，没了散文传统意义上的短和小了。心静时数天读完一篇散文，觉得内涵与分量还是与长长的篇幅相当的。生活是多彩的，文学也应多姿，小也好大也好，短亦可长亦可，只要言之有物、言之有味，都是人喜爱的，也是我所喜爱的。宋末樱桃进士蒋捷曾填词："人爱晓妆鲜，我爱妆残。翠钗扶住欲欹鬟。印了夜香无事也，月上凉天。"

2015年年底，从事了三十多年行政工作后，我退居二线，有了自己的时间可以给予喜欢的文学。在文学上的砌筑与爬行是艰难的，宛如崇山峻岭陡峭狭道中一匹茕然孑行无助的狼，迷惑而又凝滞。孤寂也罢，风雨也罢，饥饿觅食之欲，飞涧越崖之困，搏击和鏖战，战栗与较量，无以乞助，孤苦无依，都只能属于自己，属于毅力的坚守，属于精神的贯通。长久的蓄势，漫长的过程，挣扎在某一瞬息，迎来一片豁然，拥抱一场欢畅。当一个人真正领悟了淡泊并在文字的荒原上身体力行的时候，直面困苦不再言惧，纵有疼痛，纵有悲怆，也定会在路旁闪烁出的景色里，走过百味的行程，越过纷扬的美丽，忍痛抚伤，一路向前，慨然而往，就像那踽踽而行的狼，走上一段坡道，再面向一段坡道。

文学的大地上已耸立起太多太多座巍峨的山峰，那是云雾翻飞的群山的世界。自知功力不济，天资平平，又年逾天命，绝不是攀山选手。但我喜欢看雄奇峻朗的高山，喜欢看山间变幻缭绕的云岚。烟云中，我很难看清我要走的路，却尽力辨识着自己的路，努力爬我眼前的一座座小山、小岭。站在山下仰望，群峰高耸入云，那是我这一生中只可遥遥远望的山巅。在文学这条漫长而又险峻的小路上，我只奢望自己是个永远的攀爬人。

　　前年秋自驾走了趟香格里拉。在那里听到了一首歌，隐约还记得："阿哥是茂密的如意树，阿妹是吉祥的格桑花。阿哥哟，找得到心爱的人儿你就成家，找不到心爱的人儿也别去当喇嘛。就是去当喇嘛哟，也请你停停脚，用你的青稞酒呀，去浇一浇路边的格桑花！"

　　行行复行行，怅怅又怅怅。一路走来亦牵魂，路的前方是遥远的地平线。尽管音微若蜂、光似燔火，尽管无力到达，但在通往前方的天路上，总会采撷到沾濡着露珠的格桑花。那是会给人的生活带来吉祥的花朵，那是会给人的生活增添诗意的花朵。我愿意往前走着，去迎接格桑花的芬芳。

2019年1月30日写于岚皋县城肖家坝

目 录

第一辑 山水如是

风信子在早春开放 ………………………………………… 3

春到梨树垭 …………………………………………………… 8

夏至天池村 …………………………………………………… 13

秋走桂花村 …………………………………………………… 21

冬行小沟村 …………………………………………………… 27

雾漫全胜寨 …………………………………………………… 34

第二辑 今之视昔

家在巴山 ……………………………………………………… 43

岚皋清朝女名人杜继燕传略考析 ………………………… 64

深山故纸徐徐香 …………………………………………… 73

古诗幸喜现世来 …………………………………………… 85

荒田一片石 ………………………………………………… 90

杜氏多有行医人 …………………………………………… 95

岚河谢氏三进士 …………………………………………… 98

进士谢馨和《海月楼诗文杂抄》 ………………………… 104

清末留给岚皋的一段记忆……………………………… 113
或恐是同乡…………………………………………… 133

第三辑 援翰思旧

我那不知所终的爷爷……………………………… 185
怀念父亲…………………………………………… 191
岚河与您相伴……………………………………… 202
小城从此无"小城"………………………………… 210
青山绿水为您送行………………………………… 214

第四辑 序跋记言

沉甸甸的稻穗……………………………………… 219
岚水悠悠…………………………………………… 222
灵动的声影………………………………………… 225
巴韵依依…………………………………………… 228
山城谁人不识君…………………………………… 231
墨迹历久弥香……………………………………… 236
原来乔木这么美…………………………………… 240
让历史告诉未来…………………………………… 244
厚重的人文………………………………………… 248
山歌子来动人心…………………………………… 251
让传说永留世间…………………………………… 255
未曾远去…………………………………………… 259

后　　记…………………………………………… 265

第一辑　山水如是

　　屋侧斜躺着从树林里蜿蜒淌出而又不舍昼夜的小溪，或许这便是这片土地的水源头了。水潺潺，水盈盈，水涣涣，水荡荡，水的声音和成了一曲乡野小调，拥半山秋色，携半岭灿烂，跌宕着，起伏着，秀雅和鸣地向前流去。一块蛤蟆状的石块前的水潭边，一个上穿青衣下穿黑裤的女人蹲着揉洗着甚物，看不清她的面容，不知道她是否漂亮，却听到了一阵优美的山歌声。

気吹木山　第二篇

风信子在早春开放

20世纪80年代初,正值青春年少的我,报名参加了陕西青年自学大学,在马家骏教授主编的《外国诗文选读》教材中,我第一次接触到外国文学作品。书中第一篇作品便是希腊女诗人萨福的《一个少女》。诗作忧郁的情调深深地打动了我,看过几遍后我便记入了脑海,三十多年了,今天仍能背诵。

一个少女

好比苹果蜜甜的,高高转红在树梢,
向了天转红——奇怪,摘果的拿她忘掉——
不,是没有摘,到今天才有人去拾到。

好比野生的风信子茂盛在山岭上,
在牧人们往来的脚下她受损受伤,
一直到紫色的花儿在泥土里灭亡。

读过这诗后几年,我有幸考入古城西安一所成人高校中文专业班,正规的高等院校文科教材《外国文学作品选》四册本中,排在第一卷古代文学部分前面的,也是萨福的这篇作品。我记住了萨福,记住了那位如被弃的苹果、如被踩踏的风信子一样哀怨忧伤的少女，更记住了开紫色花的风信子。

　　风信子是什么样儿呢？当时想过，但尘世间的事儿太多，掩卷后便很快沉入记忆深处了。前年春天，我到县城郊一个镇政府办件公事，走进如花般模样的女镇长的办公室，还没开口说话，便被桌上一盆紫色花的香气所吸引。我侧目注视，花为单株，根部球状卵形，似小洋葱。花端放在桌面上，和电脑主屏高矮相近。淡紫色的小花如风铃般优雅地攒在花柱上，那一茎幽幽的紫，略有间隙地聚在一起，点缀在仅有的几片宽窄有致的绿叶间，所呈现出的那种简单、别致、优雅的美，让人眼前一亮。

　　男人对花鸟虫鱼本不敏感，眼前的花我并不认识。女镇长告诉我，这花名叫风信子，种子是从网上购回的。风信子？我脑海里第一时间跳出了萨福《一个少女》的诗来。紫色的风信子！花是紫色的，这正是那诗中的风信子呀！我有些激动了。我凑近花前又仔细地观看。花叶有六七片，带状似桃叶形；叶片肥厚，绿色有光；花茎肉质、中空，间有密生小花横向生长；花冠呈漏斗状，每朵花有六片花瓣，向外侧下方反卷。绿色的叶，紫色的花，和窗外的桃红李白一起，呈现出了一派生气勃勃的早春气象。

　　缥缈而又遥远的风信子走到了我的面前，变得如此亲切而又亲近，可触而又可感。知道我如此钟爱风信子，单位一位善养花草的同事不知从哪儿给我找来了一盆，花也是紫色的。馥郁的花香在不大的办公室里弥漫了一个春天。

　　去年春节前，岚皋县城新添了两家花卉专卖店。傍晚去岚河河堤散步时，我走了进去。邂逅了风信子，目光便专寻风信子，在临墙的一排花架上，铺展着几十盆已露出春景面庞的风信子。

有的刚刚萌出绿芽，有的已长出绿叶。含苞欲放的花蕾中依稀可见紫、白、红、蓝、黄、粉多种花色。我这时才知道，风信子不是唯有紫色。最美不过初相见。人和人之间的初次相识大都是美的，人和物之间的初次相识也大都是好的。我知道的风信子是开紫色花的，开着其他颜色花的风信子并不是我的初识。花店卖花的小姑娘要给我讲解花色与花语，我挑了盆紫色的风信子，付了款，不顾路人的目光，逛着河堤，抱着回了家。

"扰扰匆匆尘土面，看歌莺、舞燕逢春乐。"又是一年春来到。今年立春过后，我又想起了风信子。去年那盆风信子，在开放了一个春天枯萎后，我随手摘去枯叶将其放在客厅窗台一角，再没光顾过她了。我找到被我冷落了近一年的花盆，想倒出盆中的枯根和土，拿空花盆到花店去新栽一株风信子回家。当我捧起花盆时，我竟不敢相信眼前所看到的景象：那枯黄的鳞茎根头上端竟萌出了菽豆般大小的绿色嫩芽来。天哪！风信子没死，风信子活了！我仔细地看着，轻轻地剥去根茎上的枯皮，里面露出了葱紫色的活体。我喊叫起来，喊叫声引来了家人。要知道，风信子从去年暮春开放枯萎后，被搁置在那儿一年，我已忘却她了，没给她浇水，没给她施肥，只想她是枯死了，甚至连目光都很少驻足在她身上！

花是需要怜爱的，我却冷淡了她，我太对不起这盆紫色的如少女般的风信子了。我忙上网去看，原来风信子是多年草本球根类植物，原产地中海沿岸及小亚细亚一带，是迄今发现的会开花的植物中最香的一个品种。全世界风信子的园艺品种有两千种以上，大多数为一梃花。15世纪开始，欧洲人开始人工种植风信子；20世纪初，国内开始引进。风信子喜凉爽，忌高温。一般种植方法为花谢叶枯后将球茎挖起放置阴凉通风处,到十月份随底肥再次种入盆中,浇水,施肥,培育生长。人工种植一般为一年一换种头,以免退化,花梃萎缩。

风信子在进入休眠期后是需藏置在阴凉低温处,也需少量水和肥的。无知的我,把她搁在每天阳光直射的窗台上,竟再没为她做任何事了。自生自灭、自灭自生的风信子呀,生死不惊,如萨福笔下那幽怨而又倔强的少女,又如一岁一枯荣的原上小草,拥有生生不息的生命力!

风信子啊!无水,无肥,有的只是空气、阳光,甚至是暴晒,她却在被我遗忘一年后,在一派枯败的景象中,孕育出了新绿。她什么都没有,拿什么活下来了呢?我的疑问,想来也是可笑的。或许世间就有这么一些适应干旱的植物,只要偶尔有几滴雨,或者有湿润的空气,它们就可以将水分最大限度地储存起来,慢慢消耗,甚至不消耗,如动物冬眠一样让自己活得极慢、极节约,慢至接近停止,节约至零消耗,以无量的耐力,把似乎毫无生存支持的漫长时日,化为短暂,创造出让人叹为观止的生命的奇迹!

风信子在早春开放。暴出了绿芽的风信子,一天一变样,几天一容颜,先是一片叶,再是两片叶,后来长到五片叶,叶片伸到竹箸高时,花茎开始从叶茎中央抽出,长出筒形的紫色花序来。花序端庄,花形奇异,花姿美丽,花色冷艳,在光洁鲜嫩的绿叶衬托下,恬静而又典雅。就着阵阵花香,我读完了喜爱的宋代词人蒋捷的词集《蒋捷词校注》。"流光容易把人抛,红了樱桃,绿了芭蕉。"也只有如此美妙幽怨的词句,才可以与美艳绝伦的风信子媲美!

"芳景三分才过二,便绿荫、门巷杨花落。"风信子开得艳丽,香得醉人,但也去得速疾。春天还没过去,桌上的风信子花瓣已现出焦黑的色泽。我知道,再过段时间,她便要完全枯干了。好伤情,花也难留,春也难留。枯萎,是为了来年的再生!我为她的新生而惊异,我为她的盛开而欣喜,我为她的枯老而叹息,我为她的来生而期待!待她花枯叶萎后,我会轻轻拂去她的残体,把她捧送在适宜之地,给她雨露,给她营养,为她祈福,为她迓迎,企盼和她相会在下一个早春的某个早晨。

"新绿旧红春又老,少玄老白人生几。"面对花开花落,人会想到很多很多。我们生命中的各种努力,说到底,都是与时间的抗争。惊异和欣喜是一种抗争方式,叹息和期待是一种抗争方式,重温和怀旧则是另一种意义上的抗争方式。重温和怀旧,就是唤醒记忆,寻找失去的时光。我们活在时间中,我们也活在记忆中,这便有了生命的意义。因对一首诗的喜爱,继而对风信子有一种执着的眷恋,我想,这便是一缕深深的重温和怀旧了。

风信子在早春开放!

2016年3月28日

(载于2016年4月29日《中国艺术报》)

春到梨树垭

"新春景，明媚在何时？宜早不宜迟。""九九"刚去，迎来了一个艳阳天，又恰逢周末，正是踏春好时节，我陪同家人去了县城外的梨树垭。

顺着城东太阳梁下通村水泥路盘旋而上十多分钟，小车翻过一道垭口，车头不再翘起，缓缓地驶入了平旷的村子。

梨树垭的名字由来已久，但梨树很少，李子树却处处可见。或许很多年前的某个时候，这里是有大片梨树的，要不咋会留下这么个让人向往、引人遐思的名字呢？乍寒早春，正是李子树花苞绽露之时，满坡架岭颗白色花朵从绿芽中挣脱而出，染白了月牙状的山峦。李子树的花是白色的，梨树的花也是白色的。多少年前人们在这里看到的景色，和眼前所呈现的应该是相似的。

下得车来，信步看着，信步走着。一左一右两条灰白色水泥路曲曲弯弯地向两旁月牙状的山坡纡去。主干路旁又岔出能看见又看不全的通户路，似靛色的树叶上布着阡陌四散的叶脉，叶脉串着一爿爿白墙灰瓦的院舍和院舍里关不住的春色。

山坡地势缓平，土质丰腴，青绿色的豌豆开出了粉白色的花朵，如蝶状的蚕豆花扑棱着似飞的翅膀，墨绿色的麦苗遮蔽了土地的本色，金黄色的油菜花招惹着蜜蜂乱舞，"丫"状的玉米苗在地畔里探着羞涩的面庞。路旁的塑料小棚里有着农人们垄育的辣椒和西红柿苗。地埂上的鱼腥草探出绛红色的伞叶，坡上的野小蒜已生出绿叶，树下的苦麻菜暴出了鹅黄的小花。馥郁的野菜勾起了我们的味觉，也时时地挂扯着我们的脚步。

太阳暖暖地照在我们的身上。空气中弥漫着春的芬芳。小树上歇着几只黄莺，眯着眼睛，歪着脑袋，耸着脖子，吮吸着花香，好似睡在春天里了。随意地嗅，随意地走。我们不经意地来到了一家小院。洁白的李花，粉红的桃花，紫红的玉兰，粉白的樱花，大红的紫荆，米黄的荣荑，雪白的梨花，粉中有黑的杏花，姹紫嫣红，异形多色。小院的主人是爱花的。我们钻进了花丛里，看着，闻着，抚着，亲着，笑着，闹着，一行人都拿出了手机拍着。

"你们看，莫把花撇断了呀。"有人说话了。我循声望去，一位少妇在屋里推开窗扇冲我们友好地打着招呼。说完话，她便来到院子里，喊我们喝茶。农妇穿一件窄身素衣，脚蹬一双平底布鞋，黑发亮眸，一看就是个能干的内当家，浑身透着乡下女人的勤快与干练。几句攀谈，我们得知男主人到屋后坡地里栽育红苕种去了，家里还有一个上小学的男孩，到邻居家找同学玩去了。少妇对着我爱人说道："大姐也是爱美之人，如若喜欢花，屋檐坎上那几树茶花开得最艳，你自己去撇几朵吧。"

天美，山美，花美，人美！踏春之人只能赏花，怎能撇花呢？这么艳丽的花朵不仅是我们看，还应该让有缘走进小院的寻春之人都能一睹她的芳容。我们急忙摆手谢绝了。撇花？折花？我们差点成了折花人！蓦然间，我脑海里跳出了南宋词人蒋捷的一阕词来："人影窗纱，是谁来折花？折则从他折去，知折去、向谁家？檐牙枝最佳，折时高折些。说与折花人道，须插向、鬓

9

边斜。"

　　主人很好客，我们在院子里坐了下来，沐浴着早春的暖阳，品着山泉水冲泡开的绿茶，环顾着四周明丽的红黄绿白，一时间，竟不知身在何处了。一缕微风吹过，有几片樱桃花瓣轻轻落在我的衣襟上，还有几片落在面前的茶杯里。落花勾起了人的思绪。记得有一年国庆长假，我们几位远行人在西湖边一家茶楼院子里小憩饮茶，有桂花簌簌飘入茶杯。地点不同，季节不同，花色不同，境况不同，其清绝雅致、不惹尘埃的滋味却是几近相似的。在俗世间俯仰久了，难得一家人有此半日闲情。小院清茶是好的，临风抚花是好的。茶让人静寂，花让人清越。"岁岁春光，被二十四风吹老。"人生苦短，静寂也好，清越也好，都是人间好滋味。我轻轻地端起茶杯，呷了一口茶，也呷进了一片花瓣。

　　辞别小院主人，我们继续往前走去，顺着乡间水泥路，爬过一段缓坡，来到了一个宽展的院落，一排白墙石瓦土屋透出浓浓的乡愁。房屋一侧是新修的白瓷砖铺就的水冲式厕所，另一侧养着一大群嗡嗡飞舞的蜜蜂，屋后房檐下整齐地码着一大排劈好的木柴。屋侧长着棵水桶般粗细的杏树，粉黑相间的花簇遮盖了半边屋檐。院子后面是大片的白色李子树林，间杂着花色或红或粉的其他果树。树林间长着几垄塌地而生尚有少许菜薹的白菜，最惹人注目的是两垄长出了半截身段的韭菜。

　　同一种食物，因为古今名字不同，给人的感觉便有雅俗之分。古籍《南齐书》中有一段记述：六朝的周颙隐居于钟山，清贫寡欲，终年食蔬。文惠太子问他蔬食何味最胜，他答："春初早韭，秋末晚菘。"寥寥八字，简洁雅致，让人向往。这里的

"早韭"指早初新韭,"菘"是大白菜的另一个雅名。当代作家汪曾祺1989年出版散文《蒲桥集》,在封面空白处自我撰文提示:"齐白石自称诗第一,字第二,画第三。有人说汪曾祺的散文比小说好,虽非定论,却有道理。此集诸篇,记人事、写风景、谈文化、述掌故,兼及草木虫鱼、瓜果食物,皆有情致。间作小考证,亦可喜。娓娓而谈,态度亲切,不矜持作态。文求雅洁,少雕饰,如行云流水。春初新韭,秋末晚菘,滋味近似。"

眼前这些韭菜,吮取了一冬的风霜雨雪,积聚了一冬的日月精华,在开春绽放出异彩来,绿油油地站立在寒气尚未退尽的早春里。天地造人必馈之于人合适的菜蔬,韭菜便是春季的最佳时蔬。乡间俚语说人间享受的"四香"道:"头刀韭、谢花藕、新娶的媳妇、黄瓜纽。"

看到这生机勃勃的韭菜,我说我们找主人买几把吧。屋子的主人是一对七十多岁的长者。听明白了我们的意思,两位老人说道:"自家种的不值钱,看得来割几把去,哪儿能要钱!"说话间,大娘去厨房取了把小菜刀下到地边,我们也忙跟去搭手,不大会儿便捧回了两大把韭菜回到院边。老人找了几把小木椅让我们坐,我们边理着韭菜边与老人搭话。老人说家里有一儿一女,都在上海成家立业了。女儿全家春节回来陪着过了年,正月十五过了才走的。我说:"你们到上海去过吗?"老汉说:"前年去住了个把月,高楼大厦人多太吵闹,不习惯,路又太遥远了,不想再去了。住在自家屋里自在呀。"

大娘从屋里又端出一盘自家熬制的红苕芝麻糖,一边要我们每个人都尝点,一边和我们扯着闲话。我咀嚼着老人的话,思忖了起来。老人黑发多夹白发,步态蹒跚,早过了喜凑热闹的年龄。"住在自家屋里自在呀！"这是浮华落尽、云烟过眼、人情观破、阅尽沧桑的透彻之语呀！这是独处中的大自在，自足中的大快活呀！

　　从老人家出来，我们回到了来时的路。下过一面坡，拐过一个弯，我回过头去，桃花红，李花白，老人家的房屋掩映在花木之中，只露出依稀的白墙、灰色的屋脊。我又想起老人的话来了。老人的话是对的，住在这里，上海是遥远的，这里之外的所有地方都是遥远的。倏然，我想起不知在哪儿读到过的一句宋词：这屋主人今自居！

　　这个早春，我来到了梨树垭。

2016年3月16日
（连载于2016年5月24、25、26日澳门《华侨报》）

夏至天池村

夏至的头一天，我来到了天池。

此天池非天山天池，也非长白山天池，只是岚皋县城东去不远的天池村。

车出县城，溯岚河而上不远，斜进岚河支流洋溪河，拐几个弯，便到天池村了。

洋溪河源头自巴山支脉天蒜坪而始，河窄水澈。河水潺潺地淌着，一路探寻而来，两岸是绵延的山，山上丛林茂密，流水被蜿蜒的山体盘成一个又一个弯道。河床上的黑石歪倒错落，河底卵石的斑纹清晰可见，小潭里有鱼虾在游弋，溪畔上丰美的花草绚烂。婆娑的水草，在水波的拂动下，似千百只素手在那儿轻轻舞动，温婉多姿，如梦如幻。她们与天空的云朵、两岸的景物一起倒映在水中，让人摄进了眸里，也印在了心里。溪水缓缓地淌着，两岸不时有更细的溪水和山泉水注入，百丝千缕，好似无数的血脉与之相通。这时时刻刻注入的流水，确保了洋溪河水始终澄澈、灵秀、新鲜、透亮，也让这寂静的河面顿生活力。

洋溪河是溪，洋溪河也是河。清清的河水静静地流着，藏在这大山的褶皱里，那么平静、悠闲、漫不经心，像溪边的每一座山头一样，恬静、平凡、从容而自由，又似山坡上的每一家农户过日子那样，绵延不断，没有尽头。

洋溪河流经天池村时更显柔情，河水一边紧挽着岚皋八大名山之一的羊角寨，一边豁然开阔出一片河滩地。一孔青石板小桥连接着过河人的脚步。石桥无款无识，不知在这儿存在多长时间了，石板光滑，泛着莹莹的光。桥头住着户人家，泥瓦平房，墙体白净，院落宽展，竹林摇曳，桃子红着脸颊，李子绿中映着白光。老翁拾掇着羊角锄，老妇刮着洋芋，儿子在屋檐坎上的魔芋地里薅草，孙子手里把玩着一颗杏子，屋里飘起了早饭的味道，那是用自产的菜油炒菜的香味，夹杂着土种苞谷糁的鲜味。灶房里的人应该是家中年轻的主妇了，从飘出的饭菜香味猜测，这也是位精干的女人。隔着爬满一簇簇牵牛花的竹笆围栏，我打量着小院，脑际里压不住地冒出阕宋词来："茅檐低小，溪上青青草。醉里吴音相媚好，白发谁家翁媪？大儿锄豆溪东，中儿正织鸡笼。最喜小儿亡赖，溪头卧剥莲蓬。"

绵延的农家依傍着绵延的山坡，缓坡形的山体修筑着一阶一阶的梯田和坡地，层层叠叠地摆出了一处又一处梯形地势。有田有地的地方便有人户，有人户的地方便有树木。房在山中，树在院中。在山坡上行走，迈步便置身树林中了。

正是六月初夏天，阳光金灿灿，田野绿油油。走在乡间小路上，到处弥漫着嫩叶和夏花那湿涩芬芳的气息。陪同我的，是三位在村上包村扶贫的单位同事。脚步声、说话声飘进树林深处，惊动了林间栖息的山鸟，有两只花长尾巴的锦鸡扑棱棱从林梢飞出，更唤出了一片清脆柔亮带着旷野味道的啼叫声。

早起的人们已开始在田间地头劳作，有薅苞谷草的，有扯水稻田杂草的，有栽红苕苗的，有点黄豆种的，有给辣椒施肥的，也有收挖洋芋的……有位老汉赶着羊群哼着山野小调出了自家的院子向山坡小道走去，身后传来"吃饱饭来饭撑腰，何年何时才得消哟，依呀嘿哎，依呀嘿哎"的歌声。还有几户人家在刷白墙体，改建房屋。在一段慢坡的烤烟地里，一家人在给烤烟叶打顶抹杈，烤烟秆壮叶厚，在阳光的映照下，闪着油粼粼的光。人在烟垄里，几近被墨绿色遮掩了。同行的几位同事不时地和村人打着招呼，拉几声家常。看得出，他们已经很熟络了。

道路在林间穿行，山雀在头顶啼鸣，狗的叫声透过杂树林远远地传了过来。越过一道山梁，眼前呈现出一大片湖水，这便是天池了。天池占地约四亩模样，为自然水池，此乃村名的渊源了。据岚皋旧县志《砖坪县志·地理志》记载："天池，本天造地设，周围四百余步，水从中出，大旱不涸，叠嶂层峦，四面环绕，为洋溪河胜景云。"

关于天池，当地还流传着这样一个古老的传说：在很久以前，池子里住着七位美丽的仙女，当地人家每当过喜事办酒席时，只要在池子边烧上几炷香，便可借到锅碗瓢盆、桌椅板凳。用后洗净照原数搬到池子边再烧上香，然后人走开，仙女们便会自己把东西搬到池子里去。但仙女们从来都不和人见面。有一次，一位不怀好意的懒汉，在一家人还瓢碗桌凳时，躲在池子边一棵柿子树后偷看。当仙女们走出水面收拾东西时，懒汉跳出来要去搂抱近旁的仙女。仙女们受到惊吓，慌慌乱乱地跳入水中，从此就再也不露面了，锅碗瓢盆、桌椅板凳也借不到了。

仙女们不见了，后来那位懒汉藏身的柿子树许是因为思念仙女们也枯死了，但从树蔸旁抽芽挺出的后代已长至脸盆口粗细，至今还悄然生长在水池边。池水静谧，太阳光下，蓝天白云和池边景致被清晰地摄入水中。池塘边上，蓊蓊郁郁生长着一爿菖蒲，红的蝴蝶黄的蝴蝶栖在浓碧之间。靠山坡边一侧，有村民种上了水稻，再往中间看，池塘长满了莲藕。一阵山风吹过，贴着水面圆圆的莲叶微微地倾向水面，等莲叶再倔强地昂起头时，几滴水珠便在莲叶上滴溜溜地打着旋滑进了水中。池子较深处，还长着一小片菱角。也许是巧合吧，这情景是那么贴切地再现了清代名诗"深处种菱浅种稻，不深不浅种荷花"的意境。

　　天池不远处，散住着几户人家。穿行完长长的烤烟地间的阡陌，我们来到一户桃李掩映的土房小院，迎面的墙体张贴装饰着赭红色砖形的壁纸，耀眼而新奇。诧愕时，同行人说屋主人前不久刚嫁女办完喜事，嫁的还是位外国人呢！屋主人姓张，年过半百的模样，堂屋里还坐着位喝茶的老太太，迎门墙正中贴着幅大大的双喜字，几间屋门上张贴着喜庆的对联，红红的、新新的，似乎是昨天才贴上去的。喝着茶，吃着刚从树上摘回的甜中含酸的绛红色李子，我们和主人攀谈了起来。主人健谈开朗、热情厚道。老太太姓覃，九十岁了，耳聪目明、口齿清晰。两杯茶下肚，我便知道了大致情形。新娘是男主人的女儿，是老太太的外孙女，洋女婿是新娘在上海交通大学留学部任教的同事，是位英国人，今年四月底举办了婚礼，喜事是在天池老家办的，全村人都撵来喝了喜酒，喜气而热闹。婚礼后女主人随女儿女婿去了上海。新房门关着，我们不便进入，无缘目睹两位新人结婚照的风采。高山上飞出了金凤凰，这位天池水养大的现代知识女性，是聪颖的，我想也是美丽的。天池中仙女们的传说让我联想到也许其中一位仙女转世托生在了这里。仙女们是有根的，仙女们并没走远！

　　吃完几颗李子，我到院里自来水池边洗手。低头处，闲置着一方雕有神兽图案的柱石磴，散发着浓浓的古味。在这野山僻拗里，哪儿来的清代建筑风格的遗留品呢？探问间，屋主人说这样雕着花的石磴子，他家有好几方呢。随着他的指引，在他家猪圈旁、厕所边，我果然见到了同样风格的五六方柱石磴。我问从哪儿来的，屋主人说有他家老屋的，也有不远处安平寨的。我问老屋在哪儿，屋主人说挨着呢，从他家屋门出来，围着屋檐直走过个拐角，便到了他家后院。老屋一排三间，方石砌基，石磴立柱，胡基垒墙，板木为门，泥瓦覆面，瓦当归水，栅板隔间，雕花横梁，尽显清代遗风。老房子虽透着豪华古意，却年久失修，一派衰败景象。隔墙大半坍塌，楼上罩板悬在半空，穿斗式架构已变形，柱斜梁倾，雕椽凤瓦亦散落一地。探首屋内，里面的家具灰沉沉地错落在一起，纷乱而又狭暗，衰残中透着幽昧。屋主人告诉我们，这座老宅原来一直住着人，直到前几年被遗弃，由此开始破败。我突然了悟了逝去十多年的老父亲常说的一句话："刀要人用才不会生锈，房要有人住才不会漏雨。"只因为有人住，这老房子才一直以"现居"的形式延续着，完全隐没在民间、乡间和草间，这才使它躲过一二百年的改朝换代、战火、革命以及匪患。我多么希望这房子再有人继续住下去呀！

　　带着些许叹息，我们向另一处有着雕花柱石磴的安平寨走去。边走边扯着闲谈，同行的天池村杨姓支书告诉我说，天池村住户大都姓杨，杨氏也是洋溪河里的大户，杨氏祖先最早在三百多年前的清乾隆初年来到这里挽草为界、摆石为生时，这里还没有人烟，安平寨便是杨氏祖先曾经的祖业。我问咋是曾经，他说已是遗址了。爬上一段陡坡，我们见到了一处四面空阔的平展山头。几阶青石板旁，两棵洗澡盆口般粗的银杏树横在眼前，树干

17

粗壮黝黑，枝叶墨绿厚实，树冠密不透风，靠右的那棵树的树干不知何故还凹进个脸盆大的树洞。空地上长满了排列有序的泡桐树，林下散落着一个个雕刻精美的门墩、柱石、石碾和条石，显眼处还有一个雕着牡丹花形的上马石。杨支书说，杨氏祖先早年从湖北省安陆府当阳县迁徙到此，为躲避匪患，便在这三面悬崖、一面陡坡的山顶修建半房半堡的祖屋繁衍生息。房子建好后，基于族人的美好愿望，合议后便命名为"安平寨"了。土改时房子分到各家各户，20世纪末村民逐步过上了好日子，便看不上这又旧又暗的老房子了，拆了旧房砖瓦去单家独户地盖了新房。天长日久，这里便杳无人烟了。

站在安平寨遗址上，环顾四望，除了两三丈高的泡桐林密布的阴影和散落的石雕构件，竟找不出任何墙基的痕迹，但精美的石雕却无声地叙述着杨氏的兴旺、安平寨的辉煌。借助着不朽的石雕和树梢间透进来的太阳光，我似乎窥见了夏榻宵眠、面风欹枕的栖居者。脚下的遗址已经倾圮、荒芜，在脚下任何一个地方往下刨，下面必有柱石，必有黑砖，必有花鸟鱼虫，必有飞禽走兽，必有"民国"，必有"晚清"。遗址是固化的记忆遗骸，是时间碎片垒于其上的虚无建筑。或许在万籁俱寂的月夜，在这里侧耳倾听，你会听到马嘶叫，狮长啸，鹃啼鸣，燕呢喃。

遗址与"现址"错杂在一起，今人与古人联系在一起。杨支书告诉我们说，安平寨往坡上走不远，有一片杨家祖坟，墓碑高大，石雕精巧，有块墓碑碑文还是位进士撰写的呢。岚皋历史上有籍可查的进士稀少，誉称为"岁进士"的举人也不多。同行人都觉得新奇，也感到迷惑，相簇着，一行人又成了寻墓人。六月的草木疯长得厉害，路越走越窄，林子越来越深；在一片栎树环抱的山坳里，我们见到了这块古墓碑。墓碑主人为杨元臣。青碑上的铭文均已漶漫，但看久了，碑文落款处"儒学岁进士某某敬撰"和"大清乾隆"几个字仍从青碑内面浮出来了，直看得人眼睛发涩。"岁进士"的姓氏和"大清乾隆"后的年月实难再看出了，依稀读出的一行碑文"远尔教民，绳绳继继，绵绵延延"，似乎印证了碑文撰写人"岁进士"文采的不凡。岁月磨砺，风雨侵蚀，碑文字迹模糊难辨，这位岁进士的姓名也许将成为地方文化中一道难有答案的填空题了。

　　进士是科举的最高功名，儒学是传统文化的主脉。民间收种忙，案头文墨香。耕读传家久，诗书济世长。古代社会里，名门望族是非常看重"耕读传家"的，杨氏家族是洋溪河畔的望族，也浸润着浓浓的文儒之气。在杨氏祖坟里，我见到了岚皋清末及民国的文化名人杨燮堂的墓碑。杨燮堂派名杨之均，号燮堂，清末岁进士，生于光绪十二年（1886）九月一日，卒于1950年七月初一，享年六十四岁。20世纪30年代他为岚皋清末进士谢馨《海月楼诗文杂抄》文集所写的序文，分别被《岚皋县志》和《岚皋诗文遗存》收录，为岚皋文学史留下了一篇文采飞扬、功力厚实的不朽佳作。

　　初夏的太阳落得很晚。我在杨支书家里看到了杨氏宗谱。贤能的主妇早为我们备下了一桌下午饭。吃着牛蒡子炖的腊猪蹄，喝着癞瓜煮的野味汤，谝着杨燮堂的传说故事，一顿饭吃到夜色弥漫了山坡。"下了珠帘，玲珑闲看月""十五月亮十六圆"，月半刚去，越过房门，透过院坎边枝丫虬逸的黄檗树枝，见一轮圆圆的月亮，低悬上了羊角寨山顶。

　　"稻花香里说丰年，听取蛙声一片。"稻花盛开还不到时节，但归途中车的灯光却唤来了一片又一片的蛙声，间或还夹杂着几声秧鸡子好听的歌唱。

初夏，我到了天池村。

2016年6月28日

（载于2016年7月14日《安康日报》）

秋走桂花村

秋分里的一个周末，朋友晓约我们两家人到她娘家桂花村去赏秋。

车出岚皋县城，溯岚河上行约十多首歌的时间，循路左一条水泥道往山中钻去。顺坡爬行几个拐弯后，一缕缕馥郁的芳香弥漫了整个山坡，也温情扑面地进了我们的心脾。我深深地吸了一口气，这是桂花特别的味道呀！

停下车来，迎着花的清香寻去，那是两株葳蕤屹立的墨绿色伞形树坨，枝杈密不透光，树冠遮天盖地，半边浓荫笼罩了树下的通车道和道坎下一幢两层小楼。走近细瞅，两株树并排相生，枝丫扭抵，树根互交，如情人般缠绵厮守。树身黝黑桀骜，粗如山民腊月烫洗猪肉的木缸，枝干瘦硬如不远处山体突兀的火山石。密匝匝的枝叶间，缀着一束束一朵朵金黄色的花瓣。花朵紧繁细微，娇嫩如菽。"叶密千层绿，花开万点黄。"细小的花间却散发出了沁人心脾的馨香。

桂花是秋天的小萝莉。记得在徐州城外云龙山上以苏东坡的《放鹤亭记》而传世的放鹤亭下，读到过清代文人彭元瑞留下的一则楹联："何物动人，二月杏花八月桂；有谁催我，三更灯火五更鸡。"二月杏花正艳，八月桂子飘香，有物香艳若此，自然媚人。眼前的桂花树，清可洗尘，浓能溢远，让人惊到无语，树已成了花树，树枝成了花枝，无边素雅的团团簇簇，风一吹，就会颤颤地嫣然地笑。

树下院子里住着位盛姓的老人。他给我们端上了几杯白开水，旋即又到桂花树下捋撷下一把桂花瓣，往每个杯里放进一小撮，随手递到了我们面前。我喝过花茶，也啜过风干后包装过了的桂花茶，却没饮过这生生鲜活的桂花茶。我双手端过茶杯，轻轻送到唇边，舌还没沾上茶水，鼻腔里先漫进了热浪浪的芬芳，这香味，顷刻间泽润了我的周身。

享受着花的鲜香，和老人拉起话儿。我问这桂花树有多少年了，老人说有三百一十年了。我问他咋知道得这么清楚，老人说树是他老先人康熙年间从湖北孝感迁徙移民到这儿后栽植的，家谱上有记载，到他这一辈已十七代了。晓在旁边说，这野山僻静处，是先有这树后才有村的。只因有这两株古桂花树，这村子才起名叫桂花村呢。

离开桂花树上行不远有座古庙。古庙面阔三间，进深一间，硬山顶式建筑，泥质灰瓦屋面，黄土夹杂小石子筑墙，两侧山墙马头墙有彩绘。晓介绍说当地人称这寺庙为泰山庙。我们走了进去。寺内屋舍有柱，檩架于墙上，木质格子门窗，墙面有佛事彩绘。侧墙嵌砌着清咸丰七年（1857）重修泰山庙碑碣一通。从竖排繁体的文字得知，泰山庙最早建于清乾隆年间，原还有东西厢房各三间，现已毁。碑文末尾记载了乡绅周家勉出钱四千文重修泰山庙等事宜。晓说民国时期有年夏天下大雨，大水淹了好多房子和地，独泰山庙岿然无损，村里人说庙下面住着条龙，故泰山庙又叫龙王庙。捐款重修庙宇的这位周家勉，便是她的老先人了。

桂花村地处古火山喷发而形成的南宫山的南坡。穿过一片火山石林，一级级金黄色的稻田霍然映入了眼帘，一直漫上了南宫山的半山腰。通村路在田埂间盘绕，小车在稻畔盘旋。我们打开车窗，吮吸着泥土中散发出的气息。路两侧是延伸开来的一层又一层稻田，谷穗低垂，叶片灿烂，沉甸而繁密，洁净且明亮，如同微风中水面的波纹。

晓的娘家老屋在梯田一侧的山坡边，车在院子里停下。老屋其实不老，三间两层的乡间小楼连同周边的田园景致让同车人亮起羡慕的眸光。院边石坎子片石瓣子式样的砌法，悄然述说着院落的久远。晓兄妹四人都在县城的单位工作，父亲前几年病逝，母亲舍不得乡村恬淡，不愿随子女进城，晓兄妹几人便时常回来看望老人。

屋主人身板硬朗，利落能干，房前屋后归整得舒适洁净。房屋右侧两爿稻田连接起了梯田景色。两只红色的蜻蜓扑闪着晶莹的翅膀从耳旁飞过，又轻轻地落在了面前的稻叶上。我走近伸手去抚弄，它俩却振了振尾巴一前一后飞到一旁去了。这会是一对朱衣情侣吗？一只绛色黑点的小甲壳虫沿着一株稻秆爬着，继而努力地攀上分出的茎叶，它似乎没有手脚，抓不住借力的稻叶脉络，翻了一个身，轻轻地摔了下去，消失在了茂盛的稻叶间。伫立院边，展眸远望，梯田层层叠连，横陈散适的屋舍，洇成了黄色原野。稻田伸延着，舒展着，在九月的阳光下闪烁着，好像又有些颤抖着。山脚平缓处，看得见有几处收割水稻的人群，远远地传来拌桶被谷把脱粒抽打的声音。

院前一小片坡地里，分垄栽种了韭菜、辣椒、西红柿、四季豆、小白菜、白萝卜、紫茄子、南瓜、苦瓜，似乎乡下长的瓜果菜蔬这里都齐全了。抢眼的是菜地边临近村道的地方种植了一长溜菊花，黄色夹着红色，成为路边的一道风景。手里捧着、嘴里吃着屋主人刚从坡上采回的秤砣子，看着院里院外的景致，陡然间想起阕宋词来："老子平生，辛勤几年，始有此庐。也学那陶潜，篱栽些菊；依他杜甫，园种些蔬。除了雕梁，肯容紫燕，谁管门前长者车。"

屋侧斜躺着从树林里蜿蜒淌出而又不舍昼夜的小溪，或许这便是这片土地的水源头了。水潺潺，水盈盈，水涣涣，水荡荡，水的声音和成了一曲乡野小调，拥半山秋色，携半岭灿烂，跌宕着，起伏着，秀雅和鸣地向前流去。一块蛤蟆状的石块前的水潭边，一个上穿青衣下穿黑裤的女人蹲着揉洗着甚物，看不清她的面容，不知道她是否漂亮，却听到了一阵优美的山歌声。

小楼的后面屹立着与二楼窗户同高的巨石。石为火山熔岩石，黑褐色，大石包着小石，有棱角，有穿孔，枝蔓爬满了石面，缀满了红的茱萸黄的猕猴桃。石头上方长着棵茶杯粗细叫不上名的小树，树干上攀着白色的牵牛花。树根扎向何处，是钻进了石孔缝隙里，或是贴着石头凹槽处伸进了石下土地中，繁枝茂叶间让人难辨出。石生山，山生石，山谓巍峨、峥嵘、峻拔，石谓坚硬、结实、沉厚，山为地脉凝成，石为地气梗起。有这一方日精月华孕育出的大岩石作屋的靠山，这就不难理解为什么屋中人个个貌容如仙、聪颖若神了。

沿着屋后水泥路信步而行，稻田的景色牵引我向稻田深处走去。我少时在汉中平原长大，经年累月在稻田里，没有稻田就没有我的少年。在深山里的稻田间，我却想到了不易，思到了久远。梯田的开掘是很艰难的，一块块的黑石被掘起捎走，一根根的树根被刨出剔除，一块块的坂土在掘垦清理，一级级的田坎在砌筑拍夯，这便是稻田了，这便是深山里的一级级生命了。她何时有孕而育，何时垦挖成田，我不知道，也无法知道。我知晓她有夏夜青蛙有节奏的鸣叫，也有冬日山鸡悠长的啼叫，更有春花的绚丽和秋实的欣喜。她没有平原百里稻浪翻滚而引来古今墨客颂扬，只在这深山坡坳上寥远地泛绿、壮骨、扬花、抽穗、灌浆、饱满，不声不响地为人们送上谷粒，呈上丰收。生生不息的供给让人感佩，静默悄然的奉献也让人尊敬。

在稻田的一个拐角处，一男一女两个十一二岁的孩子，身背书包叽叽喳喳地从身旁走过。我突发奇想，这对青梅竹马的同学长大后会有什么故事发生吗？我不该胡思，但在这满目金黄遍山稻香里，有一些收获的想法，也是不违时宜的。

稻穗是低头的，辣椒是弓垂的，瓜果是下坠的，就连脚旁的猫眼草也轻轻地弯下了腰。秋天是丰收的，秋天是沉甸甸的。因弘一法师李叔同也名叫文涛，与我同名，尤喜他的著述。记得他有一言："律己，宜带秋气；处世，须带春风。"这沉静不言的秋景，也许就是大师所言的秋气吧！

一阵山风徐徐吹来，微风过处，稻叶尖轻微地晃了晃，但我的脸颊却真切地感觉到了，这是一种阴柔的微凉。尽管风是幽微的，但我知道，酷热即将过去，寒冬不久将至，节气的路谁也挡不住，这是隐藏在万物背后无法抗拒的天道。"天凉好个秋。"这凉是稍许的凉，介于热与寒之间，就如同我们走得不近亦不远的朋友，因彼此没有利害纠葛，各自守着心智底线，而能长久地放心交往。

能干的主人备下了一桌丰盛的午饭，饭是同姓邻居送来的用刚收割的新稻碾出的新米，菜是自家地里没上过化肥的农家菜和散养的土鸡。

返程时太阳已开始谢幕。车从稻田间和桂花树下驶过,氤氲起满车的香味。窗外,不时地传来蛐蛐和秋蝉的叫声。

2016年9月30日

(连载于2016年11月21、22、23日澳门《华侨报》)

冬行小沟村

出岚皋县城，逾遇子坪，北京现代越野车缓缓地滑进了峡谷里，右拐左转，在临河一侧的悬崖边上匍匐行进着。涧峡险邃，嶂远溪深，初升的太阳似乎被瑟瑟的山峰挂在了山巅，河谷里涡荡着淡淡的晨雾。河曰千层河，亮亮的，白白的，微波一层层地往上叠垒着。逼仄的公路伴随着窄窄的河，看不到尽头的公路，悠悠的，像根长长的弯斜的绳索，把车往前拉着，向上拽着，朝里牵着，曲旋升着，一直往山的深处伸去。

公路在驶离石门桥后约五公里的地方分了岔。顺着路左一座石拱桥，车拐向了对岸，溯河再行，便进了一条被林木遮蔽的小河。小河与千层河分手处，漫出一泓浅湾，虬斜着几棵黑黝黝的麻柳树。弯道处，河水冲出一个绿色的水潭。紧临潭边，立着座小水电站，钢筋水泥砌筑的墙体泛出瓷白色的光，不太雅致地注目着脚下的枯藤老树和小桥流水。

两条河流在这里交汇，似一片树叶上两条叶脉随意地交融。小河里的水清澈，大河里的水洁净，两条河水轻轻一吻后，便融进了彼此的血脉里，让人再难辨识彼此了。两河相挽处的景象，常常会给人们留下记忆或被写进典籍。但这里的河流素面朝天，又孕育在巴山深处，实难有流淌在著名成语里的泾渭二河那福分的。泾渭相拥，清浊自明。混浊有亮澈衬托，异色便易入眼；混

27

杂与清透配搭，色差便成了个性；透澈有浊污托底，常有的青绿倒时常被人们忽视或忘却。山里的水不浊便无对比，也无了差异，便难进入古籍典章和先人们的笑谈中了，正如千百年繁衍在这河流岸畔的山里人，纯朴而又平实。

这里是岚皋县石门镇的小沟村。小河的名字叫小沟，小河旁的村庄称小沟。小沟是这里的姓名，也是这里的字号。

千层河已在身后，通往千层河景区的公路被撇在了对岸，小沟便伴着我们继续前行。

驶入沟口，过又一座石桥，拐弯处，一幢两层的小楼房横在了路边。耀眼处，房门侧贴着红红的对联，窗扉上粘着大红的喜字，屋檐下挂着圆圆的灯笼，院坎边堆积着燃放过的鞭炮纸屑。山里的习俗告知着路人，房主人家不久前刚办完了婚娶喜事。停住车，打开窗，伸头想嗅染些山野里的喜气。见有人打量，屋主人热情地邀我们下车来，进屋喝水。品着屋主人递上的热茶，我们先看上了门口的对联。正门对联内容为"小山沟出了大英雄，大城市飞来金凤凰"。二楼婚房门口对联写的是"你有情我有意双方结缘共百年，张新郎王新娘二姓巧配合一体"。对联谐趣横生，贴情随心，一看便知出自村里有文化的能者之手。一杯香茗啜下，我们便知道了新人的大致情况。岚皋小伙在外打工，认识了连云港姑娘，日久情浓，前不久便领回家，在村里办了婚礼。长身白脸的新娘又为我们端上了喜糖，应着我们的话说，这沟里水干净人清爽，山有树路通畅，在外再挣几年钱，他们夫妻俩想回到这儿来干个啥，过这种小河一样舒缓的生活。

峡谷越来越深，夹着一条窄窄的河床，爬升着，扭动着，野犷而悠扬。车道顺着河床斜斜地向前。河底乱石翻滚，幽暗又湿漉漉的，打眼看去，像是农家散养的牛，又像是跑出了猪圈的一群群猪，挤撞着，奔跑着，溯河而上。这条河流不知道是什么时间形成的，也不知流淌了多久，不知晓的岁月已将这块块石头打磨得无了棱角，肉滚滚的，肥腻腻的，就像河岸边村民家即将要拉上条凳宰杀的过年猪。

"露寒烟冷兼葭老，天外征鸿寥唳。"这是腊月初"小寒"后的一天，一年中最寒冷的时节。车窗外不时地闪过或弓腰或挺拔的树木，栎、桦、桂、栗、松之类，我大多叫不出名字。弯腰的显出苍劲，直立的透出威严，树身裹着厚厚的苔藓，一圈又一圈，一层又一层，古老而又神秘。路边树林里，乔木、灌木树叶早已落尽，光溜溜的枝条被薄薄地裹上了层雾凇，交织着，斜横着，往复着或缛或简的画面，如有风吹动，我想这梢林是会奏响起声乐的。树枝晃动，两只拖着花长尾巴的锦鸡落在了前方树杈上，它们歪斜着红灰须鬓的脑袋，披着绿黄相缀的丝绒大氅，咯咯地欢言。看见它们，我停下车来，容不得我轻步靠近举起相机，它们在离我五六十米远处发现了我，瞬间隐入当季的庄稼地里。

"自古涟漪佳绝地。"冬天小沟的河水在树木的遮掩下，纤弱得楚楚动人。流水潺潺，清亮的水绿得靛蓝。阳光稀疏地漏射进来，照着白朗朗的树干和抹着白霜的河卵石上的落叶。河正中突起一块蛙形巨石，背脊处长着一蓬伞形的救命粮，落叶散去，留下一串串一粒粒晶莹的红色果实，似玛瑙珠子，迎风招展着，向路人们展示着它娇媚的身姿、剔透的色泽。一棵红豆杉歪斜在河岸岩缝里，几根粗大的枝杈低垂进了水里，临近水面处结上了冰碴，在晨曦里泛着晶蓝的光。

拐过一道弯，爬上一面坡，车辆无法再行，前方再无车行道。下得车来，迎面是一院屋顶黝黑的房舍，屋顶上升腾着袅袅的雾气，猜不出是炊烟，还是屋后树林间的山岚。我走近房屋，一派清代古民居的格局呈现在面前。房舍呈胳膊拐形，青砖砌墙，板门木雕，檩架垛梁，合瓦屋面，图形瓦当，宅第雅丽，非一般田耕小家可比。此番景致，陡然让人想起前不久我曾去过的南京乌衣巷，想起王导，想起谢安。这想法，让思维的字眼里又出现了一种规模，一种身世。我知道，这便是同车朋友邀约我顺道来探赏的赵家花屋。

我随朋友走进屋内。两位老人端坐在后屋一侧，掇烤着一坑柴火，火焰上方的梭搭钩挂着吊罐，煮烹着散着香味的早饭。脚边茶缸粗细的一截木柴有些湿，发出扑扑的声响，冒着间断的水泡。老妪往火里扔进几根干树枝，树枝顷刻变黑、变红，遂渐渐弯曲，烧着的一头翘了起来，抖起了飞舞的火舌。我们随便地走，随意地看，看到了里面的高和深、精与巧，但更多的是破与烂。房间里堆放着许多农家杂什，上面落满了泥土和灰尘。雕花的窗棂折了，白墙让岁月抹褪得无了主色。经年累月的烟熏火燎，墙体油黑，泛出浓浓的柴烟味。屋内光线昏暗，地面凹凸不平。几进几出后，我们拐到了后院。后院更显凋敝，垮塌的屋檐耷拉着垂向地面。地面上杂草荆棘枯黄，恣肆的棘草间，显露着一排残缺不全的石坎屋基，散布着几方石雕门墩、几通方形条石。这境况，让人想起了曾读过的唐代高僧寒山的一首诗："可惜百年屋，左倒右复倾。墙壁分散尽，木植乱差横。砖瓦片片落，朽烂不堪停。狂风吹蓦塌，再竖卒难成。"

我们转了一圈，又回到火坑边和老人们说话。很显然，老两口是这里最正宗的主人,老人住在这老房子里舍不得离开,后人们都进城进镇住进了开发商建造的高楼,很少回这里了。我们问起这老房子的来由,老翁挺了挺佝偻的背,端起瓷缸呷过一口茶说道,现在看到的房子只有原来一小半了,最早的时候,房子前面有槽门,后面有后院,旁边有一个天井房。修这院房的是高他六辈的老先人,据说匠人们都是从四川那边请过来的,光地基以上的房子就修了两年。同行人问:"你们老先人很有钱呀!是干啥的?"老人带着自豪的口气说:"是个做官人!"同行人又问:"是个多大的官?"老人望了望我们,一字一顿说道:"待赠国学恩赐六品,老房子后面山上祖坟墓碑上刻着的。"

我们向老人打听去小沟村山上清代嘉庆年间开凿的观音岩摩崖造像的路。这是我们来小沟的缘由。老人看着我们说:"这是我们山里人信的,你们也信?"我说:"我们也是凡人,凡人谁不想朝神拜佛,求个平安,保个健康呢!"朋友说:"我们是想去看看摩崖石刻开开眼呢!"老人说:"你们都有颗向佛的善心呢,难得难得!但观音岩离这儿还远,山高坡陡,前两天我们这里下雨,上面在下雪。这两年上去的人少了,路上都长了草,不好走,这个季节最好莫去。"

"光景百年,看便一世,生来不识愁味。"公路的尽头住着两位老人,他们不舍地守着一院祖上留下的老房子,不愿离弃,不愿别离。因为一颗朝佛的心,我们有缘走进这老房子,有缘走近这坚守祖业的老人。我们和以前每一位得以和这里相会的人一样,看了热闹,知了冷寂,赞了欣赏,叹了惋惜,但我着实喜欢老屋的古雅和老人的古道热肠。老人守着老房子,老房子是幸运的。老房子伴着老人,老人是充实的。假若有一天老人去了,这老房子还会有人来守护吗？老人的儿孙们，会有人愿意走下高楼回归故里，来续守这份乡愁吗？

"认得醉翁语，山色有无中。"同行人中有人先听从了老人的建议。同路不舍伴，我们便得陪同。告别老人，上车、掉头，朝佛的心意留待春暖花开后吧。

正午的太阳照进了沟底。冬日暖阳里，半坡的蜂箱把我们引进了一户养蜂人的家。白墙石瓦的农家小院，藏在山弯处一阶台地上，通户的水泥路曲径通幽地把我们引到了更幽处。主人姓宋，夫妻二人正值中年，有位六十多岁的母亲，小孩在县城上寄宿学校。主人家单家独院，屋内洁净，院落整齐，最美的是独家享用着院坎边一眼清泉。白日里不能欣赏到"明月松间照"，却真切地感受到"清泉石上流"了。主人家房后山坡上生着几棵柿子树和猕猴桃树，树叶落尽，阳光下红的柿子和黄褐色的猕猴桃相映令小院多了几分色彩。叽叽喳喳的鸟叫声从树上传下，我抬眼望去，一群鸟儿在枝杈间蹦跳，啄食着果子。同行人惋惜：这么好的山乡美味咋不摘下享用呢？主人说我们下架了几树，这树上的果子是专为山上近处的鸟儿留着的，这是它们过冬的粮食。

主人一家热肠好客，坚持不让我们饿着肚子离开。赏山赏蜂，闲谝喝茶的片刻时间，一碟蜂蜜一盘苦荞面饼先上了桌，随即各种乡野小菜摆满了桌面。苦荞为坡地绿肥所养，蜂蜜为山间百花所酿。我们用苦荞面饼蘸着蜜汁享受着山野的气息，苦荞野生味辛，蜂蜜甜香绵长。主人劝我们多吃点，说苦荞面饼蘸蜂蜜吃，这叫先苦后甜，苦尽甘来。好听的词语，好美的寓意。主人养着蜂，温润在花的甜蜜里。花朵伴随着主人，主人濡染成了乡间词人。

谢别养蜂人一家时，一车人嚷着购了半后备厢的蜂蜜。蜂蜜从木桶往外分舀时，绵腻的汁液滴洒在小塑料瓶上，引来了无数的蜂儿来吮咂。蜂蜜抱上了车，蜜蜂也飞进了车。我们打开车窗和后备厢门，车缓缓地驶着，蜜蜂撵着我们飞着，娇小的身姿，嗡嗡的声响，护送着我们走了好远好远。

2017年1月12日

（载于2017年2月20日《中国艺术报》）

第一辑　山水如是

雾漫全胜寨

让我们在数百年之后去拜谒岚皋境内这座全胜古寨，许是天意，抑或是巧合。

置身于高高的寨顶，脚步便在这石寨里游移，眼光便在这石寨上游离。青石垒砌的寨墙在悬崖峭壁上高高屹峙，蜿蜒围合。寨墙上密布着内大外小的三角形射击孔，旷阔处的寨墙内墙台阶上下两层，射击孔也为两层阵列。凌厉高峻的寨门外，常邻着陡峭且令人晕眩的涧壑。寨墙里庐舍随山形地势而建，连接处鳞次栉比成院，孤者茕然孑立为屋。山凸为峰，峰上为寨，窄如刀背，山凹为径。峰连寨续，小寨前倾，后接大寨，倚邻巴寨，高耸其间的为平安寨。四寨互通，缀合为群。既可内援又可倚仗，绵延方圆数里，为寨，亦为堡。

在家读过地方志，知道全胜寨最初在明崇祯十二年（1639）由岚皋蔺河街农民起义军刘洪、刘二虎率众所建，清嘉庆元年（1796）又为白莲教义军所据。民国初年，地方武装势力割据，山寨狼烟屡起。三百多年的战乱与抗争，三百多年的生存与泯灭，山寨上有了人的踪迹，山寨上也没了人的踪迹。

小雪时节的山上多雾，倏忽地来又倏忽地去，就像是这山上曾有过的历史云烟。寨墙多还完好，屋顶均已坍塌。泉水仍在渗滴，井池仅存残壁。在岁月的流逝中，我们已很难看到石头以外的物质，只在一座寨门一扇窗棂上见到了两方几近朽烂的厚厚木方。木质的门窗檀檐在弥久的年月里已难以撑起肩上的重负，随着一声声叹息轰然倒地，气绝而去。没了房顶没了房门没了窗棂的石屋，就像一个个没了头发没了牙齿的老人木然地呆立，反刍着昨天的时光。雾从没有遮拦的门里窗里窜进又从没有屋顶的屋面拂出。伴着雾的脚步，我们走进一座座寨楼一间间石屋，脚步凹凸在乱石中，不时地见到散落着的小块石板瓦，依稀地让人知悉它曾是石屋的顶盖。幸存的石屋屋墙用黑青石干砌，墙体上有残存的泥皮。石墙黝黑坚实，大石垫着小石，小石掂着大石，片石嵌着方石，方石镶着片石，在漫长的风雨侵袭后，仍上下平直，横竖有线，昭示着不凡的匠艺。

时光带走一切，一座山寨只剩一座残垣空寨和一个曾经的名字。门洞大开，我们随随便便走进一幢石屋，想看清寨垒的细节。每迈一步，都会踩在先人的脚印上，我想，先人在这里曾有过怎样的绿林汉子式的生活呢？畅通的门洞里，走进走出过多少古人？他们最后去了哪里？何处是他们最终的归宿？没有拦阻的门洞里进出的只有时间，时间才是这里的主人。

没了人迹的地方，常常会让青苔最先占去。塌墙残垣间，青苔潜滋暗长，细细密密，好似要把所有的痕迹都封存起来。"应怜屐齿印苍苔"，面对着漫然绒毯，我有点不忍心踩踏。挪动的脚步，叠加在时光深处，人一茬茬地走过去了，石屋却还在那里，两两相衬，人便渺小了许多。伴着苔藓的茂盛，繁茂的还有横生的野树、攀爬的藤蔓、金黄的刺泡、红脸的山果，它们用自身的生机，平添出石头寨垒的古老。

几百年的屹立，这些耄耋石屋已显龙钟而蹒跚，但它们坚实的形体仍坚定而坚韧，那种气质，那种气场，从每幢石屋里散出，从连片的小院里渗出，向四周山野辐射与透穿。风儿伴着雾气，散漫信步，时而东西，时而南北，时而急遽，时而徐缓，荡涤着石屋对石寨的坚毅，显示着石屋对寨堡的忠贞，却拂不去石屋的亘久与坚固。

寨上踟蹰，若有所思，抑或怅然若失。山峰、白云、树木、清泉……全胜寨似乎与世隔绝。那些身背大刀、肩扛土枪的无名者跋山涉水，步行穿越蛮荒高山，在这险峻山巅上开山、采石、砌墙、伐木、锯树、上梁、盖瓦，吭吭哧哧，叮叮当当，他们有着怎样执着的信念，才辉煌地照亮了这亘古的大山？

寨墙是石头的，寨门是石头的，屋是石头的，瓦是石头的，路是石头的，碾磨是石头的，或许水缸也是石头的，桌桌凳凳也是石头的。一方石墙上，在半人高处砌着一凹进的方形石台，规整而平展。同行人说是枪柜，是衣柜，我却想到了碗柜。白云生处的荒凉处，逃命安身后急切的需要是有一碗饭充饥。碗橱下，有过柴米油盐，有过锅盆瓢铲，有过苞谷红苕，有过土豆黄豆，有过野菜山菌，有过炊烟絮叨……说话的人是位年轻的厨娘，还是位白发的老妪？取碗盛饭的就食人，是翩翩少年、乡野樵夫，抑或是妙龄少女、布衣韦带？

大寨紧临寨墙的一间小屋石墙上，完好如初地遗存着一方用条状石块竖立砌就的窗户。窗口不大，在人齐胸处，三块直立的条石均匀镶立，下方青石垫底，上方一块整石横垒，稳稳地把支身的直石压在身下，形成一个有着两道窗格的自然石窗。窗是屋的眼睛，它可以把屋里的秘密泄露出去，也能把外面的光鲜吸纳进来。石质的窗格上没有雕出仙鹤百鸟，也没有画出牡丹花草，但窗格里面的人，他或是她，心扉的最深处，还是向往着那木雕的窗棂和透过圆孔、菱形孔张望到的浅浅溪流、绿绿稻田以及田埂上走动的父母和伴在身旁的猫狗鸡鹅。女人是喜爱窗户的，这石头的窗前会伫立过怎样的着绿着红的人呢？她有着怎样的身份？是随寨夫人，是寨主女儿，还是随夫上山的布衣荆钗？她在窗格子里面眺望，看天看地，看人看花，看山桃花夭夭，看斑鸠逗戏。她在窗格子里面梳妆，在山鸟啼醒的晨曦，在木桶出浴的晚上，擦胭脂，卸花黄，衣香鬓影，鼻息浮悠，荡漾着蛰伏的心事、身外的欲望。窗格子里面定会有张休憩的木板床或棕床的，那位卸去晚妆的女子，定会在上面躺过的，和她一同躺在上面消磨肉体的人又会是怎样的一个人？山野英雄？草根智者？"解衣上绳床，卧看灯明灭。"山寨的生活是粗糙的，山寨的夜晚是寒冷的，两颗冷寂的心熨帖在一起，会给对方以温暖，给自己以慰藉。那板床衾被里古老而又绵长的轻声细语，在一场场厮杀一次次淡却后，会把山顶上孤寂的夜咀嚼得不再孤寂而又意味深长。阳光从云雾的缝隙里透出，从天而降的光芒从屋顶、窗格里投入，把屋里的乱石苔藓照成了太阳一样的颜色。破窗而入的阳光映在面窗而思的我的脸上，阳光叨扰了我的臆想。石窗前不知驻足过多少男女，他们都被同一个太阳照耀过，而映照我的太阳，却再也照不上这屋里过去的人了。

　　平安寨上有块石碑，我们都围了去看。碑文漶漫，已辨认不出镌碑年日，拭去苔丝，依稀读出了碑文的大意，知悉民国十八年（1929）十月十七日及十月十九日全胜寨寨主李还山率众击杀地方武装陈定安，两次攻山匪六千余人。攻方损失六千，守方伤残多少呢？六千人的生命，那是怎样一幅血流成河、尸垒如山的血腥场景呀！记得地方史料《岚皋历史掌故》载，参与数次攻寨的还有巴山悍匪王三春。这使我想到了前不久播出的电视连续剧《一代枭雄》中的王三春。那年我读过作家叶广芩的长篇小说《青木川》后便去了青木川古镇，魏辅唐的老宅里还摆着尚未搬走的道具。威震陕川的王三春武装都攻不破寨堡，故而前胜寨改名为全胜寨。

有碑可记的两次剿杀便有数千人之众，有寨可溯的明清两朝这里又发生过多少战事，死过多少人，又有着什么样的故事呢？薄薄的蓝烟一样的轻风从对面红皮梁上吹过来，触动了身旁树梢上无数的叶子，带着幽悄的山野之味，拂过脸颊，跳过寨墙，吹到寨后面的三星村山谷里去了。风过处，几片树叶落在前一年的落叶上，一年的灿烂，总会覆盖另一年的枯败。脚下的野草已褪去生气，在不久的严冬将化为尘泥，在哀伤冷寂中希冀又一个春天。这荒草的祖先可曾身染过鲜血，身下的草根可曾隐匿了伤痛？啊，野草一样的生命啊！

山上的风有些寒意，坐在厚厚的苔藓上，我们辨识抄录着碑文。触摸着石碑斑驳的肌肤，一缕蛮荒寒凉之意从手指传到了身上。碑文说寨上有集市、学堂、庙宇，作家黄开林见庙便想进，唤我同寻，旅游达人前平君自告领路。天下名山僧占多，高处便是仙居处。我们爬坡去看，庙宇残迹仍在，石墙鹤立，黄泥抹缝，断墙处散落着几片寨上别处不曾见过的泥瓦和一盘石磨，比别处石屋多了几分气派。庙堂正屋后墙处有四处凹陷，也许曾是供佛栖身的所在。是铁佛，是石佛，抑或是木佛？是关公，是周公，抑或是弥勒？青灯远去，梵声渐隐，我们不得而知。

入世的城堡，出世的庙。寨堡建在凋敝的山上为求生存，晨钟暮鼓的庙宇本是谦恭安详，清音袅袅传递的是永生和遁世，磬敲响的是悲悯与慈怀，和为上，和为贵，表达的是对所有的生灵的敬畏。寨堡上建着庙宇，不相干处又相融着关联。寨堡是避让，寺庙是退让，庶民百姓的生活就在这避让和退让间缓行，就在这避让的抵抗中与退让的善良中交集，跨越厮杀与和平。时间可以治愈昨天的伤痕，悠悠的钟声，传诵的是亘远的至爱与慈悲。今天从历史中走来，当走过长长的精神甬道时再回望，胜败俱泯，都成往昔，化为了一份逝去的遗憾。历史是厚重而又宽容的，历史也许可以原谅人类的罪行，历史却难以掩盖历史。

　　站在寨顶上东望，松林寨依稀耸立，传说那曾是明末农民起义军张献忠驻扎过的地方。南望数里是遇子坪，民间流传是宋代名将杨六郎与儿子杨宗保夜遇之岭。三个不同时代的遗迹遥遥相对，不同的人，不同的经历，写着不一样的故事。在万籁无声的夜晚，它们会以清风彼此倾诉自己的往事吗？

　　全胜寨以它热闹冷却后的沧桑迎接了来，又以面对沧桑的那份忧伤送走了去。初冬的阳光，怯怯的，泛着明黄的色彩，悄悄地覆盖着山顶，也温文尔雅地映照着我们下山的脚步。全胜寨在我们的身后依然静默，凝重。攀过一面窄仄险崖，白雾倏然又漫上山来，回转身，波浪迭起的山峦有了峰的悬念，似乎要擦拭我们留下的痕迹。再望时，寨顶也看不见了。

2017年12月10日

（载于2018年第1期《东方商旅》杂志）

第二辑　今之视昔

　　时光悄悄地流逝,巴山亘古屹立。山巅上一轮皎洁的圆月高高地悬挂着,照彻山南山北,映照过我的先祖,也映照过我的父辈,今夜那皎洁的光辉又洒在了我的身上。

　　祖先的川北在巴山里,父辈的南郑在巴山里,我生活着的岚皋亦在巴山里。

　　族在巴山,家在巴山。

家在巴山

一

年轻时没太注意过自己的家族从何而来。人逾中年，无须别人提示，自己倒想要弄清楚自家的历史了。如同人少时从不关注自己的年龄，鬓白时倒很在意自己的岁数一样。

慎终追远，是国人去不掉的一种心绪。我有这种想法是近两三年的事，而且随着岁月流逝愈加浓切。水溯源，树觅根，叶落土，人寻祖，我是从哪里走来的呢？

大树分枝散叶，河流条条汇聚，家族祖上的事多是一辈一辈口口相传流存下来。曾经，在与父亲的闲谈中我知道了爷爷的名字叫杜英春，也知道了从没见过面的爷爷的一些事情。待到我想弄清族情时，父亲已因病离开我十多年了。悔恨父亲在时我无心向谙熟文墨的他静心讨教，悔罪自己年少时在家族中行走从没打问过祖先的事。偶然一次和二叔闲聊，他告诉我，爷爷的父亲名叫杜全德，杜全德的父亲名叫杜风明。其他的事二叔也没说，我随口问着，并随手记在了笔记本上。当我翻找出笔记本，抄录下几位长辈的名字撮文写稿时，二叔也去世好几年了。

1954年6月，父亲从汉中农业学校畜牧兽医专业毕业并分配到岚皋畜牧站工作，他的家在汉中盆地的南郑县安坎乡泉西村一个叫马槽的小地方。独自离开老家那年，他二十三岁。我的母亲是岚皋县大道河口的红星村人,上过岚皋中学。某一天他们俩相识,便闯进了爱河里。父母在岚皋成家,我在岚皋出生。

问父不能,我便问年近八十岁的母亲。母亲说,听父亲说老家的家谱和祠堂在20世纪60年代"破四旧"时已经被毁掉,父亲也曾几次探问,但都有寻无果。

二

2016年国庆长假,我和文亭弟回了南郑老家。稻黄澄澄,玉泉清清,我们走遍马槽、杜家湾、西沟坝三个杜氏族人聚居村,答案正如母亲之言。

杜家湾是杜氏族人聚居村,也是独立行政村,村民近万人,纯杜姓。杜家湾相传为玉泉杜氏最早落业地,我老家马槽和邻村西沟坝为杜家湾杜氏分支居住地。老家有一天然泉水名曰"玉泉",它历史悠久,声名远扬。《南郑县志》载:"玉泉方圆约一亩,呈圆形,为上升泉,水由平地涌出,幽蓝如玉,故名。玉泉又名芝泉,传说此地盛产灵芝。明洪武三十年(1397)在泉修建玉泉寺。"《关中胜迹图志》卷二十二载:"玉泉北有龙祠,春夏水旱,祷者俱集,嘉定四年(1211)奉敕封为济,赐庙灵泽。"玉泉寺占地一千多平方米,现存乐楼一座、佛殿三间、碑刻十二通。碑文被毁,漶漫难识,乐楼飞檐翘角,彩绘图案清晰完整,颇具清初韵致。寺内存古柏两株,树围四米,树高三十五米,树龄千余年,可鉴玉泉寺之久远。泉深三米,泉底有三柱水涌跃起,泉边有东西二渠泻出,渠再分沟,沟又分流,滋养着方圆几十里的土地和人们。润了这片土地——稻麦添绿、油菜花黄,泽了这方人家——人畜兴旺、富庶康泰。玉泉以让人喜欢的寂静与美丽，楚楚动人地存在着，存在着。它点缀了四季递变、田园风光。

1969年年底，我们全家被下放，由岚皋返回马槽老家。在玉泉边的玉泉小学和离玉泉边不远的西沟坝中学，我走过了我的学生时代。在泉边，我度过了十年的乡村生活，饮了十年的玉泉水，泉水浸到我的骨子里，直至1979年居民返城，我才随全家回到岚皋县城。

我的小学老师杜利民和村里几位长者向我提供了早年从杜家湾外迁南郑县的几处族人的线索，并一致说，听老辈人口碑相传，南郑县玉泉杜氏是早年间从四川白杨沟迁徙而来的。问何县不知，询何府摇头，只说白杨沟老家人到玉泉来，步行三五天便可以到达。几位老人说，马槽杜姓是从杜家湾搬来的，马槽的始祖名叫杜广生，应该有近十辈人搬这儿了。

四川白杨沟，地名遥远却又确切。这种记忆靠的是代代相传，而不是某一个人杜撰的，我以为是可靠可信的。从前的人宗族观念强烈，宗亲意识浓厚，他们延续下来的记忆，应是深刻的、难忘的。

四川太大，白杨沟太小，我没有白杨沟的具体位置，便驱车前往南郑县内几个杜氏分支居住地阳春镇老鹳沟、濂水镇雅河村杜家庄房、小南海镇水桶坝村杜家大槽寻找线索。老鹳沟、水桶坝村寻找无迹，雅河村杜家庄房在数百年的风雨飘摇中，幸存下了旧仄的杜氏祠堂。祠堂大门上挂有乾隆二十六年（1761）牌匾一块，内容为"葛天遗老"，大门对联为"耕读两途教子常光前代，忠厚二字传家永裕后昆"。祠堂内侧墙壁嵌有2006年3月镌刻的方形石碑，碑文为"庄房杜英寿"所撰，族人说杜英寿为南郑县纪委退休干部,石碑是维修祠堂时所嵌。村里的杜家人一直没有家谱。石碑背面为族人捐款名录及数额,碑文首段记载明末清初杜氏族人从湖北孝感迁至陕南南郑县安坎乡杜家湾,清乾隆初年部分族人再迁至杜家庄房。碑文记载杜氏三兄弟从湖北孝感外迁时将一铁锅破为三块作为以后归宗相认的物证。另两兄弟分迁至陕西省白水县和四川省南江县。祠堂不远的地头有杜家湾迁移杜家庄房始祖杜恭的墓。杜恭墓保存完整,墓碑高大,立碑时间为清道光三十年(1850)。杜恭墓墓碑左上方磨掉了大部分原文,新刻了雅河村杜家庄房杜氏四十字字辈诗,镌刻时间为1983年4月5日。字辈诗内容为:"发章水逢新,英华兆国民。树德启文炳,鸿材显大廷。中正祥泰永,茂林桂兰生。培本长守正,昌荣万世兴。"新的字刻上去了,老的字一去不复返了,让后人难以知道碑文原载的墓主人的生平事迹和杜氏祖先的信息。身伫碑前,心有些怅然。

在南郑县城周家坪一小区里,我见到了撰写杜家庄房杜氏祠堂碑文的杜英寿。老人退休多年,鬓白清瘦。老人说村里杜氏祠堂大部分拆于"文革"时期,现貌是他退休后牵头凭记忆修复的,写有"葛天遗老"的大门牌匾是清乾隆时期的原物,祠堂对联是他根据原对联文字所记而忆写的,祠堂内石碑碑文所述杜氏祖先迁徙情况是他凭小时听一位老辈人口述内容追忆撰写的。我问起杜恭墓上的四十字字辈诗,他说那是他当年和村里几位老人共同拟定请人刻上墓碑的。

祠堂墙壁里石碑上关于杜氏先祖迁徙的文字来自一位老人儿时听另一位老人的口述,让人半信半疑。杜恭墓碑上也许有过只言片语的记载,却因后人的"好心"而被破坏、丢失。唏嘘之余,我想溯本求源,去寻找四川的白杨沟。杜家庄房祠堂里石碑碑文记载了三兄弟有一支迁往四川省南江县,南江县毗邻陕西省南郑县,我又想到了杜家湾族里老人说的四川白杨沟不会太远的话,我想去南江县试图找到白杨沟。

三

百度没有信息,地图不见地名。我找寻的方法是最古老的,也是最直接的。2017年5月1日,我约文亭、文凯兄弟,驾车前往汉中,经南郑县城,过喜神坝,翻越大巴山,经光雾山进入四川省南江县境内。

5月的巴山山青花旺,水清鸟唱,美景从窗外闪过。我们逐村问道白杨沟,见镇拜望杜氏人。5月2日下午夕阳泛红时,我们在数次打问中,来到南江县长赤镇书房村杜家院子,在八十岁的杜开云老人家里,我们见到了南江县、旺苍县杜氏族人于2000年合撰的一部《杜氏宗谱》。天下"杜"字土生木,杜氏见面自然亲。得知我们的来意,老人很是客气,搬椅、倒茶、取谱,我们一目十行,匆忙地在谱中寻觅着相关的字眼。

院落边水田里秧苗刚刚莳下,由青泛绿。润田的水深浅正好,清净里映着一田霞光。春末夏初是川北最美好的季节,凉爽静谧,绿染着红,红缀着绿,恬适又迷离。泅着一地绛红的光芒,坐在山风徐徐的院落里,我翻阅着厚厚的谱牒,忽然,宗支谱前面的"白杨沟"三字映入我的眼帘。我俯身细瞅,文字载曰:"木门杜氏发源于木林窝。木林窝位于今旺苍县化龙乡石川村石船寨下,其地有其穴焉,前有玄武拱案,案前一棵柏,九个丫,形似九根葱、三炷香;后有将军石巍然,三星石跃临,左毗白杨沟,右邻桂花树,前瞻南龛寺,所以子孙延绵,人文蔚起。自元末至清初十二代,燕翼贻谋,名留叶世,其族愈大,衍至桂花村、白杨沟、丹青梁、冉家嘴、红石滩、天井坝、油房沟、南龛寺、袁家河、梨子院一带,炊烟逾千户。"

我急呼文亭、文凯聚看,宗支谱文字记载:我旺南杜氏乃京兆一脉传承。魏晋以来,杜陵成为京兆氏望郡,英才辈出。晋有杜预镇襄阳,唐有杜甫书诗章。后唐杜一树入籍山西,生先平、先成、先癸、先达、先朗、先明、先京、先都八子,均进士及第,成为唐八大房。宋时其后裔杜应举迁居湖北麻城孝感乡,世叶相承。追元末,其后人杜赞官居翰林院,受命征西大将军、大都督,收复朱元璋部所占失地。明洪武元年(1368),杜赞父子被朱元璋洪兵追急,击釜为执,杜赞三子,长子通能执锅边偕父入蜀,次子通贤执锅腰入楚,三子通乾执锅底入黔。分手时杜赞作诗一首与诸子,嘱咐其后裔执釜诵诗相见。诗为:"本是人间丹桂花,洪兵追散各天涯。湖麻太子麒麟种,似我儿孙弗自差。"杜赞入蜀后卒于合川,茔在合川龙游寺下。杜通能育思旦、思聪、思珉三男,思旦居重庆,思聪迁夔州,思珉落业通江。思珉生琪、玺、纲、佐、先、绅、纶、维八子,后散于蜀各州郡和汉南。

"汉南"不正是汉中的一个别称吗?我们继续翻看着支谱的后面:明末清初,张献忠入川,清军、明军、地方武装彼此争战,百姓生活陷入困顿,田地荒芜,瘟疫流行,我木门杜氏见时势大坏,聚族于祠堂嘴地土碥,结群随流民入陕,客居汉中南河坡子、宁强、勉县、洋县、城固、南郑等地避乱渡灾。清顺治三年(1646)大清定鼎,四川恢复安宁,我客居陕西木门杜氏一部分人先后回归木门故土，一部分仍滞留汉中客地。

宗支谱上的文字已涉及我的老家南郑，我急速地扫视着。思绪渐进着，文字也渐进着。木门杜氏宗支谱详尽地记载了杜思珉八子安居或迁住详情，记载到七子杜纶时写道："七房杜纶生朝元、朝北、朝阳、朝海、朝堂、朝芳、朝宗等八子，后分支江口谢家坝，一支移汉南玉泉落业。"

"汉南玉泉"！这正是我的老家汉中市南郑县玉泉呀！白杨沟！汉南玉泉！我有些激动，文亭、文凯也有些激动，我们终于找到了我们的根，我们知道自己从哪里走来的了。捧着宗谱，我怔怔地坐了好长时间。

四

《杜氏宗谱》编撰于当今，源自古谱。溯本求源，最有力的证据是找到最早最原始的老谱。静坐木椅上，我有了新的凿掘点。在杜开云老人的帮助下，当晚我们寻见了当年分撰《杜氏宗谱》书房村杜氏分支的编辑杜宗群。老人住在几里外的长赤镇集镇上，在乐园南路一幢两层小楼里，我们见到了八十三岁的杜宗群。见到我们跨省寻祖，老人很热情又很感慨，介绍说白杨沟杜氏属木林窝杜氏，历史上白杨沟原属南江县辖，1945年9月国民政府划广元、南江部分辖地设立旺苍县，20世纪80年代两县边界个别村调整后，归属为旺苍县化龙乡，紧邻木门镇。我问化龙乡与长赤镇的距离，杜宗群老人说有二三十里路，并说南江、旺苍、通江、平昌杜氏同为一脉，互有走动，化龙乡他熟门熟道，第二天他会陪我们同去。

淅淅沥沥的雨伴随着我们的行程，早晨的雨格外清新。车出长赤集镇，顺沟拐进一条乡间岔道，在教化村杜宗群弟弟家里，我们得到了他转赠给我们的2000年版的《杜氏宗谱》。

川北的山柔婉而平旷，细雨迷蒙，山雾朦胧。我们在杜宗群老人陪同下，径直来到旺苍县化龙乡石川村钟嘴祠杜氏祠堂，拜宗祠，并想在祠堂碑碣间寻觅到相关文字。祠堂门锁着，旁有杜氏农户门开着，问询中一中年族人冒雨来为我们开锁，还提来热水茶杯。族人名杜光武，就近义务看管祠堂，知道我们远道寻祖，便挨着院舍为我们解说。攀谈伴着茶香，雨声牵着族情。钟嘴祠以钟嘴寨寨名为名，为木门杜氏分支祠堂，建于清光绪十九年（1893），两层四合院木质穿斗结构，规模庞大，山门、正殿、天井、戏楼、厢房齐全，石雕、砖雕、木雕俱在，凤群图、松雀图、百鸟图造型逼真，雕刻精湛。只可惜石碑大部分在20世纪"破四旧"时损毁，文字难识。大门两侧的木柱黝黑泛黄，保留着建修时的姿态，镌刻着两行依稀可辨的文字："俯首钟嘴祠鸿规巨制则杜氏衍庆圣地，仰望木林窝龙腾虎跃乃京兆呈祥真穴。"大堂门柱上刻存着一副对联："姬姓治神州千古流芳，京兆理华夏百代名扬。"大堂上方悬挂着一方幸存的老匾，匾上镂着"宝婺腾光"四字。杜光武说钟嘴祠杜氏祠堂已被列为省级文物保护单位。

出祠堂左拐紧贴着残存的石质的杜氏府第。宅院宏大，三层台阶式建筑，随坡升高，阶梯相连，高墙砌围，泥瓦盖顶，翘角飞檐。房屋石条砌墙，石条横门槛，石板竖窗框，石板镂空为窗棂。墙极厚，窗仄小，有屋的宽敞，有堡的坚固。杜光武领着我们一院一院地看着，说这院房子是明代杜氏族人杜胜将军的住宅，屋主人原是明代的一位将军，"文化大革命"前大堂正屋龛壁上一直供奉着一把铜锏兵器，上刻"杜胜"二字，后来不知去向了。将军府四面建有房屋，由正房、东西厢房和倒座房组成，从四面将庭院合围在中间；门口有龙门口，厢房设有审案案庭，东厢房有用石条砌就的银库，保存十分完好。我问宅院里有与杜胜将军的相关石碑吗，杜光武说宅院里没有，杜胜墓离宅院不远，墓前有石头竖起的桅杆，有三块墓碑，只是年代久了，字看不太清楚了。

村里传统民居颇多。多以青瓦、灰墙、白屋脊为基本格调，穿斗木结构，人字形青瓦屋顶，撮箕口。直排扇、钥匙头，以中间堂屋为轴线，左右对称，面阔三间或五间，极具川北民房特色。

告别杜氏祠堂和族人杜光武，在石川村村委会院子上方一处木板墙泥瓦房清式小四合院里，我们见到了《杜氏宗谱》木门杜氏宗支谱撰写人杜光富。老人生于1942年，原旺苍县九龙镇退休干部。老人思维敏捷，语速极快。谈起七房杜纶后裔一支移汉南玉泉落业的记载依据，老人说他当时写木门杜氏宗支谱时，先祖迁徙的分布情况，主要依据来源于通江县杜学钰、平昌县杜贞保、南江县白院乡杜联忠所撰族牒家谱，以及祖坟墓碑上的碑文和实地走访所得口述资料。至于这段记载源自何处，因时间已过去近二十年了，难以记清，当时所摘抄的资料也多已丢失，难以查实。

离开杜光富家，小车继续前行，我们问寻到2000年版《杜氏宗谱》主编杜开春家。老人住在旺苍县化龙乡石川村半山腰一处平地上，屋舍宽敞，院里树绿花红，院外有一大鱼塘。老人参加过抗美援朝战争，退伍后任区镇领导职务多年，退休后回乡务农,稼穑之余倾心杜氏家族文化。我们到时,他正在临窗台灯下修改新近写的一篇杜氏宗谱考证文章。老人年逾八十,思维清晰,目力锐敏,口才颇佳,惜耳力几近退逝,问其事由须贴耳大声。交谈中断续知道了原分纂木林窝杜氏支谱人名叫杜长江,年初外出打工没在家,难以查证我们想知道的木林窝杜氏迁徙南郑玉泉的最初文字。杜开春老人说,当年写宗谱的依据来源于族人们保管的老家谱、祖坟墓碑上的碑文和实地走访获取的资料,至于玉泉杜氏源于木林窝杜氏一说从何而来,编撰人应该是有据而记、有源而载的。杜开春老人不问自说道,汉中杜姓多自南江、旺苍迁去,家谱有载,口口相传,当年写《杜氏宗谱》搜集资料时,他和另外四人一同到汉中走访,分成两组,跑了十多天,他主要跑的是汉中城边上的南河坡子、城固杜家巢,谁去的南郑,时间长了他记不太清楚了。我问杜长江后人情况以及杜长江写家谱的资料还会不会在家里,老人说杜长江后人也外出打工了,屋里没人。

  我打问白杨沟方位,杜开春老人答说,白杨沟临近他家,不远,属石川村和长乐村交界处,20世纪"农业学大寨"时白杨沟里修了水库,名叫白桥水库,沟里的杜家人有些搬到近处的村里了。我问白杨沟里原来的杜姓人有多少户,老人说沟一两公里长,也就几十户人家。

  我再次翻开随手携带的《杜氏宗谱》,指着"七房杜纶生朝元、朝北、朝阳、朝海、朝堂、朝芳、朝宗等八子,后分支江口谢家坝,一支移汉南玉泉落业"的这段文字,贴耳问他知道江口谢家坝在哪儿吗,老人答说在邻县平昌县城外不远。我问他木林窝杜氏的排行,老人说木林窝杜氏分了好几支,各自取了字辈谱，大部分都不一样。我问从湖北孝感迁川始祖到现在多少辈了，老人说从明洪武元年（1368）杜赞父子到四川合川，至今已经六百多年三十多代人了。

窗外的雨绵绵坠落，夜色笼罩了川北大地。杜开春老人想起什么似的说道，杜赞老先人父子几人开始破锅逃生，后来世道安稳又见了次面。宗谱记载是逃难分手三十九年后在京都见面的，见面时各自领着后人相锅对诗见面，复会后仍归本地落业。宗谱对这次见面还留有诗："赞祖三子能贤乾，遭遇洪兵起祸端。将锅折为三截断，相锅为凭对诗篇。"

"杜赞入蜀先居合川，其子杜通能及其孙杜思珉落业通江木瓜丛。思珉生琪、玺、纲、佐、先、绅、纶、维八子，后散于蜀各州郡和汉南。"《杜氏宗谱》的这段记载牵引着我们来到通江县。在县城一栋高楼里，我们见到了2010年版《通江杜氏宗谱》主编杜学钰，老人从通江中学退休后倾力研究杜氏文化，集十多年外业调查内业采访之累积，成为川北杜氏家族文化研究大家。

对于我们的探询，清瘦儒雅的杜学钰老人自是热诚。他搬出了铅印的新谱，再拿出了木版的通江县赶场坝杜氏旧谱，末了又翻出笔记本上的手记，但对于我们的问究，却没有精准的答释。

五

《杜氏宗谱》"七房杜纶生朝元、朝北、朝阳、朝海、朝堂、朝芳、朝宗等八子，后分支江口谢家坝，一支移汉南玉泉落业"的文字，萦牵着我们的脚步。2017年夏，我们再度进川，循迹追寻，在平昌县城外巴河岸边的江口镇临江村东门湾杜正清老人家里，我见到了他珍藏的杜氏族人杜贞保编撰刻印于清光绪三年（1877）的《杜氏宗谱》。竖排繁密的文字中，我捕捉到了一行相连的文字："七房杜纶，落业柏荫园，后分支蜀地各县，别乡秦地未考。"杜正清老人说柏荫园为不远处的杜氏居住地，原建有杜氏宗祠，"文化大革命"时拆毁了。清末的谱书记述着四五百年前的事，给出的答案久远而又模糊，我迁陕的祖先也许便在这"别乡秦地"之中，印证了"汉南玉泉"之记载。

杜贞保编撰刻印于清光绪三年（1877）的《杜氏宗谱》，在七房杜纶简短的文字后，记载着八房杜维的条目："杜维后分支迁居南部县定水寺、铁山坪、烟灯山，厥后分支游汉南城固、洋县杜家巢落业。"在由川返陕归途中，我们拐进了城固县，按图索骥，在县城东北郊外，果真找到了杜家巢，佐证了百余年前家谱的记载，让人有了对跨越时空的那些文字的信服。村里半数人姓杜，无家谱无口传，无祠堂无石碑，他们不知杜家巢始祖的名号，也不知先祖从何迁来。洋县也有杜家巢，位于县城近十公里外的四郎乡田岭村，杜氏繁衍兴盛，已扩散于周家坎村杜家圪塔、平溪村杜家岩，村里祠堂、家谱毁于红卫兵之手，耆老知晓村人是川人后裔，并不知具体祖地。我们本想从城固、洋县杜家巢寻到老谱，找到先祖自白杨沟迁徙玉泉的旁证，谱牒无着，倒为两县杜家巢族人充了次信使。想来亦是命运使然，谁让我们的先人五百年前是一家哩。

六

两次入川寻祖终未见到老谱中的相关文字，心中久难搁下。2019年5月1日，我们再行入川，循着木门杜氏宗支谱撰稿人杜光富提供的老谱信息，驱车径直到了南江县白院乡，在杜家岭杜维美老人家里，我们见到了层层包裹的，他的先祖杜联忠撰写于清光绪四年（1878）的《杜氏宗谱》。老谱发黄，纸张极薄，毛笔小楷工整敦肃，竖写无断句的文字记载了白院杜氏同宗木门杜氏的行迹。

暮春里日暖风爽，稻穗灌满了麦浆开始泛黄，樱桃露出嫩红，李子结出了蚕豆粒般的青果，院边的芍药绽出粉红的花朵，长尾的喜鹊在水泥瓦的屋顶上唱着悠扬的高腔。

老人院落宽展，主体为富有浓郁特色的清代民居建筑，旁有一栋两层三间乡间别墅，老屋映着新楼，新楼衬着旧舍。人字形的屋顶，四角翘爪；梁檐上红、青两色刻画着精美的鹿、鸽图案，木质门窗上雕着喜鹊闹梅、凤凰戏牡丹的图案，厅堂两侧柱础用整块青石凿成，刻着麒麟、雄狮的浮雕。石材考究，饰件精致，在时光的打磨下，虽然不复昔日光鲜，却惊艳了岁月。

坐在穿木斗拱结构的老房子里，我一页页地翻看着《杜氏宗谱》。老谱敦实，映着旧时的影子，洇着主人的指纹，蕴含着主人虔诚的灵魂，藏着读谱人的敬畏。

忽然，"汉南玉泉"的字样跳入我的眼里。"珉生八子，长琪……次玺……三纲……四佐……五先……六绅……七纶……后分支巴州江口谢坝河，一支汉南玉泉落业，川后未续。"这正是木门杜氏宗支谱撰稿人杜光富当时写涉及先祖迁徙分布情况的内容时作为主要依据的三部老谱之一，这也是我力求的能佐证2000年《杜氏宗谱》中相关记载的古老谱牒依据。

百余年前的墨迹，发散着凝固了的墨香，也印证了过去时日里一个地方人群的繁衍生息。它是历史的记录，它是遥远的回忆，它是氏族的印迹，它是现代人的根系。

汉中南郑杜家湾老家杜氏老人们口口相传杜氏从四川白杨沟迁入，白杨沟所属的木门杜氏百年前的老谱记载杜氏一支落业汉南玉泉。汉南，汉江南部地区古称；玉泉，汉中汉江以南古今贯通名胜地。白杨沟、玉泉，两地川陕毗邻，间距近两百公里，暗合了南郑杜氏老人相传的两地三五天步行可达的说法。玉泉、白杨沟，两者古今相接，口碑系结，谱牒佐证，诠释并证实了两地一脉的承袭。

短短数十字的记载，让我寻祖的心能够妥帖安放。午后春日的阳光下，我在杜维美老人院子里一张方桌上为老谱拍照，老人一页页地翻着，我一页页地拍着。书写着"一支汉南玉泉落业"字样的那一页，我拍了一次又一次。

老人告诉我，他生于1948年，写谱的先祖杜联忠高他六辈，族裔们口碑相传，说他是位私塾先生，颇有文采，家境殷实。老谱原是他父亲杜正芳珍存，他父亲前年去世前把家谱托付于他，嘱咐他代代相传。

临分别时，老人嘱托我，让我把拍下的照片装订成书后寄他一本，平时查谱时看，老谱原件便不轻易往外拿了。我答应了老人并记下了撤乡并村后现在的通信地名：南江县大河镇莲花石村。

七

迎着晨曦，我们离开南江县城到相邻的旺苍县木门镇，去拜望白杨沟杜氏的生活地白杨沟和起源地木林窝，以弥补上次去木门因时间仓促未实地拜望的遗憾。

再进木门，我对木门的历史有了知晓。木门为历史上的名镇，化龙乡曾为木门所属。木门地处旺苍、南江、巴中、苍溪四县交界处，古时是利州通往巴州的必经之路。三国时，蜀魏多次鏖战木门，木门镇的"射郃坪"传说为乱箭射死张郃之地。唐、宋、明、清时这里均为古战场。杜甫、上官婉儿在此均留有诗作。1933年至1935年，红四方面军曾在这里与国民党川军多次激战。镇内木门古寺是红四方面军入川后召开第一次重要军事会议的地方，现木门军事会议会址被列为国家重点文物保护单位。

在2000年版《杜氏宗谱》主编杜开春家里，我们再次拜访了他。在他的指点下，我们爬坡、过梁，途经数公里水泥村道后，路遇松树掩映下的一处农舍，我们停车问路。得知我们的来意，屋主人热忱相邀我们进屋喝水，言语间告知我们，他们也姓杜，村里人都姓杜，同为木林杜氏。茶刚饮进口，我们又被邀上饭桌。盛情难却，我们只好入座。筷碗交错、饭菜飘香中，我们得知主人名杜光建，在县城上班的女儿五一假期回家，母女厨房忙碌，全家人正准备午餐，恰逢我们门前询路，便邀我们几位同宗的家门一同相聚。

同姓自有关切，同宗自带亲情。同桌被邀的主人族弟杜光全为旺苍县职业高中教务主任，饭桌上他向我们说起木门杜氏清代进士杜星南和父子进士杜为翰、杜恒昌的逸闻趣事及遗存墨联。一村仅清代便有三位进士，实为文墨胜地，让人不由心生钦佩。

主人屋后耸立着一座船形的山峰，饭后桌上的男人们陪我们去看。熟谙乡情的杜光全说要了解木林窝杜氏的历史，这座山是要爬的。先行车，再钻松树林，再攀山崖，奇峰突兀，怪石嶙峋，秀木荫荫，悬崖峭壁间不时地蹦出苍劲的古松和殷红艳装的映山红。山顶陡峭窄长，形似巍峨巨船，高处又矗立一船形巨石，石面平阔，石壁上凹陷着大水桶似的石窝，窝内无源无眼却溢满清水，不浊不腐。身旁的几位同族介绍说，这眼水不管是天旱雨涝，或是酷暑严冬，不涸不流，不澜不冰，一年四季都为此水清波娴的模样，是为当地一奇。

杜光全说，这山因山形、石形名叫石船山，又叫石船寨，历史上这山很有名气呢！清代诗人王猷写过一首《咏石船寨》的七言诗："怪石巍巍恰似船，谁人撑在山之巅。几时等得禹门浪，一篙撑过红石滩。"

讲过诗后，杜光全扶了扶脸上的眼镜，又说，这石船寨上还发生过很多战事。元延祐元年（1314）中秋节，木林窝杜氏先祖杜铁镰联合结拜兄弟陈刚，号召族人和近邻同乡组成抗元义军，曾在石船寨、奶头山浴血奋战，终因寡不敌众全军覆没，杜铁镰战死后被元军在玉石垭就地埋葬，并用铁水浇铸成铁枷锁锁坟，直至1976年修筑木门至化龙公路时被杜氏后人拆除。至今当地流传着一首民谣："陈刚杜铁镰，铁弓扣铁弦，脚踏石船奶头寨，箭箭射金蛮。"我探询奶头山何在，族人们告之，奶头山邻近长乐村，因山峦状如奶头而得名，山寨两面临崖，周长十公里，四周有寨门二十四个，寨中有寨，为我国留存下来的面积最大的古山寨。

说着古人的金戈铁马，也说着今人的战火硝烟。在村里长大的杜光全说，他小时候就听长辈们说过红军在这山寨打土匪的事情。1933年红军从两河口直上，在石船寨与土匪何武贤、曾荣昭两股武装分子交战三天三夜，歼敌百余人，迫使土匪弃隘潜逃，其英勇事迹被载入木门寺红军纪念馆。

族人们坐在寨石上歇息，说着山寨的前世今生。颇有文采的杜光全说，石船寨源远流长，山寨所在的村明代便开始称为石船村。石船村历史上隶属保宁府巴州南江县长赤乡，1984年划归旺苍县化龙乡管辖时，乡上因刻公章把"石船"刻为了"石川"，便错讹为石川村了。1992年撤乡并镇时，石川村归为木门镇，1995年恢复化龙乡建制，石川村随之划转。

身伫古寨，思绪悠远。"石川"二字，自有"清泉石上流"之诗意，意境优美，是疏忽所致，还是有意为之？形似石船，风生水起，久远悠长，古朴稚拙，更见证流年时光，让我等寻祖的异乡人贴近祖先，贴近自己。相形之下，我在心里说，还是石船这个名儿好些。

告别石船寨，族人们带我们来到了不远处的《杜氏宗谱》记载的木门杜氏起源地——木林窝。"木林窝位于今旺苍县化龙乡石川村石船寨下，其地有穴焉，前有玄武拱案，案前一棵柏，九个丫，形似九根葱、三炷香，后有将军石巍然，三星石跃临，左毗白杨沟，右邻桂花树，前瞻南龛寺，所以子孙延绵，人文蔚起。"2017年寻得的《杜氏宗谱》里的这段文字，牵绊着我一次次寻祖的脚步。

下了寨顶顺山梁缓行数百米，梁下陡坡上突起一巨大岩石。巨石上无树无草，上下三磴，高十多米，顶阔约一间大屋大小，石面平展，族人说这便为家谱中写的将军石。石的形状若乡人装物用的篱竹子，因明清时石上建有寨堡，乡人又称为石篱寨。将军石直直竖立，石壁灰白泛青，难以攀爬，古时人要爬上石顶寨内，想必是要借助木梯索绳之类工具的。

沿石下行不远，坡旷地阔，呈现出大片平缓台地，田禾苗绿，阡陌弯曲。族人说这便为木林窝旧地，台地边原有一棵古柏，生有九个枝杈，20世纪50年代大炼钢铁时被伐毁。台地上独有一户杜姓仍居,土墙泥瓦俨然,鸡犬之声相闻。族人与屋主闲言,我在闲言里知道了屋主与健谈的杜光全平辈。屋前菜地里原有杜氏族人旧屋,屋舍不在,条石旧砖隐现。台地旁的山梁上古墓群布,墓碑厚实高大,墓联文雅字逸,意味古典,多有金石之风。族人介绍说,这为木林窝杜氏祖坟,远至明初,近至民国,现已列为县级文物保护单位。

台地下仍为台地。顺着林间石径曲折而下,一大片清代旧式院落呈现眼前,依山就势,青瓦屋顶,木柱木墙,房舍相连,院落相通,地面多用长方形石板拼铺而成,阶梯用石条嵌砌。环顾四周,青山环绕,古木森森,近处农田相邻,禾卉繁茂,屋瓦黛青,山林色绿,院子融入了大山里,大山将院子揽入了怀中。

屋舍古旧,老屋里摆着老了的家具,住着上了岁数的人。老屋之间有坍圮的木屋,间杂着几幢两层的水泥墙玻璃窗的新式楼房,老屋前有稚童嬉戏。老屋新楼间立,昨天今天相接,脉动不息的是木林窝杜氏绵绵不绝的族裔传承。

院落里的族人和陪同我的族人相熟。闲谈中我知道了这院落初建于明代,后来在清代逐步扩建,为木林窝杜氏较为集中的一处古院落,声名远扬。近二三十年来,院落里的年轻人多已外出发展,把家安在了外面,老屋慢慢失修,一部分已经垮塌,便成了现在的状貌。

谈起逝去的院落,族人们叹惜,我们一行也叹惜。信息通达的杜光全在叹息声中说,国家近几年对有年代的老房子已开始保护,县上已对石川村古文化文物进行了详尽的普查,这些老房子已作为中国传统古村落进行了申报,相信不久后石川村的老屋老院子将得到很好的保护,结合寨堡遗址、红色文化遗址,石川村的乡村旅游业会蓬勃兴盛起来的。

时间老去，房子老去，院落大门外层层石条砌筑的台阶也正在老去。我步履轻轻地拾级而上，心沉沉的，声默默的，我不知道我的老祖先的名号，也不知道他的样貌，但我知道他肯定走过这石条台阶，在台阶上留下过他的足迹。石条青青，石条缝隙里的小草青青，这青草的祖先，它们定是见过我的祖先的。

依依不舍地告别木林窝，缓行几公里，我们又来到不远处的白杨沟，那是南郑杜家湾老人们口口相传给我的杜氏祖先迁徙至玉泉前的祖居地。邻近白杨沟的长乐村的一条小山沟，沟不宽有些平阔，水不急却极洁净，水流缓和处一道水坝筑起，形成一个小小的水库，人称白桥水库。族人们说这水库建于20世纪中叶，距今近七十年了。

沟畔处住着散居的人家，他们有的住着老式的房屋，有的住着新建的小楼，过着山光水影的娴静生活。和众多的山村一样，年轻人多走向了山外，去寻找城市的生活，留在沟里的多是舍不得乡情的老人。攀谈间，老人们说沟里人户都姓杜，和木林窝杜氏为同宗，在明代这里便有杜氏人居住了，沟长近两公里，有六七十户人家。

沟里通村水泥路弯曲，地头小道扭转，串通一户户人家，系起一块块田地。沟长地阔，当年迁至汉南玉泉落业的那位先祖，他的原住屋在哪块土地上呢？他是临溪而居，还是藏林而栖？他有着怎样的名字，又有着怎样的模样？我不知道，沟里的同族老人们也不知道。

山坡上茂林修竹，农家院边绿树成荫，坡间地头青禾楚楚，溪沟里流水潺潺。眼前的景致，我的祖先看过；脚下的土地，我的祖先走过。数百年后的今天，我怀着一颗虔敬的心，静静地来膜拜，悄悄地来触摸。天空之上的先祖，也许他会看到我的，也会荫佑我的。

八

国有史，邑有志，族有谱，人有传，事有典。寻根问祖，一脉渊源。姓是族体的名号标志，谱知族的兴衰起伏。数年数次的访祖，今古谱牒的印证，让我回归了宗族的属地，尽管没能排列出列祖列宗的序辈名号，但从文字记录中仍能洞察祖先走动的身影并联想到他们走过的地方。

白杨沟以沟为屏，自成一体，在山的褶皱里繁衍了一世又一世杜姓族人，风干了一辈辈人的血汗，耗尽了一代代人的气息。那时令、天地、风雨、草木自行编排的生命记忆，沉沉地坠着从这里四散而去的脚步。这个地名置在时光的深处，躲在故纸蝇头小楷里，落在心田的底层下，在不经意露头时会让人稍作痉挛。尽管你没在那里出生，尽管你没在那里生活，但那作为祖先匍匐过的地方，会因为你的祖辈，而与你神奇地发生血脉的关联，滋生出不可名状的忧伤。

前人说着古，后人便有谱。也许某一天，也许某一地，在晨光灿烂时，在花红柳绿时，会冒现出老祖先泛黄的更多的陈年载记，抹平心头的缺憾，填实族序的空断。

时光悄悄地流逝，巴山亘古屹立。山巅上一轮皎洁的圆月高高地悬挂着，照彻山南山北，映照过我的先祖，也映照过我的父辈，今夜那皎洁的光辉又洒在了我的身上。

祖先的川北在巴山里，父辈的南郑在巴山里，我生活着的岚皋亦在巴山里。

　　族在巴山，家在巴山。

2018年9月3日写
2019年5月25日修订

岚皋清朝女名人杜继燕传略考析

九十六年前,岚河上游花鲤墟杜家老院子一位老太太,走完了她九十七个春秋的岁月,融入了院后不远十里沟旁一处向阳的山坡。众多的挽联中有这样一副:"精通诗书善育英才桃李门满多科第,敢破习俗坚反缠足孙曾绕膝尽孝思。"她就是被后人誉为清朝大脚才女的杜继燕。

出生于道光三年(1823)的杜继燕,从小反对缠足,身着男装,读书习文,小楷端正,文墨雅众,精通书史,多才多智,人称女状元。二十岁时,以文择婿,选定岚河中游罗金坪秀才王隆道。1993年版《岚皋县志》记载:王隆道不嫌杜继燕天足大脚,慕名前来求婚,杜继燕要求拜读王隆道府考文章再定。杜继燕见到了王隆道的府考文章《善养浩然之气》,当读到"先有浩然之身,才能养浩然之气。身体发肤受之父母不敢毁伤,才能清白健全之身。无清健之身,而欲养浩然之气,是舍本而求末也!岂可言善养乎?"时,脱口而赞:"好文章!好文章!"即联姻成配。

王隆道的爷爷王英追随清朝名将杨遇春,赏封都司,为清末知名武将。王隆道的父亲王兴麒创建了岚皋文庙和岚河书院。王隆道后来考中进士,在广西容县等地做了多年知县。在杜继燕的教育下,女儿、孙女任脚天生。五十七岁时,杜继燕在花鲤墟创办私塾并亲自执教，桃李众多。五个儿子四个考中秀才，一个考中举人。她的小儿子王樾中举后曾任甘肃成县、徽县知县，后牵头砖坪乡贤众人上奏国民政府国务总理伍廷芳，改砖坪县名为岚皋。她的孙子王子绍曾任陕西省教育厅督学、中山大学教师。王子绍曾写了一篇题为《砖坪女杰·杜继燕小史——道光年间一个反对缠足的少女》的文章专门记叙杜继燕。

翻开岚皋地方史，杜继燕及王氏家族是不可或缺的一页。杜继燕堂哥杜继安为岚皋文学史留下了文学华章《公置义田序》。杜继燕的弟弟杜继仲留传下了"渔、樵、耕、读、琴、棋、书、画"为标题的一组七言古诗。王子绍大姐王钟悌颇通文墨，嫁与曾留学日本、创办岚皋树桑公社的地方名士陈可庄。王子绍六姐王钟祜熟读诗文，聪慧过人，嫁于县城河街娄成允家，并在娄家祠堂私塾教授侄儿女，其三嫂产亡，她将婴儿救活取名娄学政，扶养成人后，娄学政奔赴延安参加革命，中华人民共和国成立后任江苏省军区副司令员，成为我党一名高级干部。王子绍八哥王子纬聪明异常，有神童之誉，幼学中医，过目成诵，上海五卅惨案时由恽代英介绍入党，从事革命工作，中华人民共和国成立后任西安市第二人民医院院长。长篇小说《龙城飞将》中主人公阳子伟即以王子纬为原型。王子绍弟弟王子绩抗日战争初期入党，在西安从事地下工作，中华人民共和国成立后任陕西省医院院长。王子绍四哥王子纶的女儿王曾效在西安女子师范学校学习时加入进步组织，1938年赴延安抗日军政大学学习，毕业后任陕甘宁边区政府秘书，认林伯渠为干父，改名林虹，后参加抗美援朝战争，回国后一直在铁道部工作，曾任铁道部出版社工会主席。

1993年出版的《岚皋县志》专门记载了杜继燕。县志载杜继燕父亲为杜官廉。杜官廉为清乾隆五十九年（1794）举人。由刘勇先主编、中山大学出版社2014年出版的《安康古代教育史略》也记述杜官廉、杜继燕为父女关系。2011年由岚皋县政协编撰出版的《岚皋文史资料》第三辑也收录了记载杜继燕的小史。小史记载杜继燕去世后有一副挽联写道："父进士夫进士子进士士出名门，母天足媳天足孙天足足证贤母。"2015年年末编就的新一版《岚皋县志》艺文志初稿本也选录了这副挽联。

2015年年初，我在搜集多年资料后，开始编撰融1949年前写岚皋的诗歌、散文、理学为一体的《岚皋诗文遗存》一书，在辑录史料、考证求真的过程中，我有缘从杜继燕及王氏后裔中寻找到了《杜氏家乘》《杜氏支谱》《王英年谱》《王氏家谱》《杜继燕小史》，通过阅读这些资料性书籍，我对杜继燕及王氏家族有了进一步的探究。"高中进士""学而优则仕"是古代读书人一生奋斗的目标。岚皋古代有多少名进士？杜氏及王氏家族出了几名进士？为弄清这些问题，我到安康市图书馆、安康学院图书馆查阅典籍，还从网上购买到上海古籍出版社1979年出版的三卷本《明清进士题名碑录索引》和台北成文出版社1992年出版的四百二十册本《清代朱卷集成》。数天挑灯夜读，我对1993年《岚皋县志》《岚皋文史资料》（第三辑）关于杜继燕的相关记载产生了质疑。

清同治戊辰年（1868）锲梓的《杜氏家乘》和清光绪三十三年（1907）成书的《杜氏支谱》记载：杜氏先祖原居山西平阳府蒲州万泉县双泉乡南无里杜家村，后迁襄阳府枣阳县双沟，再迁岚皋。其派行诗为："恭敬以行，立品守正。名世之生，如有善庆。"续派诗为："继祖志光大，承宗永克昌。传家本忠孝，经国在文章。德自宽仁懋，伦从学校详。熙朝隆作育，厚望启贤良。"家谱记载：杜官廉为杜氏第十三世孙，官廉为考试名，派名善墀，别号为其田芸夫，乾隆甲寅恩科举人，生于乾隆二十九年（1764）冬月二十一日，卒于道光二十八年（1848）十二月初八，寿八十五岁。杜善墀妻高氏，生庆冕、庆宏、庆銮三子。庆冕无功名，生于乾隆五十三年（1788）正月二十四日，卒于嘉庆十六年（1811）十月初十，寿二十四岁。庆冕妻周氏，生继谱、继胄二子，生一女适储枝发。庆宏功名增生，生于乾隆五十五年（1790）十月初二日，卒于咸丰九年（1859）二月初九日，寿七十一岁。庆宏妻张氏，生继安、继敦、继函三子，生三女，长适贡生谢玉璋公之长孙谢仁扬，次适周守先，三适熊祖麟。杜庆宏长子杜继安在岚皋文学史上留有《公置义田序》碑文一篇。此碑立于"乙丑岁季春月"，碑文注明具体时间是同治四年（1865）四月十八日，系"竹林居士杜继安拜撰序"，碑为长方形，寺石形制，共为四石，大小相同，序为第一石，其余三石刊忠义讲所捐置义田文契和条规。碑石原刊于岚皋县花里镇政府驻地，即忠义讲所旧址。我专门又查阅了杜继安的记载：杜继安禀贡生，生于嘉庆二十年（1815）四月二十四日，卒于同治六年（1867）十月二十四日，寿五十三岁。杜继安原妻谢氏、继妻聂氏，生二子三女。《岚皋诗文遗存》收录了杜继安的这篇文采斐然的碑文。"庆銮无功名，生于嘉庆乙丑年（1805）正月二十日，卒于咸丰乙卯年（1855）六月二十五日，寿五十一岁。庆銮妻杨氏，生继仲、继绰、继矩三子，生三女，长适庠生汪正心之次子汪太敏，次适都司王英公之孙奉政大夫王隆道，三适庠生储枝贤之胞弟储枝秀。"此处的"适"，《说文解字》解释为女子出嫁的意思。古代的家谱一般只载男名不载女名,但从庆銮次女嫁给王隆道的记载可以印证,杜庆銮的第二个女儿便是杜继燕。一百多年前的杜氏私家史书明白准确地告诉我们,杜官廉是杜继燕的爷爷,并不是如1993年版《岚皋县志》所载,杜官廉是杜继燕的父亲。

"纸上得来终觉浅,绝知此事要躬行。"2015年一个夏日的周末,我邀请杜氏后人杜承华来到花里镇,再邀知情同裔族人杜大军,一同到了杜氏老院子后十里沟杜氏祖坟,先后祭拜了杜官廉、杜庆銮、杜继燕。杜庆銮的坟头由几块山石垒就,和周边的丘坟别无二致。杜继燕的坟墓在"文化大革命"时期遭到毁坏,墓碑不知去向,其骨骸被周姓一好心老人转葬到了不远的山崖凹缝里,空留下的平展的坟地长满了郁郁青草和烂漫山花。杜官廉的坟堆大且高,树木覆盖了整个坟茔,烘托出杜大举人的声望及其家境殷实。杜大军说在20世纪农业学大寨时,墓碑被砌了田坎。我问还有人记得墓碑上的文字吗,住在近旁的八十多岁的老汉熊明炳回忆说他只记得墓联。医生身份的杜承华随手递上几张处方笺和一支笔,熊老汉一笔一画地默写出了墓联,我随即抄写在随身装着的笔记本上:"太学保田传后进,吉阳科地起群英。"墓额:"祖德流芳。"

故纸堆里寻学问。几大本泛黄的没有断句没有标点的竖排繁体字志书,读得人眼睛发涩,也让人读出了另一重疑惑:杜继燕是"父进士夫进士子进士"吗?揣着这个疑问,我来到了杜继燕四代孙女杜大英夫婿刘天祥的书房。刘天祥原为岚皋一单位的部门领导,现已退休在家,他喜欢收集地方文史资料,对杜氏及王氏家族史也颇有考究。他从书柜深处翻出了一本杜继燕、王隆道孙子王子绍1985年撰写的《砖坪女杰·杜继燕小史——道光年间一个反对缠足的少女》油印本。书不厚,纸张发黄,老式的滚筒铅字打字机字体透着20世纪80年代的气息。油印本左上角用红色圆珠笔竖写着"大英孙永存"五个手写体字。刘天祥说这是王子绍的手笔。在油印本的最后一页空白处,同样用红色圆珠笔写着"附一九二〇年挽联三则"字样,打头的便是《岚皋文史资料》第三辑所载的这副挽联了。我知道,1920年是杜继燕去世的时间。刘天祥说,《岚皋文史资料》第三辑所刊杜继燕小史及挽联,便是编辑人员从他这儿复印去的。在其他两位王氏后人处,我也看到了同样版本的《杜继燕小史》油印本,但空白处没有手写的其他文字。

在县城一位王氏尊者的家里,我读到了王子绍写于1985年的《王英年表》《岚皋县王氏家谱》。同样的油印本,透出一个相关的信息,王英的儿子、王隆道的父亲王兴麒是清道光十二年(1832)进士。《王英年表》载,王兴麒虽考取功名,但遵父"善乡里不必出仕"之命,一直致力于岚皋地方发展,并未像其他进士一样外出做官,而是率民在溢河、蔺河、渡船口、萧家坝修筑河堤防汛,创建了岚皋文庙和岚河书院。王兴麒还与当时地方文人廖成德、谢曰昌、祝垲、杜官廉笃结诗社,每二十日一集。1993年版《岚皋县志》记载杜继燕授书子孙,五个儿子个个成才,一个考中举人,四个考中秀才。《岚皋县王氏家谱》记载了五个儿子的名字,分别是王仕、王辂、王轸、王镛、王樾。民国六年(1917)付梓成书的《砖坪县志》人物志记载:王樾,号荫之,光绪二十八年(1902)举人。考中举人十五年后的1917年,王樾便率众向当时国民政府上奉了请求改砖坪县名为岚皋县名的奏章。

王子绍在完成《杜继燕小史》《王英年表》和《岚皋县王氏家谱》两年后，于1987年去世，走完了他八十六岁的人生。作品中留下的史料，在他那儿再无法求证了。

杜氏及王氏家族到底有几个进士？在《砖坪县志》人物志科贡卷可以看到，杜官廉、王樾为举人，王隆道为进士，王兴麒没有片言记载。由朱保炯、谢沛霖编辑，上海古籍出版社1979年出版的三卷本《明清进士题名碑录索引》，是一部检索明清两朝人物史料的权威工具书，内容包括明清两代进士考试二百零一科五万一千六百二十四人。索引以姓氏按四角号码检字法、姓氏笔画检字法、汉语拼音检字法排列，籍贯、科年、甲第、名次分注于姓名之下。在这部典籍中，我查到了王隆道和岚皋其他几位进士，同样没有王兴麒的记载，也没有杜氏家族及王氏家族其他相关人氏的记载。《王英年表》记载王兴麒是清道光十二年（1832）考中进士的，我在《明清进士题名碑录索引》中找到了这一年的条目。清道光十二年（1832）壬辰恩科取士一甲三名、二甲一百名、三甲一百零三名，共计二百零六名。其中王姓进士十二名，籍贯显示均为外省人氏。

《砖坪县志》和《明清进士题名碑录索引》是让人信服的，也是无法让人怀疑的。那么杜继燕"父进士夫进士子进士"便让人难以相信了。杜官廉是位举人，不是进士，他是杜继燕的爷爷，并不是1993年版《岚皋县志》所载的是杜继燕的父亲。《岚皋县王氏家谱》所载杜继燕丈夫王隆道的父亲王兴麒为进士，在《砖坪县志》和《明清进士题名碑录索引》中无法得到印证。由此，杜继燕"父进士"之说法便无法立足了。杜继燕五个儿子，王仕、王辂、王轸、王镛为秀才，王樾为举人，这唯一史料，也无法印证杜继燕"子进士"之说法。在杜继燕"父进士夫进士子进士"中，只有"夫进士"是不容置疑的。基于谨慎，我在编选《岚皋诗文遗存》一书时，便舍弃了有关杜继燕的这则挽联。

进士之称，源于《周礼·王制》，述上古选拔人才，由乡、里逐级推举，有修士、选士、俊士、造士等名称，最后一级是进士。其实就是一个美称。隋朝开始以考试选人，隋炀帝始设进士科。此后，自唐迄清，中国以科举取士，选拔人才，组成文官集团。在长达一千三百多年的历史中，进士科一直是最重要的科目，考中进士也就成为科举考试最高一级的佼佼者。隋初实行的科举取士制度，至清光绪三十一年（1905）明令废止，到今年已过去百余年了，人们对它已经陌生了。但是，人们读史志，读家谱，读诸如《聊斋志异》《官场现形记》《儒林外史》等古典小说，又经常会碰到它，是回避不了的。

考中进士是一个家族和一个地方的大事，是要进入家谱和史志的。杜继燕的父亲和儿子不是进士，王子绍为什么在家谱和挽联中有如此溢美之词呢？后来我有缘获得了岚皋另一位进士谢馨的乡试朱卷，在记叙先祖科贡时，看到了"岁进士"一词。在台北成文出版社1992年出版的四百二十册本《清代朱卷集成》中，这个词语得到了印证。为了弄懂这个词语，我查阅了相关资料。"岁进士"不是殿试进士，是对于"岁贡（生）"的一种雅化的别称，当然不是真正的进士。明清时代的"岁贡（生）"是"贡生"的一类。明清时期，按期选拔各地府、州、县学的"生员"，贡入中央国子监，称"贡生"。明清两朝的进士，专指各省的举人、国子监的监生，以及在京师会试中试者，经殿试合格之人。此外,还有其他的几种亦称"进士"。如清朝的贡生分为岁贡、恩贡、副贡、拔贡、优贡五类,合称"五贡"。其中以"岁贡"(岁贡生)最多。"岁进士"作为一个雅称,可以写在私家性的族谱和碑文里,但不能用于正式的文书中,即使带有颂扬性的普通文体,如书信、传状里也很少有用的。《四库全书·正字通·进》也载:"乡试中试曰乡进士,岁贡曰岁进士。"王子绍如此书写,或许缘由在此吧!这也是对杜继燕的赞誉和对整个家族兴旺发达的希冀吧!

2016年1月5日

深山故纸徐徐香

提起清末岚皋的名门望族杜氏，上了年纪的知情岚皋人，自然会说起大脚才女杜继燕和她的进士丈夫王隆道。夫妻俩的杜、王二姓家族，人文厚重，人才辈出，构成了在当时特殊年代里岚皋"四大家族"占其二的社会地位。杜氏家族在清乾隆年间曾出过举人杜善墀，相传在外做过地方官。杜善墀孙女杜继燕出生于道光三年（1823），她精通诗书，聪颖足智，反对缠足，自办私塾，桃李盈门。膝下五子，四个中秀才，一个中举人。她的小儿子王樾曾任甘肃成县、徽县知县，后牵头地方乡贤上奏国民政府国务总理伍廷芳，依据《水经注》对岚河的记载，改了砖坪县名为岚皋。杜继燕的孙子王子绍曾任国民政府陕西省教育厅督学。杜继燕的堂哥杜继安为岚皋文学史留下了文采斐然的华章《公置义田序》。杜继燕的弟弟杜继仲留传下了"渔、樵、耕、读、琴、棋、书、画"为标题的一组七言古诗。王子绍曾写了一篇题为《砖坪女杰·杜继燕小史——道光年间一个反对缠足的少女》的文章专门进行了记叙。

翻开岚皋地方史，杜继燕及王氏家族是不可或缺的一页。"参天大树，必有其根；怀山之水，必有其源。"每个家族有每个家族的起源史、发展史，深植于家族文化中的家训、家规是一个家族发展的内动力和风向标，也是家族之间的个性化特色与标志。

岚皋杜氏家族是如何崛起并发展成一个名门望族的呢？去

年秋，我有缘在一杜氏后裔贤叟家中索得《杜氏家乘》《杜氏支谱》，从《杜氏家乘》中阅读到《杜氏阖族公议齐家条规十则》，或许能从中找到答案。

清同治戊辰年（1868）锲梓的《杜氏家乘》和清光绪三十三年（1907）成书的《杜氏支谱》记载：杜氏先祖原居山西平阳府蒲州万泉县双泉乡南无里杜家村，后迁襄阳府枣阳县双沟，明成化八年（1472）复迁至荆州府监利县新安里茶壶垸通江湖南岸，清乾隆元年（1736）再迁至岳州府巴陵县小沙州，清乾隆四十六年（1781）其中一支又迁至陕西省兴安府岚河畔，为杜氏京兆堂支堂，和唐代大诗人杜甫、杜牧同为襄阳京兆堂一脉。《杜氏家乘》述其祖先根脉时赋诗敬题道："迹自伊祁肇，凭徵夏与商。至周殊氏族，作伯有邦乡。孔庙钦从祀，虬精信克昌。曾向韦阀阅，还傲李文章。积兆更千叶，班曹列五房。系皆京兆统，名概宝田彰。受姓非无谱，由明可溯唐……""还傲李文章"一句便指杜氏先祖杜甫。韩愈有诗曾说"李杜文章在，光焰万丈长"，也只有杜甫可以和李白相提并论了。《杜氏家乘》述其派行诗为："恭敬以行，立品守正。名世之生，如有善庆。"续派诗为："继祖志光大，承宗永克昌。传家本忠孝，经国在文章。德自宽仁懋，伦从学校详。熙朝隆作育，厚望启贤良。"《杜氏家乘》为竖排繁体版，无断句也无标点。为便于阅读，现断句并用简体字将《杜氏阖族公议齐家条规十则》摘录如下，以便了解杜氏家规全貌。

杜氏阖族公议齐家条规十则

闻之进贤、去奸，朝廷有黜陟之典；好善、恶恶，草野有月旦之评。富家大吉，闲家悔亡。盖欲人心正而王化，行道德一而风俗同也。

我等族姓浩大，户口繁衍，诚恐性情不静，不无圣世之顽民；气质多殊，未尽熙朝之君子。倘有反道败德、越礼犯分者，理合预施条规早为惩治，庶不至萤火燎原、蚁穴溃堤也乎。是以户族人等公议严禁，大彰法戒。

凡我同姓，务宜亲九族、振三纲、张四维、重五常。业儒、业渔、业耕，横经不防网罘；为工、为商、为贾，游艺皆能生财。毋许不忠不孝、不和不友、不信不睦、不仁不义，毋许欺孤欺寡、欺贫欺贱、欺老欺死、欺愚欺善，毋许聚赌比匪，毋许酗酒贪花，毋许狗盗鼠窃，毋许马骗鲸吞，毋许屠牛宰犬，毋许偷鸡攘羊，毋许笔刀墨剑，毋许烟灯银枪。此皆王法所不容，家规所宜惩也。

我今户门，务宜言物行恒，同心合志。不得恃房势以藐户，逞私见以独为，小大公事食用从俭；亦不得网利而轻义，贪婪而肥己。如有违议犯规，同彰家法，不得徇情碍面。如更持强争辩，送出公廷，不得畏势容纵。自任之后，修其天爵，同振宝田之先声；教以人伦，共恢京兆之遗泽。父父子子、兄兄弟弟、夫夫妇妇，而家道正矣！

第一条：完粮土以省催科

夫朝廷惟正之供，已有善章；阖邑修堤之规，亦属美举。凡我同姓，国课早完，不作欠粮之刁户；堤费时出，无若抗土之顽民。倘有拖欠官债，迟延土费，签票临门，差役需索，多方诛求，后出之费较前应出之数而倍增，勿谓言之不早也！

第二条：敦孝悌以重人伦

夫圣人之德本于人伦，尧舜之道不外孝悌。父母俱存、兄弟无故，乐莫大焉！凡我同姓，宜亲其亲、长其长。当思天下无不是底（的）父母，世间最难得者兄弟。倘有去顺效逆，越礼犯分，不循子弟之道者，轻用家规，重遵国法，决不恕悖逆争斗之子弟也！

第三条：笃宗族以昭雍睦

夫人本乎祖，子姓虽众，皆祖宗在天之灵所默佑也。凡我同姓，宜亲其九族，敦其一本，欢然有谊以相接，蔼然有情以相通，祭宗庙以序昭穆，续族谱以清支根，其雍睦为何如也。倘有擅卖公田、侵吞祭费，为祖宗之罪人，家法决不轻恕也！

第四条：重农桑以足衣食

夫人情一日不再食则饥，终岁不制衣则寒。衣食者，农桑之所从出也。凡我同姓，深耕易耨，知稼穑之艰难；暮织朝纺，念布帛之辛苦。老幼安怀，室家温饱，不亦乐乎！倘使好逸恶劳，辍耕懒织，势必至啼饥号寒，变其恒产，失其恒心矣。孟子曰："民无恒产，因无恒心，放辟邪侈，无不为已。"凡我同姓共凛之！

第五条：隆学校以端士习

夫庠序学校之设皆以明伦，我皇上寿考，作人尊师重儒，其待士可谓至矣！凡我同姓，待先生其忠且敬，束脩为之加厚，礼酒不可或怠，而养正之蒙师更宜优礼焉。恭必小子有造，而后成人有德，教以人伦，修其天爵，圣功也！倘有轻慢名师，挟侮大儒，得罪于师儒，无异得罪于君父。我同姓尚慎旃哉！

第六条：和乡党以息争讼

夫五族为党，五州为乡，相友相助相扶持，缓急可恃者，莫于乡党。凡我同姓，宜睦姻任恤，忍让包容，敬以持己。宗族服其端方，恕以待人，闾里推其仁厚，岂不美哉！倘有恃富以欺贫，挟贵陵贱，倚强暴弱，饰智术愚，国有严刑，家有重法，可不慎与！

第七条：联保甲以弭盗贼

夫乡约、亭长由来久矣，故保正甲长清理地方，即井田守望之遗制也。凡我同姓，务宜纠察群类，盘结往来，遇有不习正业、斗鸡走狗、似鼠如狼、履历不明、踪迹可疑者，不许容于族内。其庵坛寺观、闹肆僻村尤易藏奸，更宜细加访察，庶贼无容身之地，里皆清白之家矣！倘有窝藏隐匿、豢贼害良者，一经查出，水其人，火其居，决不轻罚以长盗风也。

第八条：戒宰杀以全生灵

夫坤为牛。坤也者，地也，万物皆致养焉。牛之养人亦如之生人。衣食之所出、粮土之所征、吉凶军嘉之所需，孝悌忠信、礼义廉耻之所兴，皆取资于牛，奈之何忍杀乎？《牛图经》语云："牢字从牛，狱字从犬，不食牛犬，牢狱永免。"凡我同姓，务宜戒食其肉，遇擅宰耕牛及屠守夜之犬者，当即喊鸣门户依法惩治，否则经官送入牢狱治罪。庶牛无觳觫之惧,里无窝藏之家,亦阜物安民之良策也!

第九条:戒邪淫以正风化

夫濮上桑间,其风荡矣;墙茨株林,其俗侈矣!风流之债填还极快,可不慎与!凡我族中子弟,务宜清心寡欲、修身齐家,对如花如玉之貌存若姊若妹之心。房帷整肃,人纪肇修,吉孰如之。倘有行鹿聚麀,无理与贾君,吹箫鼓琴有意于处子,鸟鼠同穴、雄牡同声,有伤风化者,明法敕罚,决不容衣冠禽兽之徒。戒之,戒之!

第十条:禁烟赌以保身家

夫鸦片淫赌败名丧节、亡身倾家,为有心者所深痛。悲夫!盖一入迷阵,如投罗网,不得犹以豪杰自命、英雄自负、富贵自恃、修养自冀。甚者东奔西荡为墙间之乞人,窃钩偷针作梁上之君子。父母不子,妻妾不夫,乡里不齿,悔之晚矣!凡我同姓,务宜各习正业,以赌场为陷阱,以烟馆为图圄。惜钱财以裕家用,远燕朋以全性命。不干国纪,不犯家规,是则先人之所厚望也夫!

家规结尾处注明:"同治七年戊辰岁仲秋月上浣谷旦宝田后裔议立。"清同治七年戊辰岁,仲秋月即农历八月,上浣为上旬,谷旦为吉日的代称。《杜氏阖族公议齐家条规十则》,每则以七字标题揽段,十则标题浅文言中间杂白话意,工整、对称、前后铺陈,通俗易懂,简洁明了,文朴义丰,夹叙夹议,情理交融。家规仅一千多字,但分量极重,它是迄今岚皋可以找到的仅有的几大家族家规中的上品,算得上是岚皋历史上的重要文献之一。更重要的是，此家规不仅为杜氏教育子女成家立业之用，还可成为家族上下一以贯之的终身教育理念，亦是谋求家族昌盛永恒持久发展的家庭史书典范。

任何一个文化产品，都会深深地留下其时代烙印，围绕这些烙印，则会映现出相应的时代精神和思想理念。一百四十多年前的巴山深处的杜氏族人，在稻谷金黄、桂花飘香的时节，围坐一圈，商榷议定家训家规时，实在不可能持辩证唯物主义和历史唯物主义的思想，其大多数内容无非是孝悌仁让、礼义节廉，教育子孙后代在封建社会的礼教范围之下循规蹈矩地为人处世。用历史的眼光审视家规，其中不乏有封建糟粕部分，但随着社会的发展进步和博大的人文视角拓宽，其家规对现在教育仍有诸多启益。

修身为本，在杜氏家规中开宗明义。家规伊始便议定了中心思想："凡我同姓，务宜亲九族、振三纲、张四维、重五常。业儒、业渔、业耕，横经不防网耒；为工、为商、为贾，游艺皆能生财。毋许不忠不孝、不和不友、不信不睦、不仁不义，毋许欺孤欺寡、欺贫欺贱、欺老欺死、欺愚欺善，毋许聚赌比匪，毋许酗酒贪花，毋许狗盗鼠窃，毋许马骗鲸吞，毋许屠牛宰犬，毋许偷鸡攘羊，毋许笔刀墨剑，毋许烟灯银枪。此皆王法所不容，家规所宜惩也。"古代启蒙读物《弟子规》对人的修身养性也是放在第一位的："弟子规，圣人训。首孝悌，次谨信。泛爱众，而亲仁。有余力，则学文。"《杜氏阖族公议齐家条规十则》亦是如此。

敬老爱幼，是杜氏家规首要之提倡。家规第二条写道："夫圣人之德本于人伦，尧舜之道不外孝悌。父母俱存、兄弟无故，乐莫大焉!凡我同姓,宜亲其亲、长其长。当思天下无不是底(的)父母,世间最难得者兄弟。"

农桑传家,是杜氏家族的立身之本。家规第四条重点写道:"夫人情一日不再食则饥,终岁不制衣则寒。衣食者,农桑之所从出也。凡我同姓,深耕易耨,知稼穑之艰难;暮织朝纺,念布帛之辛苦。老幼安怀,室家温饱,不亦乐乎!倘使好逸恶劳,辍耕懒织,势必至啼饥号寒,变其恒产,失其恒心矣。"

办学育人,是杜氏家族的昌盛之基。家规第五条突出写道:"夫庠序学校之设皆以明伦,我皇上寿考,作人尊师重儒,其待士可谓至矣!凡我同姓,待先生其忠且敬,束脩为之加厚,礼酒不可或怠,而养正之蒙师更宜优礼焉。恭必小子有造,而后成人有德,教以人伦,修其天爵,圣功也!倘有轻慢名师,挟侮大儒,得罪于师儒,无异得罪于君父。"杜氏才女杜继燕在《杜氏阖族公议齐家条规十则》议定十多年后,在花里杜氏老宅开办学堂,教子育人,桃李天下,开创了岚皋私塾教育之先河。1920年她以九十七岁高龄去世时,众多的挽联中有这样一副写道:"精通诗书善育英才桃李门满多科第,敢破习俗坚反缠足孙曾绕膝尽孝思。"

禁烟戒赌,是杜氏家族兴旺之保证。家规最后写道:"夫鸦片淫赌败名丧节、亡身倾家,为有心者所深痛。悲夫!盖一入迷阵,如投罗网,不得犹以豪杰自命、英雄自负、富贵自恃、修养自冀。甚者东奔西荡为墦间之乞人,窃钩偷针作梁上之君子。父母不子,妻妾不夫,乡里不齿,悔之晚矣!凡我同姓,务宜各习正业,以赌场为陷阱,以烟馆为囹圄。惜钱财以裕家用,远燕朋以全性命。不干国纪,不犯家规,是则先人之所厚望也夫!"

杜氏家规，语意警世，语言犀利。如第八条告诫族内子弟不可宰杀牛犬时写道："夫坤为牛。坤也者，地也，万物皆致养焉。牛之养人亦如之生人。衣食之所出，粮土之所征，吉凶军嘉之所需，孝悌忠信、礼义廉耻之所兴，皆取资于牛，奈之何忍杀乎？《牛图经》语云：牢字从牛，狱字从犬；不食牛犬，牢狱永免。凡我同姓，务宜戒食其肉……"

杜氏家规，语言新奇，比喻独特。如第九条告诫族内子弟戒邪淫时写道："夫濮上桑间，其风荡矣；墙茨株林，其俗侈矣！风流之债填还极快，可不慎与！凡我族中子弟，务宜清心寡欲、修身齐家，对如花如玉之貌存若姊若妹之心。房帷整肃，人纪肇修，吉孰如之。"

家庭是社会的细胞。在以家庭为主要单位的中国传统社会里，一些名门望族长盛不衰，衍生渐大，声名远扬，根本原因并不在于家财万贯、铺店成街，而是他们的传家之宝——家风家训，即教诲他们的子女，在家规循导下，健康成长，光宗耀祖，从而在历史上留下可贵的文化财富。

《杜氏阖族公议齐家条规十则》是清代社会的文化产物，是一部感人至深的家庭志书。它不是美丽的摆设、空洞的说教，更不是乏味的训导。从杜氏的绵延发展看，他们后代将家规秉持入心，学以致用，涌现出了许多知名人士、社会贤达，也形成了承延不改的家族传统。杜氏子孙杜志和、杜光祖深谙中医，是20世纪初岚河流域一代名医。杜氏子孙杜大受自幼喜爱绘画，中华人民共和国成立前任岚皋中学教员，1949年随解放岚皋的部队入伍，为部队文化工作做出了很多贡献，德艺双馨，成为一名享誉军内外的知名画家。杜氏子孙杜大林20世纪70年代初参加中国人民解放军，在艰苦环境下为部队建设贡献了毕生，成为我军的一名正师级干部。杜氏子孙杜大美敬业奉献，辛勤为党工作一生，成长为岚皋一名县级领导。杜氏子孙杜承厚热爱家乡，带领界梁村村民遵纪守法，发展经济，改变村容村貌，被老百姓推选为省级人大代表，界梁村被授予"全国精神文明建设先进村镇"称号。杜氏子孙杜承毅秉承先祖杜继燕办学育人的家族传统，辛勤耕耘，深受师生爱戴，被评选为"全省百名优秀校长""家庭教育先进个人"。杜氏子孙杜大田、杜大均、杜承华、杜承林、杜承鑫，深研医术，成为岚皋地方知名医生。还有一大批杜氏后裔，他们辛勤工作，钻研业务，成为各行各业的业务骨干和技术带头人。岚皋杜氏现已繁衍壮大至三千人左右。

东去岚皋县城，溯岚河而上二十公里的岚河畔红日村，有一处呈罗圈椅状，名叫耳扒的山坡，山坡上面便是杜氏迁徙来岚皋后的居住地。耳扒后靠青山，前饮岚河，侧挽清水长流的十里沟大堰。平旷的山坡上，梯田相接，阡陌携牵，淌水汩汩，花木葳蕤。村上的老人们说，杜氏老宅便坐落在圈椅一侧的台地上，石条砌基，青砖封墙，穿斗式木结构，雕梁画栋，八个天井相套，走马转角式上顶，最高层有七层之高，人称螺蛳上顶花屋。楼道用三层木方铺嵌，骡马驮粮上楼顶晾晒入仓，楼内人听不到声响。院内设杜氏祠堂平安祠和杜氏私塾学堂。老屋命运不好，20世纪30年代中期，老宅被地方土匪掠抢，毁于三天三夜的一场大火。几十年过去，花屋不再，但院边遗落着的一个个雕刻精美的柱石，地畔间不经意中露出的石条、古砖和地头上水桶般粗细的桂花树、银杏树，似乎都印证着老人们的传说，述说着杜氏家族曾经的辉煌和显赫。

杜氏迁来岚皋后，其家族人口不断繁衍增多，有部分外迁至近邻的草坪、田坝、桂花、界梁、天池等村。白云苍狗，岁月沧桑。一百多年过去了，杜氏族人老屋虽经多次战乱兵燹，不幸中仍有着少许的幸运，岳王寨下、官岩近旁、岚河拐弯处的草坪村杜氏后裔杜大均家后院，仍奇迹般地保留下了古韵且完整的三间清代建筑。石条铺底，青砖砌基，土坯墙体，檩架斗拱，青石门框，木质板门，泥瓦屋面，叠瓦压脊。屋脊中端"寿"字屹立，屋脊外端陶质龙头高高翘起。堂屋正中屋壁上隐约可见万民同乐图，神形兼备，表现了主人渴望国泰民安、五谷丰登、歌舞升平的美好愿望。屋内还收藏着几件铜质锁扣，以及厚重朴实、拐角平直、土漆覆面的清代木质箱柜。沉默于田野之中恢宏奇丽的建筑，是杜氏祖先与自然交流的一种实体方式。每个家族的历史都深深地融入当地文化之中。近乎原始而又清新秀美的自然环境和历史沿袭而来的生产方式，滋养着地域文化的萌生与发展。

民间收种忙，案头文墨香。耕读传家久，诗书济世长。古代社会里，名门望族是非常看重"耕读传家"的，杜氏家族也是如此。与此同时，一个地域的历史文化很大程度上也是靠名门望族不断传承、深化而延续至今的。杜氏家族也是一样，它正是通过其内在的家训家规和私塾育人、联姻等外在形式，为其优秀传统文化相承发展搭建桥梁，留下了一段我们不该忘怀的地方人文历史。

文献是一个地方的文明程度与文化水平的重要体现及标志之一。而文献典籍的传承，不外乎政府和私家庋藏，《杜氏家乘》《杜氏支谱》及《杜氏阖族公议齐家条规十则》便是有幸传承下来的稀有文献。回眸今天，我们早已进入鼠标轻点、万象奔来的时代。回望百余年前的这些文化史册，恍然已隔累世，似有"其曲弥高,其和弥寡"之感。但在我们看重家风教育,重拾传统、重塑传统之时,身边这些厚重历史的承载品,我们是不应该忘却的。

2016年4月5日

(载于2016年4月18日《中国文明网》)

古诗幸喜现世来

历史是云雨，文学是雨后彩虹；历史是长河，文学是溅飞的水花。岚皋地偏，人迹罕至，紧紧依附于人类生命足迹的文学作品，更罕之鲜之了。绿色难染的戈壁如有一丛骆驼刺，会变得灿烂惹眼；酷热难耐的沙漠如有一泓清泉，会让人眸光一亮。在瘠贫的岚皋历史文学之薄地上，近日寻回的一组古诗，便显得熠熠生辉，弥足珍贵了。

古诗幸喜现世来。这组古诗共八首，孕育于南宫山下火山石丛林中的杜家老院子，蹒跚于一百多年前的清代古风里。

初夏时节，我参与了岚皋名门望族花里杜氏家规电视专题片摄制。在掘挖文本细节的过程中偶得线索，我顺水溯源，在一杜氏后裔贤叟箱底，欣喜地找到了他年少时从家传手写本中抄录的杜氏先祖杜继仲以"渔、樵、耕、读、琴、棋、书、画"为题的一组七言古诗。原手写本在20世纪70年代被毁。杜氏后裔能将这组历经半个世纪的古诗奇迹般地保存至今，实为县邑文墨之幸，笔者能首先品赏到这些遗存珍宝，亦为俗眼之福。此组古诗首次面世，资料极其珍贵，丰富了岚皋古代文学作品库。但愿将来《岚皋诗文遗存》再版时，能将此组古诗整理入书，给作者杜继仲应有的地方文学地位，也能将此组古诗留至后世。现将全组古诗撷录如下：

渔

太公基上子凌滩,浪不惊人水不寒。
雅爱渔翁无挂碍,是非不上钓鱼竿。

樵

樵罢归来斧在腰,行歌缓缓下岩峣。
夕阳远照轻风送,满河烟霞一担挑。

耕

百花香里共春耕,山有光华水有情。
昨夜沛然甘雨足,荒田待润易犁轻。

读

得读书来好读书,古人明训趁三余。
诵声浪彻盈天地,别样工商总不如。

琴

丝回千古重知音,狂歌一首自抚琴。
流水高山传雅调,七弦鼓出圣贤心。

棋

不论围棋和象棋,纷纷战斗费心机。
飞在宁静无语际,飞是争先用巧时。

书

鸟迹虫文兆世祥,天生锦绣焕文章。

兔毫写尽乾坤事,青简遥为翰墨香。

画

浓淡轻描作大观,良辰美景属毫端。

恍如盘古分天地,云树山川仍意安。

作者杜继仲出生于一个耕读世家。据珍藏于岚皋花里杜氏后裔家中的清同治戊辰年(1868)锲梓的《杜氏家乘》和清光绪三十三年(1907)成书的《杜氏支谱》记载:杜氏先祖原居山西平阳府蒲州万泉县双泉乡南无里杜家村,后迁襄阳府枣阳县双沟,明成化八年(1472)复迁荆州府监利县新安里茶壶垸通江湖南岸,清乾隆元年(1736)再迁岳州府巴陵县小沙州,清乾隆四十六年(1781)其中一支为避水患又迁陕西省兴安府岚河畔十里沟,为杜氏京兆堂支堂,和唐代大诗人杜甫、杜牧同为襄阳京兆堂一脉。《杜氏家乘》议定记述了三十六字的派行诗,现传至"光、大、承、宗、永"字辈,五代同堂。

作者杜继仲在《杜氏支谱》中有明确记载。杜继仲,号淑轩,生于道光三年(1823)九月十七日,卒于光绪二十六年(1900)二月十五日,享年七十八岁。其为举人杜善墀之孙,杜庆鉴之子,大脚才女杜继燕之弟。至于杜继仲付梓过什么作品,或考取过什么功名,家谱中难寻其迹了。

遍寻岚皋旧志《砖坪县志》《安康碑版钩沉》《岚皋诗文

遗存》史料得知，杜氏家族，名士辈出，人文厚重。《砖坪县志·人物志》载，杜继仲的爷爷"杜善墀，榜名官廉，乾隆甲寅科举人。敦品励学，为士林所宗，九十余拟举乡贤"。《安康碑版钩沉》载，杜继仲的堂哥杜继安，为岚皋文学史留下了文学华章《公置义田序》。《岚皋诗文遗存》收录了杜继仲姐姐杜继燕的三首挽诗。其诗"编后语"载，杜继燕为大脚才女，自办私塾，以诗选婿，丈夫王隆道为进士。她小儿子王樾为举人，后牵头地方乡贤上奏国民政府，依据《水经注》对岚河的记载，改了砖坪县名为岚皋。

昨天的史籍，成了现世的故事。今天的我们，成为昨天历史的看客。为探寻作者的更多信息，我们专题片摄制组随几位杜氏后裔，在南宫山下一个叫长淌的栎树林里，找到了杜继仲的坟墓。这是草木疯长的六月，距墓中人殁去已一百一十六年了，或许是因隐于林间、乡间、草间，坟墓仍完整如初地存留着。墓冢上的救兵粮丛披挂着青白掺杂的花串儿，散发着久远年代的混杂气息。墓前一片野蒿子郁郁芊芊，自性开落，以高高低低的白瓣黄蕊簇拥着、守护着墓冢。墓额雕刻无损，墓碑完好，字迹清晰，墓为杜继仲与妻子杨氏合葬坟墓。碑文字句简洁，没有家谱记载外的更多信息，倒是墓联古风深邃："马鬣崇封先灵以妥，幽光潜发后裔其昌。"尤以墓额"俾尔戬谷"尽显《诗经》雅意，体现了名门望族耕读之家的家学，几近和墓主人文才契合了。

家谱和墓碑没有透出作者更多的信息，也没有记录作者获取过可以光宗耀祖的科贡之誉，但组诗自身已无言地告诉了后人作者那非凡的才思。碑文简练，但透过墓联，我们感受到墓主人子孙不薄的儒学功底、艺术功力。

中国古典文学诗歌史上，五、七言是主将，旌旗所指，军容浩荡，杜继仲的这组诗歌，便是七言绝句。作者选取了耕读之家常常经历的渔、樵、耕、读、琴、棋、书、画八种生活场物入题，注意锻字炼句，既有大景又有小处，既有豪放之意，又有雅致之境，做到了句中无赘言，篇中有余味。

历史的文明碎片在这里复活。这组诗表现了作者闲居独处的田园生活情趣，恬淡、空寂、宁静、超越，有"是非不上钓鱼竿"的佛意，有"满河烟霞一担挑"的大气，有"荒田待润易犁轻"的温婉，有"诵声浪彻盈天地"的豪迈，有"流水高山传雅调"的空灵，有"飞在宁静无语际"的深邃，有"青简遥为翰墨香"的自悦，有"云树山川仍意安"的洒脱。

记得在哪本书上读到过美国大诗人佛罗斯特的一段话："一首完美的诗，应该是感情找到了思想，思想又找到了文字……始于喜悦，终于智慧。"外国诗如此，我们传统的古典诗词更是如此，单有饱满的激情还不行，只有深刻的思想也不够，它们还必须附丽于卓尔不凡的文字，才能展现其神采流韵、质感风华。"渔、樵、耕、读"如是，"琴、棋、书、画"亦然，我们要感谢岚皋文士杜继仲，在一百多年前泼墨挥毫时，已难能可贵地做到情思与诗意为一体、语言与思想相融合了。

"当阳拥裘坐，闲读古人诗。"好诗养目，亦能养心。愿这组幸喜现世的以"渔、樵、耕、读、琴、棋、书、画"为题的古诗，能为你的慧眼增福，慧心添祉！

2016年7月4日
（载于2017年3月1日《安康日报》）

荒田一片石

一百五十二年前,春鸟啾啾的农历三月二十三日,在巴山北坡岚河岸边的花鲤墟街上,一座规模宏大的学堂风格的房屋建筑闹闹嚷嚷地开工了。屋为何屋,为何建屋?院为甚院,怎保久远?众说纷纭中,一脸儒雅的一位壮年男子被乡邻推举而出,冥思伏笔,勒诸碑碣来做如此的思索、如此的回答。这位男子名谓杜继安。

时年五十一岁的杜继安,生于清嘉庆二十年(1815)四月二十四日,在为当地这史无前例、气势颇大的院落著文铭记两年后,于清同治六年(1867)十月二十四日去世,走完了他五十三年的耕读之路。留存至今的清同治戊辰年(1863)锲梓的《杜氏家乘》和清光绪三十三年(1907)成书的《杜氏支谱》记载了杜继安相关简历。杜继安出生于岚皋一个书香世家,功名贡生,号竹林居士,德高望重,为岚皋地方文士。

岚河为岚皋母亲河。清乾隆四十六年(1781),自湖北襄阳辗转来到岚皋的杜氏始迁祖杜有识,见此地山水秀美、物产丰富,于是在花鲤墟十里沟安家落户。迁岚生活几十年后,杜氏族人已和当地人融为一体了。鱼米之乡的人来到岚河岸边,看准的或许是河水可以润泽稻田。"仓廪实而知礼节,衣食足而知荣辱。"当地土著巴人固有的忠、勇、刚、烈的特质和儒家以道德修身的礼、义、廉、耻四维思想，使繁衍生息在花鲤墟的人们，思想上有了一次飞跃，行动上有了一次创举。清同治四年（1865）三月，花鲤墟有识之士自发捐款捐地修建忠义讲所。杜继安经众人推举，为忠义讲所写下了碑文《公置义田碑序》，镶嵌在讲所廊门内墙上。《公置义田碑序》用文学的语言叙议了修建忠义讲所的动因、意义、宗旨和建起后祈保子孙世守的期盼与祝福，赞颂了居士段大荣、王厚斋及一心向善的诸人为忠义讲所捐置义田的善举。《公置义田碑序》全文四百三十余字，叙议相间，情感文采俱佳，为古代岚皋文学之华章。

与《公置义田碑序》一同嵌入讲所廊门内墙上的还有三通碑石。一通刊勒忠义讲所捐置义田的文契，另两通钩沉义田经营使用的条例规章。

忠义讲所在岚河岸边矗立百余年后的某一天，讲所建筑进行改建，四通碑石不知去向。这时花鲤墟已更名为花里，忠义讲所已成为花里公社革命委员会办公场地。

几年前一个春天的周末，在安康一位从事地方文史研究的长者书房里，我向他请教岚皋地方文化。攀谈酣畅间，他向我讲起了忠义讲所，讲起了《公置义田碑序》，给我看了他年轻时在现场拓录的《公置义田碑序》和另三通碑石拓片。拓片用淡墨拓印，黑底白字，文儒雅致，书房里迅速地布满了暖意。长者遗憾而又不无欣慰地说："我在花里拓录过碑文，几年后再上去，就再找不到石碑了。亏了我当时看到碑文就拓存了起来。"

岚皋的文学遗产本应回归收录进岚皋的文学典章。感谢长者的有心。经长者首肯，我复录了四通石碑拓片。2015年夏天，我在收集经年岚皋古代文学史料的基础上，编撰出版了《岚皋诗文遗存》一书,《公置义田碑序》作为散文卷碑文类收录进了该书。

《公置义田碑序》的作者杜继安,为同为京兆堂的唐代诗人杜甫一脉之后裔。杜氏先祖自清乾隆年间迁居岚皋居住,至今已二百三十多年了。耕读传家久,诗书济世长。名门望族是看重家规家风教育的。去年夏天,镌印在《杜氏家乘》中的《杜氏阖族公议齐家条规十则》引起了县纪委的关注,先是注释翻译,再是撰写文本,后是视频拍摄。我参与了其间的工作。

每一个人的心中都或多或少地存在着对优雅生活的向往,或浓或淡地渴盼着拥有那种建立在学养和修心之上的从容与不迫。心里有了《公置义田碑序》的文字,我便常常想到镌刻着这儒雅文字的石碑。杜氏家规电视专题片拍摄伊始,我便鼓动摄制人员及花里杜氏后裔一道,找寻遗落在乡野的这通石碑。在荧屏视野里,遍布着历史信息的古碑,无声的画面胜却赘复的解说。炙热的七月,第一个镜头在花里镇后十里沟杜氏老宅遗址开拍,我们便开始了对这通石碑的寻觅。天凉秋至的九月,专题片初稿、初片完成,呈送市、省、中央逐级审改。我们寻珍拾宝般地寻迹到了很多历史遗存镜头,遗憾的是《公置义田碑序》的古碑却仍无踪迹。

夏到秋,秋到冬。冬天的一个中午,在县医院从医的杜氏后裔杜承华给我打来电话,说他托人找的《公置义田碑序》古碑在花里后街一户人家找到了。打电话的人高兴,接电话的人激动。

"荒田一片石,文字满青苔。不是逢闲客,何人肯读来。"唐代诗人姚合的这首《古碑》,似乎贴切地预示了我见到古碑的情景。放下电话,我和杜承华及另一位杜氏后裔一同驱车赶到了花里。在花里后街退休老教师段纯冰的指引下，我们一行人来到近邻一户人家猪圈旁，见到了已残断为三截的《公置义田碑序》古碑。书香传家的名门杜氏，百余年后遗存下的一块残碑，没于墙垣牲圈之中，不知该为世界大同而赞，还是应为斯文扫地而叹。我们和热心的段老师一同动手，把残碑小心地搬到了他家宽敞的院子里，找来脸盆抹布，接了清水，仔细地擦拭起来。地上有落叶，不时地被寒风掀起，从身旁吹过。"自将磨洗认前朝"，用几盆刺骨的冷水清洗后，石碑干净了，碑面清晰了。平庸的生活里，欣赏艺术也算是艺术。我们根据断裂的茬口，依序将石碑拼接在一起，对照着我们手持的《岚皋诗文遗存》一书中的文字，逐字辨析。半个世纪的孤独冷寂，几十年不曾被记起，古碑经受了太多的委屈，令百年之后初次拜谒碑石的我们，平生出许多疼痛、些许叹息。碑文虽经百余年岁月侵蚀，有些风化，亦显漶漫，却依然可读可辨。一番识瞅，"文残字磨灭"，岁月磨砺后的碑中两个断裂处十多个字已经丢失，再难寻回。所幸碑文首尾完整，清晰可识。左手持书，右手抚碑，口中念诵着清朝的那些事，恍惚摸索到了那脱俗于庸常生活的过去。

"千年石上古人踪。"碣石为长方形，宽一百三十厘米，高六十五厘米，四侧边栏阴刻浅浮雕忍冬花卉纹。石质为岚皋当地花岗岩青石。碑文阴刻，从上至下，自右往左，文尾注：竹林居士杜继安拜撰序，张桂亭敬书，同治四年三月二十三日，乙丑岁季春月立。我查阅万年历，知道了同治四年三月二十三日即公元1865年4月18日。正文小楷刻成，工整丰腴，笔画圆润，内涵雅气，秀挺精到。陈年的片石沧桑，残损，静默无声，衬映着不远处的一丬枯荷，两株残菊，冷冷地透着自身的含蓄和母体的美。

这个下午,这个小院,似乎具有了脱俗的意味。

摄制组人员知道我们找到了这通古碑,如获至宝,赶在一个晴朗天,邀我同行,赶到现场,架起三脚架,精心拍摄了碑文,想趁终审送片前,换下电视专题片原拍摄的纸质镜头。杜氏后裔已将古碑用三角铁片镶固为一体,收藏在热衷于地方文化研究的段老师家屋檐下。冬日里的阳光,暖暖地照着岚河,照着小院,在碑上拉出深深浅浅的光影。摄像师在碑前拍摄,阳光也在他身上折射出或明或暗的光。

碑在太阳光下泛着光泽。静静地看上去,古朴中暗含着一种教化。古时文笔,旧时记事,渗进了这通碑石,穿越时空,时光并置,立于今天的场景之中,把逝去的风物凝固在了这里。

石头是会被毁坏的,但石头上的文字将会永恒。

2017年1月20日

(载于2017年2月27日《陕西工人报》)

杜氏多有行医人

岚皋京兆堂杜氏一族，自古多有行医人。先人杜甫宅心仁厚，擅莳中药，"近根开药圃""乘兴还来看药栏"。他不仅遍种药草，懂得药性、药理，还遵古炮制中草药，"洗药浣花溪"，发动妻小晒药制药，"晒药能无妇，应门亦有儿"；还在成都沙头镇开设"百草堂"中药铺，为他人祛病除痛，"客病留因药""种药扶衰病"。杜甫在用诗句疗治人心的同时，又用亲手炮制的中草药为人治病。

迁陕始祖杜有识秉承祖先医术，乾隆年间溯汉江而上至安康城区，先在小北街开设药铺为乡民诊病，后在山野采药时偶见岚河十里沟丰美田野，遂徙居岚皋。他广植香药，遵古施术，慈悲为怀，不问尊卑，见危救人，人命为重，拯济苦厄，宽厚无垠，诊遍岚河上下病人，赢得岚河般清澈悠长的声誉。

迁陕六代族裔杜志和医术精湛，善治疑难杂症，每剂药品少则四味，多则六味，轻处缓痛，重处祛病。他不畏艰险而爬山攀崖，掘挖珍贵药材，采芝英以献瑞，集瑶草而臻祥，为乡亲祛疴疗伤。不论白天黑夜、距离远近，从不要求对方接送。他肩背药箱，手持棍杖，跋山涉水，从无怨言，遇到贫穷人家还免费接诊，赠送药物银两。他还亲笔撰写下疑难杂症药方传诸后人，惠泽乡梓。山民视杜志和为"药王"转世，杜志和去世后，乡人将杜志和与岚河边杜氏老宅对门山上药王寨里药王孙思邈一同奉敬，尽显着山里人对生命的敬畏之心，对恩德的感激之情。

迁陕七代族孙杜光祖自幼随父杜志和学医，谙悉岐黄之术。疾者远山近水驱步就诊，医者翻岭穿林把脉送笺。他身披雨瀑，影走峻峰云岫，深受乡人敬重，被誉为"小药王"。

第八代杜氏族人杜大田承延先父杜光祖遗愿，毕生学医治病，终身悬壶济世。他不避艰险，不管昼夜、寒暑、饥渴，风速赴救，倾身尽心。斗转星移，五彩云飘，恩泽田园，惠及乡里，成为乡间大医。

杜氏后裔杜大均继承祖德，不忘祖训，三更烛火幼习医，四季钻研求真知。崇尚"医者德为先"信念，堂悬"诚信赢天下"匾额。熟稔草药，通晓片剂，行走山间，怀道涵芳，遍治南宫山下村民杂病，医祛岚河两岸乡亲病痛。

医术代代传后人。"继祖志光大，承宗永克昌。"今日岚皋"承"字辈杜氏后人秉持仁心，传袭医德医术，多人从医。杜承华年少时身背药箱随父杜大田四处出诊，乡镇习医，学堂进修，学用两佳，中西咸具，童叟感戴，士农礼赞，年逾花甲仍身不离县医院诊室。杜承林高校学医，县城行医，杏林骄子，医坛楷模，理论、临床两宜，行政、手术双通，拿笔厘清医院事，握刀持剪起沉疴。杜承鑫孩童时即随父杜大均识药草，身贴族兄杜承华、杜承林问秘方，省城医院数载实习，习诊又习刀镊术具，《医宗金鉴》悟歌诀，《本草纲目》断寒热，安身花里望问切，坐诊古墟辨脉象，守仁施治药纲常，藉慈恻隐善故乡。

天覆地载物为尊,古往今来人命贵。人食百谷积怪病,祛除病疴有良方。地生草木药生香,天麻当归金银花。杏林药苑春意浓,医者上善水流长。

2018年10月9日

岚河谢氏三进士

人们常说江南多才子,北方少进士。岚皋地处南北交会之壤,自古文儒之气稀疏,但在清代百余年间,岚河流域的谢氏一门却接连高中三名进士,实为岚皋地方文化史增添了光彩。

丰润甜腻的岚河从上古缓缓流过,流淌出两岸麦菽稻香、桑麻花红,牵引着四方的先祖走进河岸边的林间坡头以落地生根,繁衍结荚。二百六十七年前的清乾隆十五年(1750),住在原福建龙岩州武平县上坪村的一个名叫谢世显的壮年男子,为寻求安稳生活,携家带口一路向北。在闽南水乡的滋润下成年的他,在某一个明媚的早晨邂逅了清澈的岚河,长途迁徙中那颗疲惫的心怦然一动,便决意放下携带的包裹,铺展开了落脚岚河畔的生涯。他们先落地岚河口生根发芽,后溯河而上,枝蔓伸展到了佐龙麻园,继而扯进了岚皋县城,还有一支溯汉江而上到了流水店。

谢氏先祖源远流长,位于福建长汀的谢氏总祠的门上有副对联言明了谢氏起源,联曰:"长岗日暖舒龙鬣,宝树风和起凤毛。"总祠里供奉着谢氏族规八条,内容为"重本源、敦孝悌、谨蒙训、肃闺范、睦宗族、习勤俭、励廉耻、息争讼"。谢氏迁入始祖谢世昌怀藏家谱,居入岚河口后,谨行家范,从严治家,耕读传世,农闲时将山货特产从汉江放排外运,再倒腾回些外来物品，家道遂渐入佳境。白驹过隙，前不久在岚皋县城谢氏后裔、岚皋县原政协主席谢英勉家里，我见到了21世纪初刊印的一本《安康谢氏族谱》，族谱里承载了丰富的信息。在族谱里，我见到了谢氏谱诗，其四十字字辈诗为"鼎世有元玉，曰仁裕俊英。克贤承先德，宏业绍凤鸣。经国继永盛，成家道益明。懋才开景远，启秀庆隆平"。八十多岁的谢英勉说，谢氏派行现已传至"先""德"辈。

谢氏迁入岚河口八十年后的清嘉庆二十五年（1820）庚辰科，谢世昌的第四代孙谢玉珩考上了进士，成了岚河谢氏学而优则仕的第一人。我在上海古籍出版社1979年出版的三卷本《明清进士题名碑录索引》一书中得到了印证，谢玉珩为二甲二十八名。谢玉珩生于1781年，卒于1854年，字宝书，号鹤龄，幼聪慧，五六岁嗜学如成人，随兄学经书，学有所成，嘉庆十八年（1813）拔贡，嘉庆二十一年（1816）中举。谢玉珩考中进士后，遂分发四川，历署新宁、德阳、昭化、绵竹、达县知事。谢氏后裔珍藏至今的谢玉珩的父亲谢元敬撰写的《自叙年谱》记载，谢玉珩嘉庆二十五年（1820）十月十六日赴蜀上任时，其父谢元敬临别告诫说："凡为官者，荣亲易，不辱亲难。此去当为蜀民造福，不义之财分文不取，倘旅费不足，着人归取，余力尚能勉凑也。"次年谢玉珩因手头费用拮据，遵父嘱着人归取银二百两，而不累及百姓。新宁俗朴，文事不举，他于四乡设义学，常携笔墨书籍躬往劝导，奖掖学业优秀者，果有张姓生员乡闱告捷，时人誉为"破天荒"。后移任绵竹，道光四年（1824）大灾，谢玉珩全力以赴救灾散赈。先清户口，分极贫、次贫，据门牌发给米票。设两局，极贫归赈济局，次贫归零赈局。贴出安民告示，约日散济，每次领五日粮，民无拥挤守候之苦。有议设粥厂，他说："施粥杂沓，稍有颜面者，甚于嗟来之食！"善折狱，凡遇疑案，再三推勘，不得真情不止，称为谢青天。他还办团练，禁盗窃以民捕贼。他为劝化乡民，用乐天体，编五言、七言俚句俗歌，张贴街市通衢，妇孺皆能成诵。邻邑并有抄录，传为家训，地方一绅士录为一册，题名《谢公宦蜀政治录》。凡官去任时必减价税，印契人惊问其故，他说："吾资金无忧不给，若后任新莅斯土，倘所需不敷，不又重累吾民乎！"执政爱民深得川人拥戴。离任新宁，士民攀留，四境奉送万民伞，抵昭化，民相候道左迎接，并建德政坊，书"为民父母，除暴安良"，谢玉珩力阻未能。道光五年（1825），因父丧归家。百姓赠匾书"上蔡遗风"。谢玉珩归家后不再为官，优游林下二十年。兴安太守白维清、徐栋先先后聘他任关南书院讲席。因治学精博，谨于言，慎于行，不自骄矜，人称良师。闲暇著述，有作品集《守拙斋集》，遗憾的是已经失传。

谢玉珩高中进士后一直在川北一带做地方官，在川北留下了很多传说故事，流传最广的便是根据其在昭化任知县时侦办的一件凶杀案而在民间演绎的《谢青天断案》。谢玉珩在昭化任上倡导修建的崇文塔，至今得以保存。在新宁县任知县时，谢玉珩有感于李靖垭特殊的人文地理和开江农耕文化景象，以"西山气爽"为题写下了"东来要道无双地，西去疆域第一关。鸡犬桑麻开世界，烟岫云霞护文星"的诗句，载入了开江地方文化史册。谢玉珩的事迹还见于清代文人胡文炳撰写的《谢鹤龄先生传》及《来鹿堂文集》等书中。

耕读传家久，诗书济世长。谢氏迁入岚河口一百四十三年，在谢氏首位进士诞生六十三年后的清光绪九年（1883）癸未科，第七代孙谢裕楷又把科举及第的旗帜高高举起，《明清进士题名碑录索引》一书记载他以三甲第七十一名成绩考取了进士。谢裕楷生于1844年，卒于1898年，字端甫。谢裕楷考中进士后遂授顺天府固安知县。谢裕楷上任时恰逢永定河泛溢成灾，他到任后做的第一件事是组织赈济，拯救灾民。为防水患，又指挥民众植柳万株护堤。他注重弘扬文化，修葺书院，亲督生员课读，治下学风大盛，社会风气好转，民间诉讼减少。光绪十九年（1893），他调任大兴县任知县，时值燕南水患，灾民流离失所，谢裕楷承父谢仁晖遗命，慷慨捐款千金，设粥厅，赈济六门三镇，事必躬亲，席不暇暖。大兴是顺天府首邑，官吏衙差往来频繁，凡公人贪赃枉法，谢裕楷皆命令捕拿，决不宽贷。后因其忤犯权贵被参，直督汤文勤为之辩白得脱，后补宝坻。因其治理有方，升东路同知，再补西路同知。他为政务，宽以治民，严以治盗。辖区内房山煤窑是盗贼啸聚之所，谢裕楷擒得为盗的原巨魁将要依法处置，求情的信一日数至。他掷书于地曰："一官不足惜，如苍生何？"坚持执法。后以疾病死于任所，当地士民立祠纪念。《安康谢氏族谱》详尽地记载了谢裕楷的事迹。

承接谢玉珩、谢裕楷的第三位科举及第的谢氏子裔名为谢俊崇。他出生在岚河与正沟交汇处的佐龙小镇街头一个名叫麻园的小地方，于清末光绪癸巳年（1893）中举人，乙未年（1895）春会试中贡士，五月会试中进士，殿试钦点翰林院庶常吉士，时二十五岁，为谢氏迁入始祖第八代孙。此年距谢氏迁入岚河口一百五十五年，距谢氏出现第二位进士十二年。《明清进士题名碑录索引》载谢俊崇为二甲第二十五名。谢俊崇榜名谢馨，字宗山,号绍宣,一号伯南,又号白石山樵、海月楼主人、复园老人。谢俊崇以名次靠前的成绩高中进士后,先在翰林院为官,光绪癸卯年(1903)以词垣改官云南,先后任云南蒙自、定远、通海三县知县,在任候补服花翎三品衔。

前年夏天,我在牵头编撰岚皋的第一部古代文学作品集《岚皋诗文遗存》一书过程中,多方搜猎信息,有缘在一谢氏后裔长者家中复制回谢俊崇诗文集孤本《海月楼诗文杂抄》,从民间一藏家手中征集到陕西乡试朱卷光绪癸巳恩科谢俊崇卷原刻本,采集到了谢俊崇很多弥足珍贵的相关信息。

谢俊崇在云南七年知县任上,经常步行,深入村寨了解民情,甚至施医于山民,留下了"别人马瘦,谢令马肥"的美谈。在赴滇的路上,他未到任就未雨绸缪,以《辰常舟中》一诗告诫家人:"……我家一尺布,农家一日粮。虽有升斗禄,亦当念疲氓。"谢俊崇是一位爱国的知识分子。他拥护共和,袁世凯推行帝制,他作诗嘲讽:"天怒已深人怨气,楚歌声里项王休。盖棺论定羞青史,民国清廷两不忠。"

辛亥革命成功后,谢俊崇离开通海,蔡锷将军礼送至越南海防,后又辗转香港、上海、西安、武汉等地。1933年,邵力子被国民政府任命为陕西省主席,聘谢俊崇为省府顾问和经济前席,后又被继任省主席王一山、孙蔚茹先后聘为省府顾问。1938年春,六十八岁的谢俊崇毅然辞去省府顾问一职,回到陕南家里安度晚年。"风尘已了前身债,罢官仍是老书生。"他除了吟诗、作画、读书、写字以外,还常常受邀施岐黄之术于乡邻,为梓里百姓诊病施医,且不取分文。1952年,谢俊崇病逝,走完了他八十二年的人生历程。他是岚皋历史上的最后一名进士。

《海月楼诗文杂抄》留存了谢俊崇大量的作品。除针砭时弊的作品外，他还写了不少寄情山水、人文的作品，在《牧童》诗中描述道："近山簇簇远山低，柳暗花明路欲迷。却羡牧童无一事，稳骑牛背过前溪。"定远是彝族、白族、苗族少数民族聚集地，谢俊崇在公务之暇写下了《苗女》一诗："苗女如云笑拍肩，提筐袅袅晓风前。山花采得城中卖，看取红楼上翠钿。"岁月变迁，定远县现已更名为牟定县。去年秋天我偶然踏进了古城牟定，走在县城街道看着身旁身着五彩服饰的少数民族少女，我脑海里萦绕起了这位作古的岚皋老乡，默咏起了这令小诗。不知牟定的文学史里，是否留下了他们曾经的县长写给牟定的文墨。

　　《海月楼诗文杂抄》里有很多记叙岚皋的作品，为岚皋文学史留存下了弥足珍贵的史料。岚皋的文学应该深深地记住谢俊崇以及他留给我们的这些作品。

　　科举考试时代已经与我们渐行渐远，但岚河谢氏三进士所濡染的古风将伴着不逝的岚水而流传。

2017年3月11日

（载于2018年第1期《安康文化》）

进士谢馨和《海月楼诗文杂抄》

一百四十六年前的1870年10月17日亥时，岚河与正沟交汇处的佐龙小镇街头一个名叫麻园的小地方，世居在此的大户人家谢氏祖屋里，一名男婴呱呱坠地，这便是后来成为岚皋土生土长为数不多的几名进士之一的谢馨。

谢馨派名谢俊崇，榜名谢馨，字宗山，号绍宣、伯南，又号白石山樵、海月楼主人、复园老人。清末光绪癸巳年（1893）中举人。乙未年（1895）春会试中贡士，五月会试中进士，殿试钦点翰林院庶常吉士，时二十五岁。上海古籍出版社1979年出版的三卷本《明清进士题名碑录索引》载谢馨为二甲第二十五名。入翰林院庶席殿馆八年，兼修医学。癸卯年（1903）以词垣改官云南，先后任云南蒙自、定远、通海三县知县，在任候补服花翎三品衔。

2015年夏天，我在牵头编撰《岚皋诗文遗存》一书过程中，多方搜集信息，先后有缘从一位谢氏后裔家中复制回谢馨诗文集孤本《海月楼诗文杂抄》，从民间一藏家手中征集到陕西乡试朱卷光绪癸巳恩科谢馨卷原刻本，采集到了谢馨很多弥足珍贵的相关信息。《海月楼诗文杂抄》共六卷，十余万字，石印于1933年，为谢馨诗文总汇。朱卷是科举考试时为防考官舞弊，将应试人墨卷姓名弥封，由誊录人用朱笔誊写，供考官批阅的卷子。后来举人或进士考中者喜欢将自己的试卷刻印以分送亲友,这种举动成为清代的时尚。这种卷子也称朱卷,其格式固定,先载姓名履历,继载始祖以下尊属及兄弟叔侄、妻室子女,附载受业、受知师,最后刊载答卷及考官评语。谢馨的朱卷是光绪癸巳年(1893)应试举人的乡试考卷,时虽已过一百二十余年,却完整无缺。从朱卷得知,谢馨乡试中试排名第四十五。该朱卷在台北成文出版社1992年版的四百二十册本《清代朱卷集成》中未曾收录,或许为国内首次发现。同时我还有幸在谢氏后裔、退休干部、岚皋县原政协主席谢英勉家里寻得《安康谢氏族谱》。从朱卷和族谱中得知,谢氏原居福建宁化县石壁溪,继迁龙岩州上坪村,清乾隆十五年(1750)迁陕西省兴安府岚河口和岚皋佐龙麻园,其四十字字辈诗为:"鼎世有元玉,曰仁裕俊英。克贤承先德,宏业绍凤鸣。经国继永盛,成家道益明。懋才开景远,启秀庆隆平。"朱卷记载了"世、有、元、玉、曰、仁、裕、俊、英"九辈。谢馨为榜名,派名谢俊崇。其祖上在清朝另出过谢玉珩、谢裕楷两位进士和七位举人,为岚皋乃至陕南望族,和岚皋另两姓进士祝垲、王隆道,举人杜官廉等名门互有联姻和交往。谢氏后人大都现居岚皋,部分外迁白河、安康等地,派行已传至"先""德"辈。

从族谱和朱卷得知,谢馨乃世胄,书香子弟。其曾祖父是太学生,祖父是贡生、诰封奉政大夫,祖母是敕封孺人。父亲谢裕三是同治丁卯年(1867)举人,曾任湖北省竹山县知县、钦加同知升衔。母亲张氏,诰封宜人。原配夫人是湖北省江陵县邑令张云生之长女,诰封宜人。

谢氏世家有长于绘画、工于书法的家学,浓厚的文化氛围及家学渊源，为谢馨的博学奠定了良好基础。光绪十年（1884），时任竹山县知县的谢裕三，购买了白河县城近郊康家坪阮大英房屋及田地，谢馨随全家迁至白河，这年谢馨十四岁。

谢馨天资聪慧，年少多才。迁至白河居住不久，谢馨被父母送至竹山县一寺院寄养，继续接受良好的文化教育。在寺院里，他写下了他较早的文学作品《梦仙》："借榻禅房里，钟声夜未眠。解衣上绳床，卧看灯明灭。"谢馨在《梦仙》一诗中描写了他在寺院里的生活，真实地再现了他身处佛堂、青灯相伴、孤寂苦读的学习状况，如实描述了严父慈母苦其心志、劳其筋骨的良苦用心和作者远离舒适浮华、忍受冷清的寒窗生活。"丹崖夕阳下，碧海明月生。香过闻仙乐，飞琼吹凤笙。"作者用稚嫩的笔触，写下灵动绮丽的词句，反映了一个十四岁少年对未来美好生活的追求和向往，也让人们看到了少年谢馨的笃志好学及博览群书的深厚功力。

谢馨出任过晚清光绪、宣统两代皇帝的政府官员。他高中进士后，先在翰林院为官。按清制，翰林官升迁较地方官容易，而且有南书房及上书房行走的特权，因而能与皇帝皇子及近支王公经常接触，且多蒙优待厚遇。可是谢馨一向耿介，无意于与权贵接近，从不私下巴结上级官吏，对官场尔虞我诈现象看不惯，心情是"终年低首不伸眉"，常常"官柳当门懒折腰"。他在《四续秋兴》一诗中写道："纷华莫遣寸心栖，几辈能将夜气提？识字须从名节起，读书莫为异端迷……"年轻气盛、才华横溢的翰林官谢馨认为"悠悠寰宇科名贱""落落家风图史清"。由于谢馨不合时宜的理政思想，他在翰林院难以得到重用，在翰林院为官八年后，光绪二十九年（1903），他"远离京城，投荒滇疆"，开始了在云南任地方官的征程。

谢馨在云南七年知县任上，经常安步当车，深入村寨了解民情，甚至施医于山民，留下了"别人马瘦，谢令马肥"的美谈。"黄粟青刍日百钱，饱饲不骑僮仆怜。"牵马随行中，看见衣衫褴褛的牧羊孩子，他心里亦很自愧。在《牧羊谣》中他自咎："……尔羊常得饱，我民恒苦饥。尔羊毛绒绒，我民寒无衣。为民父母顾若兹，疮痍不恤更鞭捶。停骖重惆怅，愧尔牧羊儿。"在赴滇的路上，他未及到任就未雨绸缪，以《辰常舟中》一诗告诫家人："……我家一尺布，农家一日粮。虽有升斗禄，亦当念疲氓。"作为清末的一个政府官吏，心里若不怀着体恤贫苦百姓的情感，是断然写不出来这样情深意切的诗句的。

"一姓兴亡真细事，万家水火盼重生。""已闻天下瘦，敢计一身肥！""长存报国意，好及未衰年。"谢馨是一位爱国的知识分子。他参加过"公车上书"大请愿，举人签名反侵略、反投降，抗议清政府丧权辱国；他拥护共和，袁世凯推行帝制时，他作诗嘲讽："天怒已深人怨气，楚歌声里项王休。盖棺论定羞青史，民国清廷两不忠。"他在《时事杂咏》中写道："攫取金钱海外栖，谁将国事作前提。但听演说词都好，才到当途利便迷。"以辛辣犀利的笔触抨击当时腐败的弊政和官僚政客们的丑恶嘴脸。

辛亥革命成功后，谢馨离开通海，蔡锷将军礼送至越南海防，后又辗转香港、上海、西安、武汉等地。"载得明月一船去，赢得清风两袖齐！"作为一介寒儒，"富贵非吾愿，图书老此生。奇温棉布被，甘美菜花羹"。谢馨弃官后，既无积蓄也无生活来源，只能"悬壶自救，业医为生"。位卑未敢忘忧国，寓居上海时，他撰写了《罪盐》《敬告国会议员》《俄蒙协约感言》等文章，针砭时弊，匡扶正道，字里行间涌动着爱国的情操。

1933年，谢馨被国民政府陕西省主席邵力子聘为省府顾问和经济前席，后又先后被继任省主席王一山、孙蔚茹聘为省府顾问。他很清楚，自己不过是"经济委员会列名而已"的闲职。在《和心田送别千步原韵》的诗中，他写道："经济前席耻素飧，但为宾客不为官。"于是于1935年在西安加入中国国学会，潜心于国学研究，闲暇时到关中农村走访和考察。在这期间，他写了很多反映民情民生、暴露社会黑暗面的诗歌。如《派新捐》《送壮丁》《派民工》《修公路》等。他在诗中写道："天灾人祸年复年，十堡八九无炊烟。土匪退走炊烟起，前堡后堡催上捐……""县小地薄壮丁少，五月强迫长安行。爷娘妻子哭相送，青山绿水闻啼声。老翁叹息问里保，里保笑说有钱好。有钱将钱买穷人，无钱不得寻替身。""古役岁三日，今役无了期。妻儿鹤望老翁泣，麦堆半化蜉蛾飞。"这些诗作深刻地反映了苛捐杂税下社会底层人民苦难的生活现状，鞭挞了政府官员不顾穷人死活强征苦役和富豪劣绅为富不仁的恶行，陈述了当时的社会实况。

七七事变以后，国家惨遭日寇践踏，人民饱受战争之苦，古稀之年的谢馨老泪纵横："惨瞻神州罹浩劫，凭轩涕泪不能休。"遂积极投身抗战。当西安转来前方受伤战士，他随慰问团去看望，目睹长安女生悉心护理伤兵情景后深受感动，写下了《长安女生自动看护伤兵记事》："女儿秀护绮罗香，典质金钗裹战疮。壮士捐躯能报国，军民联合弱变强。东海长鲸行授首，红旗早拂蓟门霜。"1937年夏，他还应邀参加西安市鼓楼书画义展义卖活动，为抗战募集资金。欣闻浴血抗战的前线传来捷报，他举杯庆贺："欣传捷报歼骄房，满饮蒲觞酒正香。"台儿庄大捷时，他欣然命笔，写道："台儿捷报振军声，抗战催成举国兵。但使武装能组织，不愁狂房太骄横……"老人心系抗日战事，欣闻抗战胜利，他挥笔写下了"大举反攻终胜利，只轮匹马莫教还"的诗句，抒发了心系民族大业的情怀和一位老人对抗战胜利的欣喜。

1938年春，六十八岁的谢馨毅然辞去省府顾问一职，回到白河家里安度晚年。"风尘已了前身债，罢官仍是老书生。""耄年嗜学难追及，悔不回头二十霜。""块垒都消无噩梦，图书优在慰浮生。"这些诗句，正是他颐养天年、独善其身的内心写照。他除吟诗、作画、读书、写字以外，还常常受邀施岐黄之术于乡邻，为梓里百姓诊病施医，且不取分文。谢馨的书法、绘画作品颇有功底，喜爱者众多，常有慕名者前来求索，谢馨也都尽量满足。

1940年，年已七十高龄的谢馨，接受了时任白河县县长艾林仲的邀请，历时四年，编修出了《白河县志》，承担了一份重责，为他的第二故乡留下了一册厚重的史籍。县志编修告竣后，继任县长王馨明在白河中学为他庆功并祝贺他七十四岁生日。

谢馨的晚年生活非常接近贫困阶层。他的诗作《漫兴》反映了他归里后的生活状况："年来生活苦高昂，哪有寒儒掘窖藏。园种柿蕉聊代纸，炉烧柏艾抵熏香。"这一时期他还写下了"市近可沽酒常乏，客来无肉但烹瓜""良朋有限难求贷，巧妇无炊怕为家。今夜月明休置酒，空将清影伴黄花"。这些诗作，反映了他贫窘的乡下生活。1933年，白河驻军团长鲁秦侠、浙江名宿陈君贤、岚皋乡邻杨燮堂看到了谢馨才文俱佳的诗文，见其无力付梓，遂鼎力资助，使谢馨诗文融为一体的《海月楼诗文杂抄》在白河县河街庆和石印馆付印成书。该书六卷十多万字。杨燮堂站在岚皋老乡的角度，为《海月楼诗文杂抄》撰写了序言。《岚皋诗文遗存》和《岚皋县志》收录了这篇文采飞扬、评价中肯的书首之文。

谢馨一生经历过巨大的社会变革，清朝的腐败、民国的黑暗，他都亲身经历和目睹过。西安事变时他正任省府顾问，逼蒋抗日，国共两党结成最广泛的抗日民族统一战线，这使他了解了共产党的博大胸襟，也看清了蒋介石的独裁统治及反动嘴脸。加之谢馨的大儿子又是大革命时期加入中国共产党的地下党员，因此他对共产党的政策有一定的了解，共产党救劳苦大众这一宗旨与他一直同情贫苦阶层不谋而合。他并不是封建遗老，而是晚清的一位清官。他有很开明的民主思想，是拥护共产党的新生政权的。所以当1948年白河县解放，人民政府开村建政工作队进驻茅坪时，七十八岁高龄的谢馨在家人的搀扶下，从康家坪赶往枣树岭等候和恭迎。

1952年6月27日，谢馨病逝于白河县康家坪家中，葬于老宅房后。这年，谢馨八十二岁。坟茔后在农业学大寨运动中被砌入梯地的梯坎中，永远融入大山之中了。

《海月楼诗文杂抄》留存了谢馨的大量作品。除针砭时弊的作品外，他还写作了不少寄情山水、人文的作品，如《登黄鹤楼》《登华岳》《上海夜泊》《登岳阳楼》《洞庭晚泊》《夔门怀古》《铜雀怀古》《金台怀古》等。在《苗女》一诗中他写道："苗女如云笑拍肩，提筐袅袅晓风前。山花采得城中卖，看取红楼上翠钿。"在《牧童》诗中他描述道："近山簇簇远山低,柳暗花明路欲迷。却羡牧童无一事,稳骑牛背过前溪。"在《论诗》中他阐述道："词客前身是画师,白描高手买胭脂。蔷薇花艳须删刺,菡萏根肥不断丝。景似追逋防兔脱,句当割爱莫狐疑。扁舟镇日无尘扰,只与姬人细解诗。"《岚皋诗文遗存》收录了谢馨《归里》《渔舟》《漫兴》《戚某邀过江午酌晚归》《夜坐》五首诗和《讨鼠檄》一篇散文。

谢馨出生于岚皋,在《海月楼诗文杂抄》中也留存了不少关于岚皋的作品。南宫山自古是岚皋的名山,当时有人称之为南山、笔架山。童年的谢馨游历家乡这一名山后留下了《南山》一诗："蜷居斗室中,拘如自缚兰。每思胜地游,尘虑藉消遣。沽酒挈小童,招朋折寸柬。南山爵嵯峨,相约步云巘。路峻足力疲,相对各微喘。寻胜五六人,计程千百转。山下已裹里,山腰复睐晛。严溜照花明,飞泉冲壑断。秋生红树峡,日落白云阪。山空不见人,水喧不闻犬。爱此景境清,因之步履缓。昔在舞雩游,喟然吾兴点。兹游亦庶几,望古憎绻绻。拂袖扫石苔,坐歇枫林晚。倒壶更相酗,醉眠芳草软。凉月照我醒,溪鸟催我返。入山不见深,出山始觉远。远道不可归,共叩山人键。山人具鸡黍,留我夜中饭。夜梦南山游,历历常在眼。晓起望前峰,峰峰苍翠满。"这是一幅众少年秋游图。诗句文字稍显稚嫩,也许是谢馨平生的第一首作品。他对家乡、对南宫山充满了热爱,在《南宫捷后乞假旋里》中,他深情地写道："龙池烧尾响春雷,宴罢宫袍五色回。今日旌旗烦父老,昔时游钓尚童孩。微闻红粉夸年少,深愧白头说俊才。一第未酬钟鼎愿,古人事业要追陪。"

谢馨一生谦和、超脱、低调、散淡,其作品既有杜甫式的悲怆，又有孟浩然式的闲适。他在《自题小照》一诗中自我画像道："涉世真同隔靴搔，既生尘浊尚清高。画师天地方为妙，诗写魑魅没处逃。瓶上花光浑带雨，镜中帘影欲飞涛。频年旅食春如梦，欲渡东瀛买倭刀。"

谢馨是岚皋历史上的最后一名进士。科举时代已离我们远去，但他留给我们后辈文人的《海月楼诗文杂抄》却弥足珍贵，将会和我们生存的这块土地一起，永远地留存下去。作为今天的岚皋人，我们要感谢谢馨，还要感谢那几位资助谢馨付梓《海月楼诗文杂抄》的先贤们！

2016年4月20日
（载于2016年4月21日《岚皋宣传网》）

清末留给岚皋的一段记忆

一

去年初秋我去扬州闲走了两日,在一处豪绅的百年老宅门口,读到一副对联:"几百年人家无非行善,第一等好事只是读书。"觉得有士绅之味,默诵了两遍,便记住了。

读书是极美妙的事儿。读书人古称为士,读书有成,参加科举成功,就加个人字旁,成了仕,破茧为蝶,践行圣人孔子说的"学而优则仕",达到了读书人的终极目标。汉字多变,由繁到简,但"仕"这个字却从没缺胳膊少腿,它的古意只是说明,官是读书人出身的。造字的祖先是慧智的,一个简简单单的字,竟是那么雅致,那么贴切。

春风吹雨,秋水照月。更迭的景致,精准的节令,一圈一圈密密地展现在年轮上。历史的明月映照在1875年的某一天,在陕西汉阴厅城一户江南风格的庭院里,一位八年前随父从江南绍兴府迁居而来,名叫沈祖颐的年轻人,追随父亲科举的脚印,高中进士,怀揣清政府吏部的一纸任书,骑着马,也许还溯着汉江或者岚河坐过一段船,用一天抑或更多的时间,经百里之劳,深入巴山深处的岚皋县上任副县长了。当然,他的随身木箱或布袋里是少不了几册经史的。那会儿岚皋县还叫砖坪厅,副县长还叫通判。在砖坪厅热闹的市肆庐舍里,当时衙署应该也是热闹的,至少应该有场接风宴吧！诗词酒令，欢声笑语隐隐飘荡而出的衙署大门会有对联吗？如有，会是怎样的对联呢？会是"不负苍天何谓官位只七品，常思黎庶生怕民心失半分"吗？这年年号为光绪元年（1875），也就是四岁的光绪身坐皇帝龙椅的第一年，沈通判二十一岁。科举制度兴于隋朝废于清末，其制度是几近相通的。宋时"坡仙"苏子瞻仕途的起点站是陕西的凤翔府，仕途首任也是通判。

白驹过隙，历史烟云转瞬即逝。如何寻觅前人的足迹，原始可信的方法唯有在方志、家乘中爬梳了。国史、方志和家谱共同构筑了我国三大基本历史文献体系。方志者，乃地方之志也。《重续兴安府志校注》第四卷"职官志"记载了沈祖颐的这次最初任职："沈祖颐，浙江归安县人，进士，光绪元年（1875）以砖坪厅通判署任。"据史料记载，归安县1912年与乌程县合并为吴兴县，时为绍兴府所治。同一部史籍《重续兴安府志校注》，在第四卷"职官志·砖坪厅抚民通判"录载了沈祖颐的再次任职："沈祖颐，浙江归安县人，进士，光绪五年（1879）署任。"查阅清代史籍得知，抚民通判为官名，某些直隶厅或散厅有以通判为长官者，其中某些厅的同知（官名）及通判则加抚民同知或抚民通判衔，掌管所在直隶厅或厅之行政事权。这次记载比沈祖颐首次任职记载晚了五年，职务也由通判变成为了抚民通判，由佐贰官升职为正印官。

五年的仕途努力，沈祖颐由副县长提升为正县长。他在任职内做过什么爱民厚德之事，惜字如金的《重续兴安府志校注》没有记载。在砖坪厅升正职后不久，光绪庚辰年（1880）秋，沈祖颐调任近邻的安康县任知县，《重续兴安府志校注》第十一卷

"名宦志"以"清兴安砖坪厅抚民通判调署安康知县沈公祖颐"记载了沈祖颐的调任。《重续兴安府志校注》第五卷"学校志"为节,还不惜笔墨地转录了本邑举人罗钟衡于光绪七年(1881)闰七月撰写勒立的《邑侯沈公贻仲复学额增学田碑记》碑文,从中可以侧面折射出沈祖颐在砖坪职上的作为:"沈祖颐,字贻仲,浙江归安县进士。光绪庚辰(1880)秋,以别驾署安康县事。下车后,凡保甲仓储诸政,次第修举,尤拳拳以兴学育才为急务。先是安康学额岁科两试取进生三十人,丁丑前学宪陈翼破格减额一名,增拨汉阴。祖颐具禀清复,并授《学政全书》以争,卒复归额。公善折狱。邑西秦郊铺有陈张二姓,争畔构讼,公讯验得实,伪契隐粮,例追入官。祖颐念安康学田菲,乃将陈姓旱地、水田二十六亩,拨充兴贤学社,以资膏火。其培植人才之心,可云有加无已,惜仅期年即瓜代去。"

沈祖颐与砖坪是有缘的。光绪十三年(1887),沈祖颐由汉阴厅抚民通判再度回任砖坪厅抚民通判。清光绪三十一年(1905),砖坪厅后继通判李聪编修了岚皋有史以来的第一部地方志《砖坪厅志》,在"职官"内多加笔墨记载了沈祖颐的职情:"沈祖颐,号贻仲,浙江归安县人,光绪十三年(1887)任。凡所施设,吏役不能欺。更加意作人,于地税内酌加五厘,提为宾兴费,士林赖之。十七年升定远同知去。"成书于民国六年(1917),由砖坪县知事秦辅三主修的《砖坪县志》也几近相同地记录了沈祖颐的任职情形。1985年岚皋县志办公室编印的《砖坪县志注释本》对"宾兴费"注解为:"宾兴费,旧时地方官设宴招待应举之士,属于沿用古制,谓之宾兴,含有教化之意。宾兴费以借此古义,是专项用于教育方面的兴学、礼仪开支

115

和士子的膳宿补给等。"《砖坪厅志》《砖坪县志》有关沈祖颐这段不长的文字透露给读志人几个明晰的信息,沈祖颐在任上礼贤下士,谨言慎行,为官清正,重教兴学,厚待士人,造福一方,颇有口碑,尤其是在兴办教育、培养人才这方面继续了他在安康县任知县的良好所为。《砖坪县志·科贡志》记载,沈祖颐在任期间,砖坪厅人文蔚起,科甲连捷,先后有陈用林、潘桂修、杨庆云考得岁贡;沈祖颐调离砖坪后的第二年,本厅锁龙沟考生谢馨考中举人,两年后再中进士;沈祖颐调离砖坪后的第六年,邑内生员陈延海中举,这是否与沈通判"士林赖之"有关联呢?沈祖颐这次在砖坪任抚民通判从"光绪十三年(1887)任"到"十七年(1891)升定远同知去"任职达四年之久,并还载明了调离砖坪后继任去向的信息。从史料知悉,定远时为陕西汉中府定远厅,即今镇巴县。1993年编撰出版的《岚皋县志》在"政权志"中,也几乎和《砖坪厅志》《砖坪县志》中记载的沈祖颐的相关任用和任期一致。

二

手把当今,笔写百年。砖坪是岚皋的前身,有点人的乳名的况味。巴山腹地,山大林深,置厅前,岚河上游归属平利县,岚河下段为安康县辖治。清乾隆年间,清政府在今岚皋县城岚河边二级台地上设立军事汛地,询问盘查过往行人,修建汛期住房时挖出些许大方汉砖,时人以为罕事,随口便称此汛为砖坪汛。砖坪汛后扩编为砖坪营,道光二年(1822)时再升格为砖坪厅,建衙署,设市廛,正式升级为与县平级同坐的厅治政府。民国二年(1913)厅改为县。民国六年(1917)五月,岚河边罗金坪出生长大的清末进士王隆道和大脚才女杜继燕的儿子王樾举人，牵头另外十二名乡贤士绅，依据岚河通贯县境，以复《水经注》称岚河为"岚谷"的古称为由，具呈奏章至陕西省省长李根源，再经中华民国国务总理伍廷芳颁发状令，砖坪易名为岚皋。

厅的设立为清朝的独创。查阅史料得知，清代在新开发的地区和军事要塞开始置厅，与州县同为地方基层政权机构。厅的设立由嘉庆七年（1802）始，有直隶厅和散厅之别，直隶厅与府直隶州（直隶于省的州）平行，厅直隶于省。散厅与散州、县平行，属于府。史料表明，砖坪、汉阴为散厅，定远为直隶厅。

沈祖颐在兴安府辖厅、县的整个任职时期都是在砖坪度过的。前后在砖坪任职两期，时间长达九年之久。读书人出身的他有怎样的文人特质呢？年代久远，留存下来可供详尽考证的资料极其有限，正统的志书也不会记录行政官员的业余之雅，不过借助支离破碎的记载，仍可窥见到沈祖颐相关的场景与片段。2014年9月6日《湖州晚报》刊登的阮荣江撰写的题为"寻觅竹墩沈氏的根和叶"的文章写道："沈祖颐，1854年生，沈士远、沈尹默、沈兼士父。进士，书法家，善诗好吟，书宗欧阳询，兼涉赵松雪，尤喜北碑。清光绪元年（1875）至十八年（1892）在陕西砖坪厅、汉阴厅和安康县任抚民通判、知县，后升汉中府定远厅同知。政尚简易，兴学育才，颇得好评。"竹墩为沈氏祖居村名。这篇沈祖颐原籍媒体刊发出的专事研究沈氏根脉及沈氏名人的文章，和以前众多研究"三沈"文化的文章一样，明确凿定了沈士远、沈尹默、沈兼士"三沈"兄弟与沈祖颐的父子关系，还清晰地表明了沈祖颐善诗文好书法的特长。2013年6月汉阴县政协编印的《汉阴文史资料·"三沈"及建馆专辑》刊发了汉阴

"三沈"纪念馆创建者之一王涛的《"三沈"与陕南渊源考》的研究文章,文中对沈祖颐有这样一段评述:"'三沈'之父沈祖颐,诗书双修,为官克兢守业,廉洁有声,善听狱讼,缓催科,慎刑狱。沈祖颐喜吟诗文,书宗欧阳询,兼涉赵松雪,中年尤喜北碑。"沈尹默先生晚年写的《自述》中对父亲沈祖颐也有提及:"父亲亦喜吟咏,但矜慎不苟作,书字参合欧、赵,中年喜北碑,为人书字,稍不称意,必改为之。公余时读两汉书,尤爱范史。我幼年在家塾读书,父亲虽忙于公事,但于无形中受到熏育。"

山为一体,水是同流,天下文人自觉不自觉都会相互吸引。博览群书的沈祖颐在砖坪任上,我想他定会在线装典籍中,读过郦道元写岚河的佳句,阅过刘应秋的《岚河山行记》,诵过史传远的《岚河乘舟夜归》,看过宋德隆的《双丰桥建桥碑记》。下乡办差,安步之际,在草木葳蕤、桑稻浩荡的乡间,他也许体验过大脚才女杜继燕与进士丈夫王隆道的诗意生活,拜望过千年银杏树下因作画而声名远播的甘棠,做客于梦氏岭周氏武学馆,面授于花鲤墟忠义讲所。

抚民通判的称谓离我们已渐行渐远。从沈祖颐光绪十七年(1891)"升定远同知去",距今一百二十多年了。这个有着生命温度的清代抚民通判,给我们留下了苍茫远去的背影。他那依依不舍的眸光里,映射出一个具有优秀传统生命价值的清新面庞,他遗存下的文脉儒风,无声地温润着这方水土。周身散发着儒雅之气的沈氏抚民通判,当年肯定会留下不少托物言志的诗文、闲情达意的书法。千层云烟,万千风雨,已让砖坪厅后来的我们,无缘睹其真迹了。父授子业,子继父志。尽管我们见不到沈祖颐这位文人县长的文墨了,但在他身边耳濡目染的"三沈",却给这个世上留下了不少的文化佳品。"三沈"的身上,承载着父亲儒雅的才学和殷殷的叮嘱。

三

追寻历史和寻找真理一样,需要一颗虔诚恭敬之心。在汉阴县城一个古色古香的庭院里,有一处"三沈"纪念馆。小院简洁典雅又不失内蕴,石板铺地,绿茵盈目。纪念馆里图片珍贵,文字丰富,走进去,你会知晓沈氏的承袭,吭悟到浓厚的家学。展柜里的照片中,很多耳熟能详的人,都与"三沈"有着很深的渊源,旧时的服饰相伴的黑白身影,在历史上却都是家喻户晓的人。"三沈"出身于中国传统翰墨书香世家,其曾祖父沈玉池为前清副贡生,手抄经籍,课徒为生。祖父沈际清为前清解元,清同治六年(1867)随左宗棠入陕,曾先其子沈祖颐任定远厅同知,遵从清廷任地与居家之地回避律例,将家安居汉阴。沈际清诗才敏捷,工于书法,有遗墨赏桂长篇古诗题存定远城外正教寺壁上。沈祖颐出仕砖坪厅后不久,娶勤孝贤惠的彭佩芬为妻,先后生育三子三女,子名士远、尹默、兼士,三女名毓珠、毓珏、毓瑾。子女受家学熏陶,皆通诗书,亦颇有才学。沈祖颐出仕后继续将家安置在汉阴。

光绪二十九年(1903),沈祖颐在定远宦所去世。"三沈"随母迁居西安,离开出生地陕南,两年后,移居回祖籍浙江吴兴县竹墩村。江南四散的水系,延伸了"三沈"远行的脚步,从这里拐折,他们将陕南给他们的深厚学养,注入他们的文墨,先后开始了他们在中国新文化兴起大潮中的远航,走进了文化典籍的录载,步入了《辞海》的条目。

"三沈"即沈士远、沈尹默、沈兼士三兄弟之略称。许广平在《鲁迅和青年们》一文中写道:"北平文化界之权威,以'三沈''二周''二马'为最著名。""三沈"少年立志,勤学苦读,弱冠之后,游学中外,学贯古今,成为我国"五四"新文化运动的先驱和享誉国际的文化大师。

沈士远为著名学者,庄子学专家。曾任北京大学预科乙部教授、庶务部主任、校评议会评议员,北京高等师范学校、燕京大学教授。五四运动中,曾任北京中等以上学校教职员联合会书记。后任浙江省政府秘书长、考试院考选委员会副委员长。中华人民共和国成立后,任故宫博物院文献馆主任。

沈士远自小受家学影响,专攻古文,喜研老庄,先入浙江高师教国文,再入北京大学授《国学概要》,成为享誉京华的"沈天下"。《国学概要》后来改名为《中国学术史》翻印出版。陈布雷在《陈布雷回忆录》中载,沈士远是他极其敬仰的老师,他们的师生关系十分亲近,陈布雷常去其宿舍请求指导。"沈先生常以《复报》《民报》《新世纪》密示同学,故诸同学于国文课艺中,往往倡言'光复汉物,驱除胡虏',毫无顾忌。唯有时以某某字样代之而已。"十七岁的陈布雷当时就逐步接受了孙中山的革命思想,他和几个相知的同学常到沈士远先生处借阅"禁书",感受到运用从八股与古时议论文解放出来的新文体写出来的政论文章,更具有流畅有力、说理透彻、论事气壮、激情动人的力度,并以自己的作文效习之,这对他后来能在新闻界以撰写评论闻名一世,成为民国第一流的政论家,无疑具有极大的影响。沈士远也十分欣赏这个得意门生,评价陈布雷说:"已接受并信仰中山先生之革命思想，又能以文字表达其革命意志。"

沈士远任北京大学庶务部主任时，与北大文科学长陈独秀、北大图书馆主任李大钊是同事，他从思想上同情这些革命者并尽力为其提供帮助。1920年1月的一个傍晚，时在教育部供职的马叙伦得到军阀政府要在当夜逮捕陈独秀的消息，焦急万分。他知道陈独秀住在东城脚下福建司胡同刘叔雅家，与之相距十五六里，时间紧迫，当面去通知陈独秀已来不及。他当即用电话求助距陈独秀住处较近的沈士远代其转告。电话中不便明言，他委婉地说道："告前文科学长速离叔雅所。"陈独秀得此讯息及时躲避，翌日晨在李大钊陪同下，换装乘骡马车离开北京，始得脱离险境。

周作人晚年著文说："沈大先生沈士远，他的名气没有两个兄弟的大，人却顶是直爽，有北方人的气概。他们虽然本籍吴兴，可是都是在陕西长大的。"

沈尹默原名沈君默，号秋明，著名学者、诗人、书法家、教育家。曾留学日本，1913年起历任北京大学国文系教授兼国文研究所主任、河北省教育厅厅长、北平大学校长等职。中华人民共和国成立后，任中央文史馆副馆长、上海书法篆刻委员会主任、上海市文联副主席等职，是陈毅任上海市市长后拜访的第一位文化界人士。五四运动时，他和鲁迅、陈独秀、李大钊、胡适、刘半农等人轮流主编《新青年》杂志，和胡适同为中国白话新诗最早的开路人，和于右任同为中国近现代最具影响力的一代书法宗师。著有《执笔五字法》《历代名家学书经验谈辑要释义》《书法论》《文学改革与书法兴废问题》《学书丛话》《谈中国书法》《二王法书管窥》《沈尹默论书丛稿》《秋明集》《春蚕词》《沈尹默诗词集》等。

沈尹默给这个世界留下了不少的传世作品。他被尊称为一代书宗,集书法家、书法理论家、书法教育家和中国现代书法事业奠基人为一体,是继"二王"和唐、宋之后中国书法的又一座高峰。有学者称尹默行书为米芾之后八百年来第一人,其书法艺术成就超越元、明、清的书法家,直入"宋四家"而无愧。沈尹默毕生不废临池,遍临诸家碑帖,正、行、草书无所不工。书法精于用笔,控纵如是,点画精到圆满,意趣平淡韵远,雄壮浑厚,妍妙风流,重振了千百年来占主流地位的帖学书法的雄风,成为20世纪帖学中兴的开山盟主。中华人民共和国成立后,人民文学出版社邀请沈尹默为中国四大古典文学名著《红楼梦》《三国演义》《水浒传》《西游记》题写了书名,使沈尹默的翰墨香溢世界。1962年底,上海市文化局为沈尹默举办书法展览,周恩来总理看过展览后请沈尹默作书,先生欣然写了两幅毛泽东词《沁园春·雪》,请周总理选择,周总理把两幅全收下。1963年年底,毛泽东主席七十大寿,沈尹默填书《沁园春·雪》词为祝。

沈尹默书诗双修,五四时期他任《新青年》编辑,写作发表的《月夜》小诗,被誉为中国第一首白话散文新诗。全诗四句:"霜风呼呼地吹着,月光明明地照着。我和一株顶高的树并排立着,却没有靠着。"诗中出现了霜风、明月、高树、"我"四个意象,诗人托物言志,以霜风、明月和挺立的高树来烘托与高树并立的"我"的形象,显示了独立不倚的强大人格,展示了五四时期追求科学和民主的时代潮流。这使人联想到参与新文化运动的青年,个个都像参天大树,顶天立地,是国家的栋梁。从他们独立而高大的身上,可以看到国家的未来。孙玉石在《中国现代诗导读》里将《月夜》诠释为:"觉醒了的一代人的声音,寄托了人格独立的情怀,透露了萌芽形态的象征主义新诗诞生的信息,从而具有经典性。"五四时期诗人康白清评价说:"第一首散文诗而具备新诗美德的是沈尹默的《月夜》,其妙处可以意会而不可以言传。"胡适在《谈新诗》中也高度评价《月夜》:"几百年来哪有这样的好诗!"

五四时期沈尹默创作了大量的诗词,《三弦》和《月夜》一样,也是现代散文诗名篇,1918年发表后,曾被选入当时的中学国文教科书,流传甚广,脍炙人口:"中午时候,火一样的太阳,没法去遮拦,让他直晒在长街上。静悄悄少人行路,只有悠悠风来,吹动路旁杨树。谁家破门大院里,半院子绿茸茸细草,都浮着闪闪的金光。旁边有一段低低土墙,挡住了个弹三弦的人,却不能隔断那三弦鼓荡的声浪。门外坐着一个穿破衣裳的老人,双手抱着头,他一声不响。"《三弦》描写了一个破落荒凉的场景,含蓄地表现了对现实生活的否定。作品塑造了两个人物形象,一个是不顾炎夏中午烈日炙烤,在破院里弹三弦的人;一个是同样不顾酷暑,连草帽也没戴,只是用双手抱着头,如痴如醉听三弦的穿着破旧衣裳的老人。这使人联想到俞伯牙和钟子期高山流水遇知音的故事,弹三弦的老汉也许弹出了新生活的蓝图,听三弦的老汉也许听出了新生活的希望。那"鼓荡的声浪"也许传出了对新生活的呐喊,"不声不响"地静听也许表达了对新生活的渴望,他们都不甘心被苦难的现实生活所摧残。颓废荒凉的景象与人物乐观向上的精神形成鲜明反差,从而突出了人物形象。三弦弹了什么?弹弦和听弦的人想了些什么?诗中没有说,只白描出个诗境,余韵让读者去品味,给人境近意远、词浅情深的美感。《三弦》问世后，人们最叹赏的是它的节奏感：诗用旧体诗词的音节组合方法，成功运用双声叠韵的词，抑扬顿挫，给人的听觉以美的享受。胡适评价《三弦》说："新体诗中也有用旧体诗词的方法来作的，最有功效的例子是沈尹默君的《三弦》，这首诗中从见解意境上和音节上看来，都可以算是新诗中一首最完全的诗。"朱自清也很推崇《三弦》，将它选入《中国新文学大系·诗集》典册里。

沈尹默一生写诗近万首、词数百阕。他在尝试作白话新诗的同时，亦坚持旧体诗词的创作，一生创作的旧体诗词收入《松壑词》《归来集》《秋明室杂诗》《秋明长短句》《沈尹默入蜀词墨迹》等。他的诗词博采众长，以秀逸闻名诗坛。抗战时期，他在重庆几乎每天都创作诗词，其诗词清丽洒脱，隽永飘逸，为一时之冠。当时汪东以词称雄于世，有人问他何故不作诗，汪说："章士钊之豪放，沈尹默之飘逸，好诗已被他们作尽，我只好去填词。"

2011年，中央电视台、上海电视台将沈尹默列入"中国百位文化大师"栏目，摄制播出了《一代名师——沈尹默》。

"三沈"中年纪最小的沈兼士，是中国语言文字学家、教育学家、文献档案学家。曾留学日本，后任北京大学、清华大学和北京高等师范学校教授。创办北京大学研究所国学门，曾任北京大学文学院院长、辅仁大学文学院院长和代理校长、故宫博物院文献馆馆长等职。在五四新文化运动中，倡导并写作新诗。在训诂、文字、音韵、档案学等领域独有所识，建树颇丰。曾任《鲁迅全集》编委。著有《文字形义学》《广韵声系》《右文说在训诂学上之沿革及其推阐》《中国考试制度史》《段砚斋杂文》

《入蜀杂诗》《杨雄方言之研究》《沈兼士学术论文集》等。

据《北京大学史料》《北京辅仁大学校史》和《辞海》等记载，1905年，沈兼士与胞兄沈尹默自费赴日本留学，他师从章太炎学习文字、音韵，并加入同盟会，毕业于日本东京物理专科学校。他于1911年归国后次年至北京，与次兄尹默、长兄士远先后同任北京大学、辅仁大学等高校国文教授，皆具盛名。1925年，在"女师大风潮"中，沈兼士同鲁迅、马裕藻、钱玄同等人站在一起，发表了七人签名的《对于北京女子师范大学风潮宣言》，声援北京女子师范大学同学的正义斗争。1926年，他与鲁迅先生同赴厦门大学国文系任教，不久返回北京，任故宫博物院文献馆馆长。1927年他参与创办辅仁大学，曾任辅仁大学文学院院长、代理校长。1929年5月鲁迅从上海北返探亲，见到沈兼士后，不无感慨地写信给许广平说："南北统一后，'正人君子'们树倒猢狲散，离开北平。而他们的衣钵却没有带走，被先前和他们战斗的有些人拾去了。未改其原来面目者，据我所见，殆惟幼渔（马裕藻）、兼士而已。"抗战开始后，沈兼士滞留北京，仍在辅仁大学执教，与同人英千里、张怀等秘密组织"炎社"进行抗日斗争。最终为敌宪所闻，列入黑名单进行追捕，不得已情况下，沈兼士微服潜往重庆，于中央大学师范学院执教，直至抗战结束。抗战胜利后，沈兼士任教育部平津区特派员，负责接收敌伪文化教育机关。

沈兼士在保护民族文化上做出了独特的贡献。1921年，沈兼士主持北京大学研究所国学门，他得知清代内阁大库档案被人视为无用之物，已售于纸商用于制作还魂纸后，立即争取教育部的支持，将残存的一千五百零六麻袋大库档案划归北京大学，并主持成立档案整理委员会，带领学生及同人将久积凌乱的故宫清代档案整理出来,开高等学府整理清代档案之先河,受到蔡元培先生的高度称赞:"有功史学,夫岂浅鲜。"《四库全书》集中国数千年文化之大成,与长城、大运河并称为中华古代三项伟大工程。1922年,已退位的清室废帝溥仪以经济困难为由,欲将故宫保和殿《四库全书》盗卖给日本人,且价已议定,为一百二十万元。此事被沈兼士获悉,于是他致函民国教育部,"竭力反对,其事遂寝",挽救下了我国现存的《四库全书》三部半中的一部,成功地阻止了国宝外流。

沈兼士以无人能及的文字学、训诂学成就独步于20世纪中国汉语学界。现代著名古文字学家唐兰在《中国文字学》中评价沈兼士说"最卓越之训诂学家,一人而已"。当代著名语言学家许嘉璐先生在《章太炎、沈兼士二氏语源学之比较》中指出:"沈兼士先生之于汉语语源学,贡献殊多。其于后学不啻为开路先驱,亦犹建筑物之兴建,先生所为乃其设计图。时过五十余载,今之学者,非特未能逾其矩矱,恐先生构思之精髓,众多细部之所以然,尚需后学反复体味追步焉。"

1947年8月2日,沈兼士因脑出血病逝于北平,葬于京西福田公墓。金息侯先生亲笔撰写挽联:"三月纪谈心,君真兼士,我岂别士;八年从抗战,地下辅仁,天上成仁。"如实地概括了沈兼士坦白厚道、济世爱国的一生。

四

大本领人当日不见有奇异处,真学问者终身无所谓满足时。"三沈"得名于旧北大时期,但将他们视作一门数杰的文学现象,则是新世纪的事。2004年9月25日,汉阴县建成"三沈"纪念馆并召开第一届"三沈"学术研讨会,会上北京大学教授陈玉龙先生认为"三沈"是"三曹""三苏""三袁"等历史佳话的续写,应将"三沈"放在中国文化史的大视野中进行研究。2007年9月10日,国内第一座"三沈"塑像在安康学院落成,同时召开第二届"三沈"学术研讨会,时任全国人大常委会副委员长的许嘉璐先生题诗祝贺,诗云:"安康远绍眉山盛,文脉涓涓赖久长。"许先生将安康的"三沈"与眉山的"三苏"相提并论,从而使"三沈"进入了中国文化史上一门数杰的历史序列。

生子为父,父盼子成,这是遍行天下的人理。敬读"三沈"生平,得知"三沈"兄弟先后出生于清光绪七年(1881)、光绪九年(1883)和光绪十三年(1887)。细忖算来,大先生沈士远出生于其父沈祖颐首任砖坪抚民通判调离后的第二年,三先生沈兼士出生于其父沈祖颐二次回任砖坪抚民通判的第一年。沈祖颐于光绪十七年(1891)调离砖坪赴定远任职时,三兄弟分别为十岁、八岁和四岁。孩提时探寻的目光是好奇的,脚步是好动的,依恋父亲的情结,从月河延伸到岚河,他们怎不会走进父亲常年居住地看看呢!砖坪厅衙后院的桂花树下,衙署大门不远处的凉水井井台,岚河边的古渡与古柳边,厅城对望的肖家坝天主教堂里,定会有过他们碎碎的脚步、朗朗的笑声。公务闲暇之际,沈祖颐怎会不挂念几个年幼的孩子,怎会不挂念孩子们的学业,怎会不在公务不太繁忙的时段接来孩子们小住,怎会不写邑内风情诗文讲解给孩子们听呢?退思亭是旧时县衙大堂后大多都会有的建筑,是供县令退堂后休息、静坐、反省思过的地方。那退思亭少不了有亭联的,会是"退思己过助苍生,时省吾身勤养性"吗?父子们在厅衙后院相聚时,他们定会在那不甚高大的退思亭里把手课诗，铺纸临帖的。他们的聚会定然是雅致的，就像我们今天解决内急而称之为厕所的地方，他们那儿肯定会称为溲园的。汉阴县政协2006年《汉阴文史资料》第五辑"三沈研究"中的一篇文章介绍说，沈尹默从小受父亲熏陶，喜爱文学与书法，五岁读《千家诗》《古诗源》《唐诗三百首》及李、杜、韩、白诸唐人的诗选，并始习书法。一次父亲见他临帖，便在仿纸上写了临欧阳询《九成宫醴泉铭》的字，他看见父亲写的字方严整饬，便开始临欧阳询的字，兼习篆隶。父亲沈祖颐调离砖坪时，沈尹默年已八岁。在他已开智读书临帖的三年时间里，沈尹默在砖坪厅衙斋里会留下琅琅的读书声，洒下点点临帖的墨迹吗？即使三兄弟在父亲任职期间无缘走进砖坪，但他们在离开汉阴时均已成人，他们在这之前又怎不会去父亲任职近十年且路程并不太远的地方去看看呢！时间久远，史料佚失，也因眼界局限，迄今搜寻到的册页中尚无文字佐证这一臆想。但没曾看到也许并不是没有，没有记载也并不是当初不曾发生，抑或未来的某一天，会有不曾见到的史料面世的。这一点应该是确信无疑的。

"三沈"棠棣分别于1955年、1971年和1947年去世。大师俱去，但他们的作品会永远传世。细酌他们的作品，会品出月河的水韵、岚河的况味。翻阅沈尹默刊载在1919年4月15日《新青年》六卷四期上的散文诗《生机》，不由得确信月河、岚河景物拓印在沈尹默少时的记忆中："枯树上的残雪，渐渐都消化了；那风雪凛冽的余威，似乎敌不住微和的春风。园里一树山桃花，他含着十分生意，密密地开了满枝。不但这里，桃花好看，到处园里，都是这般。刮了两日风，又下了几阵雪。山桃虽是开着，却冻坏了夹竹桃的叶；地上的嫩红芽更僵了，发不出。人人说天气这般冷，草木的生机恐怕都被挫折；谁知道那路旁的细柳条，他们暗地里却一齐换了颜色。"那"山桃花"，那"细柳条"，那应该是沈尹默孩童时走过月河，走过岚河而留给他终生的记忆呀！少年时刻记在心里的景物是不易褪色的，那丰腴的底色，在某一刻被某种色彩洇染，将会瞬间从山的高处、水的低处瑰丽喷洒，溢彩流光。听到这首诗，闭上眼睛也能感受到从诗中喷薄欲出的勃然生机。读到这首诗，不由得想起汉阴到岚皋往返必经之路是缘汉江、缘岚河的。早春时节，岚河两岸粉白的山桃花、鹅黄的细柳条，那可是铺天盖地、绵延伸展到汉江到月河的盎然景致啊！在热望、债张的春天，驻足在这任何一个地方，你都是置身一幅画或一首诗里，你会沾染一身画色一身诗意，从春走到秋，从冬走到夏，走进深深的心田，走进甜甜的思忆！

　　历史与自然，是默契又久远的相依。岚皋地处巴山北坡，古为巴国属地。山的褶皱里潜遗着喊吓、烧胎、跳端公、立水碗、守号狩猎、烧陶酿造、吞筷画符、上刀山下火海等诡谲、神奇的巴人习俗。巴人文化的神秘性和艺术性，会给外来者心田烙上印痕的。少时的"三沈"也许在父亲任职期的随行中有些许的濡染，后来他们选择文学、文物、碑拓等文字学或考古学，是否有着少年时代经历的影响呢！

　　文化现象向来都是有广泛联系的。探掘走向，溯源文化，巴山汉水是"三沈"的故乡，月河、岚河均留下过"三沈"孩童时的记忆。中国的第一部地方志《华阳国志》中的《巴志》称其地"土植五谷，牧具六畜"。在这方热土上，千百年来盛产着稻麦玉米、土豆桑茶。世居的主人们，他们用智慧、勤劳和汗水，描绘着古老的桑田，他们更以激情和想象，在田间地头哼唱着《锣鼓草》《薅秧歌》，在山坡屋院调味着《摘黄瓜》《十爱姐》，抒写着一篇篇动听的泥土味的文化乐章。严格厚重的家教，使"三沈"打下了很好的国学功底；质朴敦淳的民风，形成了"三沈"沉稳包容的个性和学养；艰辛清苦的山民生活，拓展了"三沈"了解社会现实的视野，使他们能够体察民间疾苦，立志奋发图强。少年的生活，深深地植入了他们的人生，从文化积累到品格积淀，从生活习惯到人文情怀，甚至沈尹默先生到老都未曾改变的浓厚的陕南乡音。西北大学出版社2008年出版的《三沈研究》一书刊载了沈尹默孙子沈长治在2004年汉阴"三沈"纪念馆开馆时的讲话："今天，我的祖父——那个唱着陕南小曲长大的孩子，那个穿着陕南布衣走向人生辉煌的学者，被汉阴人民用他们特有的方式，迎接回家了。"沈尹默喜爱的陕南小曲，一定会有岚河畔的民歌小调的。

五

时间在推移，历史在积淀。"三沈"为中国近代文化史上三颗耀眼的明星。研究"三沈"者大多探索他们的学问、人品，而很少探究他们成长路上的艰难历程。他们眼中只有北京的"三沈"，却不甚了解陕南的"三沈"，甚至不会谈及砖坪与"三沈"的渊源。褚保权在《沈尹默与中共领导人的交往》一文中写道："1959年，沈尹默在北京参加第二届全国人大第一次会议和政协第三届全国委员会第一次会议。期间，毛主席接见各民主党派和无党派民主人士，和尹默一见面就亲切握手，称赞尹默说：'先生工作得很好，很有成绩，人民感谢您。'还说：'听你的口音，不像浙江话。'尹默回答说：'早年生活在陕南。'"

沈尹默作于1957年4月4日的《自述》文字不多，但对陕南时段的生活一往情深。他用那如椽巨笔饱蘸乡情，浓墨重彩地写道："我出生在陕西兴安府之汉阴厅（1883），一直到二十四岁才离开陕西，回到故乡来，住了三年……我幼年在家塾读书，父亲虽忙于公事，但于无形中受到熏育。定远原是僻邑，而官廨后园依城为墙，内有池亭花木，登高远望，则山野在目，河流湍急有声，境实静寂。每当课余，即往游览，徘徊不能去。春秋佳日，别无朋好可与往还，只同兄弟姊妹聚集，学作韵语，篇成呈请父亲，为评定甲乙。山居生活，印象至深，几乎规定了我一生的性格。直至二十一岁，父亲见背，始离山城返居长安。不久，即赴日本留学。"

大先生沈士远，最著称的学术是中国古代哲学，世称庄子专家。他在北京大学讲庄子思想，名气很大，由于所讲课程头一个题目是《天下篇》，因此便有人送他一个大号"沈天下"。沈士远在学术上主攻研究庄子思想而名扬天下，这和他从小在陕南受到"子贡过汉阴"的《庄子·天地篇》庄子思想、紫阳真人，以及巴人亦奇亦艺的文化熏陶有着一定的关系。

现在有关沈兼士先生的研究文章不少，但很少涉猎陕南对他的影响，也几乎无人谈及他写的回忆少时陕南生活的一首小诗："漠漠轻阴欲雨天，海棠开罢柳吹绵。鸣鸠有意惊春梦，唤起童心五十年。"诗前小序写道："童年随宦汉中，山城花事极盛，与诸兄姊家塾放学，颇饶嬉春之乐。夏浅春深，徜徉绿荫庭院，尤爱听鸠妇呼雨之声。丧乱之余，旧游重记，偶闻鸣鸠，不胜逝水之感。"沈兼士此诗于1944年季春为躲避日伪搜捕，自京南下途经陕南所作，时年五十七岁。

"山居生活,印象至深,几乎规定了我一生的性格。"沈尹默在《自述》里的这句话,我们应该是要看重的。"簿书岚色里,鼓角水声中。井邑神州接,帆樯海路通。野亭晴带雾,竹寺夏多风。溉稻长洲白,烧林远岫红。"唐代金州刺史姚合的这首诗,道尽了汉江两岸秦巴两地山居生活之韵味。这诗样的山居生活,给过姚合自在与优哉,染香过宋诗名家陈师道的步履,让一代宗师怀让参悟过佛理,令紫阳真人张伯端返璞于悟真的人生,也濡浸给"三沈"像山一样厚重的人品,像河一样绵长的学品。

少年时曾长期生活在"三沈"身边的沈尹默先生的外孙、西安美术学院著名油画家谌北新教授说:"汉阴是典型的中国山水,这里真是世外桃源、人间仙境。'三沈'兄弟姊妹当年常常跋涉在陕南青山秀水间,是这方水土养育了他们。汉阴质朴的民风在他们身上体现得很鲜明,汉阴厚重的人文环境铸就了他们的沉稳个性与包容万象的学养。"

是的,"三沈"兄弟姊妹当年常常跋涉的陕南青山秀水中,也一定会有砖坪山水的!他们和他们的父亲,在无法绕开的岚皋的历史要道上,走过了一段记忆。

2017年10月1日

(载于2017年第4期《安康文化》)

或恐是同乡

一

一对对鸳鸯优雅地卧在清清的水面上,身旁红色的鲤鱼缓缓悠游。湖水静静的,映着岸畔如丝的柳叶,映着岸边黄的银杏红的枫叶。湖岸一角立着块青石,上面镌刻着"未名湖"字样。石顶上一只黑黄相糅的松鼠支棱着耳朵,羡叹着水中的景色,也观赏着水中的自己。青石立在阳光里,也倒立在清澈的湖水里。未名湖恬适地睡着,睡在北京大学校园里,也睡在灿烂的霜降节令里。

明清款式的桌椅、木质的书架、规整的书匣,藏于未名湖边不远处古意颇浓的北京大学图书馆古籍图书馆大楼里。古典风格的装饰,榫卯结构、凹凸咬合、严丝合缝的木头守望的是精巧厚重的文化。原生的木纹、年轮的印迹、透亮的水漆,似乎仍蕴藉着森林的气息。木刻本、石印本和各式的拓本,依偎在如此的书架上,酣憩在这样的书柜里,高古而凝重,尊贵而厚实,透射着时光深处的积淀。

在浓浓的书香里,我屏气凝神地从图书管理员手里接过一匣木刻版书,轻轻地摊放在身前的书案上。这是一套六本装的清代线装书,书名为《体微斋遗编》,书的作者是祝垲,扉页上盖着红色篆体的"燕京大学图书馆藏印"印章。

这一刻里，我脑际倏然冒出了唐人的一首短诗："君家何处住，妾住在横塘。停船暂借问，或恐是同乡。"诗飘出了，我自个儿笑了，我与祝垲哪里"或恐是同乡"，我们本是同饮岚河水的同乡人呀，只不过君生我未生，我生君已去罢了。

一百多年矣！穿越邈远的时空，我从岚水之滨出发，穿越了大半个中国，在万水千山之遥的首都，终于可以一睹岚水之滨的同乡人祝垲的著作的风采。

二

祝垲，这个名字其实已经一半潜入时光的记忆，一半还萦绕在岚皋人的唇齿间。

一百九十多年前清道光七年（1827）十月二十七日辰时，岚皋县城东街一户人家家里传出一个男婴降临人世的啼哭声。声声哭啼，是这个新生儿对这个新奇世界的问好声，是对时年已经四十二岁的父亲和三十一岁的母亲的感恩声。辰时，那是一天最美好的时光，夜晚逝去，白天初临。十月底正值秋末冬初，山色红黄尽染。彩色时节的辰时里，天已微明，也已放亮，太阳开始升空。时光飘逝，但节令和太阳的脚步仍亘古硬朗，那近两百年前的阳光和今天的阳光一样准点，一样灿烂，缓缓地从县城东面长满了松树、长满了红色火棘的太阳梁山顶上探出，把新的一天的光辉和温暖不偏不倚地送给小山城的人们。

那时的岚皋不叫岚皋而称砖坪，那时的县不叫县而称厅。砖坪先是一个清军关卡汛地的名字，清朝军队修建部队营房时，地下挖出几块大块的汉砖，无名的河滨半坡便有了砖坪这随口的地名。随军家属、垦荒农民聚居，住的人多了，又有了砖坪村名。

地旷固有遗利，人稠易滋事端，再后来清朝开始在此置县设厅，筑建城垣，设仓廒衙署，村名又成了县名。

小男孩出生的那年，砖坪厅置厅刚刚五年。山高城窄，城郭仄小，他的出生地距厅衙仅百步之遥，夜深人静时，县老爷也许还听到过这小男孩的哭声哩。

中年得子的祝应华抱过小男孩，怀着再添男丁的喜悦，为自己的第五个男孩取了古意颇浓的名与号：名垲，号爽亭。"子之宅近市，湫隘嚣尘，不可以居，请更诸爽垲者。"《左传·昭公三年》中的这句话释读了"爽垲"二字的本意。爽：明也。垲：地势高而干燥之地。"处甘泉之爽垲，乃隆崇而弘敷。既新作于迎风，增露寒与储胥。"地势高了就比较干燥，而在泉水旁就很清爽。两汉大家张衡的《西京赋》诠明了"爽垲"的原处。"爽垲"有出处，"爽亭"也有来处。宋朝诗人陈宓曾写一首七言律诗，诗曰："山水围中宅一区，小亭花柳足康娱。勾牵诗思千篇有，斗擞征尘一点无。秉烛风檐费遮逻，闭窗云雾巧窥窬。凭谁起唤王摩诘，写作渊明归去图。"这首诗名便为《题致爽亭》。

祝垲兄弟五人，祝垲行五。其兄弟五人名字分别为"铖、楠、濂、炳、垲"，其字偏旁暗寓了"五行"金、木、水、火、土。一人占一行，五人占五行，许是巧合，亦是圆满，却不得不赞佩祝垲父母为孩子取名的用心，让人难以知道的是祝垲父母在第一个孩子降临人世时，怎就先知先觉地预知了自己一生恰有五个儿子的。

摞半人高的《太原堂祝氏大成宗谱》记载了岚皋祝氏族人的根根脉脉，却未写明祝垲父亲祝应华的文名和功德，但仅从祝垲名号和其兄名字我们猜度得出，祝应华应是位上知天文，下熟地理，中谙卜筮之术，饱读诗书的儒雅大家，或是乡间名士了。

祝氏先祖起源山东，郡望出自太原，明迁至湖北武昌县江夏依仁里，清初一支徙居陕西兴安府岚河畔蔺河乡漫坡。到祝应华这一代，定居岚皋砖坪村已近百年了。从祝应华满身飘逸的文采思忖得出，祝氏一族，抑或是祝应华一家的生活是富足的，也是优雅的，至少是衣食无忧而有余力去濡染诗书的。

祝垲，这个名字寄寓了父辈美好祝愿且意味高远的小男孩，便在巴山北坡、岚河之滨的砖坪厅小城里出生和成长了。从这里，他走进了地方志乘里，走进了皇帝圣旨里，走进了清朝史册里。

三

出生在诗书之家的祝垲是幸运的，也是幸福的。

时光悠远，我们已很难知道祝垲儿时的生活境况。他是在家由父亲亲授诗书，还是在厅城里某家私塾里捧书静阅，抑或是在新落成的岚河书院弦诵呢？那时的砖坪厅城里有没有私塾？如有，那又是怎样的模样呢？我们不知道私塾的式样，但从地下现出的荒石上可以知晓岚皋的第一所书院的规制。几年前离县城东街祝垲家不远的岚皋城关小学改建厨房，从地下挖出一通刻镂于道光十年（1830）的石碑——《砖坪厅创建岚河书院碑记》，碑文载明"建讲堂三楹，东西连书舍各一，其前两厢各四间，大门左右各一间，均诸生斋舍。其后为山房三间，中奉至圣先师之位以严朔望之仪。讲诵楼连之所，厨灶供张之需，靡不毕具，工兴于丁亥季夏，告竣于戊子孟秋，今岁延请师表，主讲其间。"碑文撰写人为砖坪厅抚民分府谢集成，"丁亥之夏"为道光七年（1827）夏季，"戊子孟秋"为道光八年（1828）七月。书院格局确切，建造时日精准，由此知道，这书院几乎是伴着祝垲的降生而兴建的，也许年少的祝垲会走进"讲堂三楹"求学，会蹦跳在"讲诵楼连之所"嬉耍。这名叫岚河书院的院落里定会飘逸着淡淡的书香，定会萦绕着徐徐的古老气息，定会有着峨冠博带的先生走过，定会有垂髫稚子的吟唱，又间或有咚咚的铜的或铁的钟声。

从祝垲家去岚河书院，从岚河书院返回祝垲家，路上定会经过衙署大门的。不知身挎土布书袋或手持藤木书箧的祝垲走进过衙役林立、门厅森严的署堂院内，见识过庙堂之尊、鼓通之威吗？或许祝垲自己也不会想到，他的后半生将与衙署紧紧关联。

时光匆匆，山河易变，原先的厅署沿袭为县府，城垣尽失，祝氏老宅了无踪迹，变为半边楼街，仅遗留下祝垲家不远处城东夯土城墙数丈。

在城墙边一厌小屋里，我与一位老人攀谈，老人杖朝之年，谙熟邑史志乘，我们说起了身旁的近邻祝垲。老人向我讲了一个他年轻时听街坊里另一位老人讲的祝垲小时候与叔嫂对对子的故事。祝垲三嫂何氏，不仅精通文墨，而且能写一手好字，为人正派，性情直爽，家门户族一旦发生争执，常常请她调解。小祝垲很喜欢三嫂，总爱在她跟前问长问短，求知习文。他们在一起还喜欢对对子，有时也猜谜语。何氏常常借对对子打趣耍笑，小祝垲却对得非常认真。一天，晚饭是粥，何氏将祝垲叫到跟前说："祝小弟我嘱你点烛吃粥。"祝垲以为三嫂吩咐，忙去取蜡台，何氏一把抓住他："五儿莫忙，我刚才的话原是一副对子的上联，不知你能对得出下联不？"祝垲把食指伸进嘴里，想了一会儿也对不出来,急得汗都冒出来了。何氏看着很是心疼,连忙安慰道:"今晚对不出来也不要紧,快吃饭,粥都凉了!"第二天中午,河对岸肖家坝有人吵架,又要请何氏过去劝解一番。平日里何氏见祝垲聪明灵性,一是出于疼爱,二是想叫他多长一些见识,外出总是把他带上,祝垲自然乐意当三嫂的"尾巴",这次也不例外。岚河岸边有一池塘,莲花开得正鲜艳,蜂飞蝶舞,香气扑鼻,何氏看得心动,顺手掐了一朵横插在发髻上,更添了几分妩媚。这时小祝垲抬头一看,心里好一阵喜悦:"三嫂,三嫂!你昨天晚上出的对子我已经对出来了!"何氏惊喜道:"那你快快道来。""三嫂你听好,你昨晚出的上联是'祝小弟我嘱你点烛吃粥',我对的下联是'何氏嫂戴荷花过河讲和'。"何氏一听,乐得合不拢嘴,连声说道:"对得好,对得好!"转眼到了端午节,大凡书香门第,逢年过节总要写几副对联贴到门上,讨个吉利。何氏也准备写对子,便把祝垲叫到跟前:"五儿,你去磨墨,我一会儿要写几副对子。"小祝垲答应一声就去了。这阵儿,他穿着开裆裤跪到长板凳上正儿八经地使劲磨墨,连三嫂进来也没有意识到。何氏瞧见他这个样子,忍不住扑哧一笑,祝垲不知何故,扭头便问:"三嫂为何发笑?"何氏说:"我笑的是又想出一副对子来了。"祝垲生性好奇,忙催问:"是否与我磨墨有关?""正是。""请道来我听。"何氏伸出一个指头笑道:"小弟磨墨一鸡摆左摆右。"说罢,差点笑岔了气。她想起来还有点布没织完,便去织布了。小祝垲没有笑,他望着织布机上两块板子,稍一思索,便也伸出两个指头对道:"三嫂织布两块错上错下。"何氏以为有意骂她,脸带愠色,又不好作声。不一会儿,何氏从屋里端出一碗粽子,不多不少一巴掌数。祝垲伸手正要接，何氏又把手缩了回去："莫忙，我再出一副对子你对，对得上便罢，若对不上，粽子恐怕吃不到嘴。"祝垲从长板凳上跳下来："不知三嫂又出何对子难我？"何氏说："就以吃粽子为题，你听道：五月五日五弟堂前吃五粽。"小祝垲眨巴了一下那双机灵的眼睛，心里一默念便有了八九，笑着说："小弟已有对出，只是有些俗气，不好启齿。"何氏正色道："少油腔滑调的，对来无妨。"祝垲张了张嘴还是不敢："说了怕三嫂打我。"何氏有些不耐烦了："叫你对你就对，不会就说不会。"祝垲这才一字一顿地对出来："三更三点三嫂床上抱三哥。"一下子说得何氏脸红成鸡冠子，何氏把粽子往桌上一放，掩面进屋里了。

说到这儿，讲的人笑了，听的人也笑了。故事有些民间化，却也有趣。我们饮着茶，谝着祝垲，屋外的阳光一直照在窗前我们的身上。

老人讲着，我用笔记着。说到兴致处，老人又给我讲起了从别处听来的祝垲少年应试的故事。祝垲十一岁那年，兴安府童试，他在外祖父的鼓励下去应试。祝垲人小个子矮，只好骑在兄长肩上去考场，别的考生见状，讥笑他："把父亲当马骑，大逆不孝。"其实祝垲父亲在他七岁时已经过世，不知者将他兄误认为父。小祝垲立刻想起民间"长兄当父，长嫂当母"的说法，当即回答道："父愿子成龙。"在场考生哑口无言，暗暗佩服祝垲的能言善辩。祝垲步入考场，考官看到还梳着两条小辫的娃娃，便问道："你今年几岁？"答道："还差两个月就满十一岁了。"考官说："你才十岁，能念几本书，能识几个字？这不是来开我老爷的玩笑吗？"小祝垲满不在乎地应道："古人说

'有志不在年高'，大人不能因我年纪小就小看我。"考官听了这话十分惊异："好个有志不在年高！"说着将眼球一转，道："你敢在我面前立试吗？"小祝垲毫不迟疑地回答："请大人出题！"考官令人取来笔墨，交给祝垲一张一寸宽、二寸长的纸条，吩咐道："就在这张纸条上给我写一万个字，只要能写下，便准你入试。"考官是为了出"有志不在年高"这口气，其实他自己也不能在这张小纸条上写出一万个字来。祝垲不慌不忙，拿起笔写下："一而十，十而百，百而千，千而万"十二个字交给考官。考官接过一看，这分明是《三字经》上的四句话，竟被这个小娃娃用上了，不由自主地连声赞叹："神童，神童！这简直是神童！"于是提笔写了张"准祝垲小神童进学"的特榜贴在门上。小祝垲兴安童试中了第二名秀才，第一名是二十一岁的洪天福，号称洪案首。兴安知府姓白，民众称为白知府。白知府想试一试洪、祝二位秀才的才学，一年的正月十五，便请在兴安文学馆就读的洪天福、祝垲吃汤圆，每人五个，并以此为题。他对案首洪天福云："洪案首手捧五圆。"洪久思难言。白知府见洪案首一时对不出来，便让祝垲对。坐在凳上的小祝垲便站起来应声道："白大人连升三级。"知府大喜，又给洪出了一上联："门槛揳泡包包拱拱。"洪天福一时无言以对，摸着后脑壳，急得满头大汗。坐在一旁的小祝垲随口便道："大堂铺砖展展平平。"白知府侧身问洪道："案首你看如何？"洪天福满面羞惭，面红耳赤叩首道："愿将案首让与祝弟，小的甘居第二。"白知府抿嘴笑之。十一岁的祝案首，一时轰动兴安府。

我惊异于老人的记忆。年逾八十的老人竟能不停歇地转述两则源自百余年前演绎而来的传说，口齿清楚，字正腔圆，细节丰富，故事完整，也应是位县城文儒、邑内乡贤了。

蕴藏在民间的故事，深深地蛰存着，裹覆着青苔，遮蔽着苔须，几度腐烂，几度枯荣，今又重生。

阳光暖身，满目清丽。我和老人在残存的土城墙边话别。老人头发霜白，身边人流攘攘；城墙垣土色黄，不远处有高楼正在兴建。老人与城墙都难避年岁的侵蚀、尘世的磨砺，唯叹息，最终都将离去！只不知，谁将先行，谁者后逝！

四

时光不老，人易老。老去的人活在了老了的史册里。

成书于清光绪三十一年（1905），岚皋有史以来的第一部地方志《砖坪厅志》，在《人物志·科贡》节里有记载祝垲的条目。"祝垲，号爽亭，本城人，癸卯科举人，丁未科进士。分发河南，即用知县，历任内乡、太康、柘城等县，有政声。擢归德府知府。同治季年，先后权大顺广道、长芦盐运使。光绪二年（1876）卒。著有《体微斋日记》《语录》《易说》等书。"

编著于民国时期的《重续兴安府志校注》人物志为祝垲列了专目。"祝垲，字爽亭（与其他史料记载相左），号定庵，安康人。七岁能属文，有神童之目。九岁府试冠军，入邑庠。十一食饩。道光庚子，膺乡荐，丁未成进士。分发河南以知县即用。初署内康，措置悉合体要。咸丰初元，权柘城篆，与诸生讲学会文，士心以附。三年五月，太平军大股北上，归德不守，柘城逃徙一空。会讲诸生重垲德，入视，见其朝服危坐空堂，诸生感泣，为诉急状，垲见众可用，爰令办团，敌知有备窜去。调太康、新乡，皆赖办团御敌，城得转危为安。迁牧光州，擢守归德。凡垲到处，居民得谋鸠居，民感其德，咸立生祠祀之。同治元年（1862），僧邸驻宋，知垲得民，重倚之。垲任事直，颇有以蜚语中伤者。军事甫竣，讼端辄起，解任待质。旋得实，坐评者以诬。会匪氛炽遮，钦差某不得进大顺广道，殒于阵。朝命以垲代兼权钦差事，次第克复广平、邯郸各城。旋以在宋征粮不力落职。经张子青相国、刘荫渠制军、曾文正制府先后保奏开复，以道员另补。左文襄入关剿匪以垲从，陕境肃清，叙功给二品顶戴，以母老归直隶省亲。李少荃相国，复深器之，先后权大顺广道、长芦盐运使司海防营务等差。光绪二年（1876）卒，年仅五十。使天假之年，其建树奚止此？垲弱冠筮仕，即以俗吏为诫，讲求身心性命之学，希踪圣贤。其学得力陆王，而于程朱之主数穷理，未尝偏废。虽戎马倥偬，不辍讲贯。贾太守铎、冯太守浒木、李刺史嘉谟。其尤著者，□分校常，阁部王永盛、徐大史龙麟、张侍御鸿远、刘观察毓楠。性纯孝，侍母左右，自髫龄至五十，依依如孺子慕。三原贺瑞麟序其集，略谓垲虽本文成，能守程朱之说，践规蹈矩，而不师心自用。称其善学文成，于此可以觇其所学之纯矣。殁祀乡贤祠，著有《体微斋日记》《语录》《易说》等集行世。"

祝垲生自岚皋，从岚皋出发，走向了外面的世界，最终又回到了岚皋。家乡深深地记住了他，中华人民共和国成立后的第一部《岚皋县志》在人物志里浓墨重彩地记述了他："祝垲，本名祝隆贤，字幼荻（又字定庵），号爽亭，祖籍湖北武昌。清道光七年（1827）十月二十七日出生于砖坪厅城。祝垲自幼聪明过人，被誉为神童。七岁作诗文，九岁府试榜首，入县学就读。十一岁学业优异获奖励。道光二十三年（1843）乡试举人。

二十七年（1847）会试进士，分发河南内乡知县，后调太康知县。二十九年（1849）、清咸丰元年（1851），任河南考试官。任职期间，遵循法度，明辨是非，有父母官之誉。咸丰初年，权充柘城县令，与当地名士讲学会文，颇得人望。三年（1853）五月，太平军北上，攻克归德府，柘城逃徙一空。社会名士，器重垲品德，不忍不辞而别，前去看望，见他身穿朝服独坐空堂……垲领众人操办团练，御太平军于柘城外。五年（1855），因军功保举，赏戴花翎，补授新乡知县。九年（1859），调任光州知府。十年（1860）署归德知府，以军功加道衔。十一年（1861）九月，由军保举以道员用，钦加盐运司衔。冬，任大顺广道备道，钦差大臣，督办直东豫三省军务事宜。同治元年（1862），佑邸驻河南商丘一带，知垲善结民心，办事多有借重。垲办事率直激进，人以流言蜚语中伤，迨至战事稍缓，诉讼辄起，被解职待处理。旋经澄清是非，诬告者反坐。适遇太平军进攻甚激，钦差大臣被阻，死于阵前。朝廷命垲代职，并兼钦差大臣事宜。第二年收复广平、邯郸名城。后又以在商丘、徐州一带征粮不力革职。经相国张子青、制军刘荫渠、制府曾文正先后向朝廷保奏，才以道员另补。五年（1866），左宗棠任陕甘两省总督，镇压西北回民起义，祝垲随军任用。战事平息后，十三年（1874），钦加二品顶戴，署天津长芦盐运使。祝垲虽一生戎马倥偬，但学而不倦，著有《体微斋日记》《爽亭斋易说》《语录》等书。光绪二年（1876）十一月二十日病逝，葬于砖坪厅蔺河漫坡。'文化大革命'中，祝垲坟被红卫兵掘墓开棺，有黄金、水晶石眼镜等殉葬品。"

上海古籍出版社1979年出版的三卷本《明清进士题名碑录

索引》一书记载，祝垲为清道光二十七年（1847）丁未科三甲六十七名进士，印证了地方志中对祝垲的相关记载。

史册里的祝垲，模糊又清晰，淡远又硬朗。他自幼天资聪颖，学识渊博，二十岁中进士后即入仕途，集孝子、才子、循吏、将略之才于一身，以民为重，政声颇誉；战功卓越，文武双馨，并深得曾国藩、左宗棠、李鸿章、僧格林沁之辈赏识。

学而优则仕，这是读书人的常态与理想。入仕后学而不辍，勤笔著书，更是仕者难能可贵之处。

五

草木竞发，莺飞蝶舞。池塘里莲花初绽，黄瓜地里花黄瓜青，菜园里辣椒花星星点点，满坡的小麦泛着灿烂的光芒。那是20世纪90年代初的一个夏日。

阳光铺满山坡的日子，处处洋溢着旺盛的生命力，麦地里一派丰收的景象。蓝天，白云，近处青郁的峰，远处豁达的山，焕发着土地和生命的生机，传递着对幸福美好生活的期许。

麦子成熟了，有微风偶尔吹过，麦穗轻轻摇曳，蜻蜓不时起落。一波波的麦浪，一缕缕的阳光，空气中蒸腾着一种新麦的香味。单位组织机关干部到乡下支援夏收，我们在山坡上帮助农户收割小麦。戴着草帽，挥动着镰刀，起俯进退之间，我们与麦子那样贴近，与土地那样亲近，身上释放着融融的炙热。

桑树林里歇凉时，麦地的主人递过一杯茶，也递过几句闲话来。我忽然听到祝垲竟长眠于此。

"有墓吗？"

"有。"

"远吗?"

"不远。"

"那割完了麦去看看。"

我的心里,不由得为我此前的无知感到羞愧。

祝垲为官,留下的却是他的文字。对于文人,世人关心的多是其文章,不太在意他们的归宿。

偏斜的阳光下,麦地的主人领我们去看。弯弯山路,扭在垄边,扭在林里。树梢有鸟儿喳喳鸣叫,不甚密集的叫声里,有鸟儿从地上飞起,又有鸟儿从树上飞落。青草掩蔽的溪沟里有流水汩汩,水声响处,有绛红的鱼腥草在流水中摇曳,不时地抚到身旁穗状花序的车前草,触到黄色小花的蒲公英。

小路旁、地埂间散落着一处又一处农舍,墙为黄土夯筑,顶为山上石板,窗牖狭小,土质地面,拙朴而厚实,入眼妥帖。屋顶石板缝里有炊烟散出,夹杂着呛人的干辣椒味和山油菜、韭菜的香味。院边多生着红冠的指甲花,殷红的花端庄地漾着笑靥。一树树青中泛黄的李子垂着成熟的脸颊,把又一季芳香绽露给靠近的人们。丝瓜牵着藤蔓向上爬,爬上了桃树,爬上了李树,把瓜篓挂上了树杈,也把明黄的花束缀上了树枝。

走在河岸的村庄里,像走进了一首古朴而童稚的古诗里:"一去二三里,烟村四五家,楼台六七座,八九十枝花。"

脚步动着,我们的嘴也动着。鬓已星星的麦地主人前面带着路,不时回头同我们说着话。他说祝垲老祖先从湖北来时最先便住在这岚河边的漫坡,后来才搬进县城住,祝垲在任时得病死了,又运回到这老家来安葬的。祝氏是这里的名门大户,人多家产也多,祠堂又大又漂亮,比坡上的熊家祠堂要好得多。到现在还流传有两句小孩子唱的歌谣:"熊家祠堂一枝花,祝家祠堂赛熊家。"

我们问祠堂还在吗,麦地主人说他小时候还见过,现在看不到了。

拐过几处院落,爬上一面缓坡,麦地主人立住脚,说到了。我们环顾四周,冥然静寂,未见有何建筑或墓冢。由麦地主人领着,我们穿过路边的青绿灌木,再往草丛里移走数步,在一处凹陷的地坑边停住了。麦地主人指着杂草丛生的坑下说,这就是。

地坑窑洞状,深约丈许,长方形,约一间屋大小,窑顶拱形,窑体大块青砖构砌,窑体后半截尚还完整。见我们一脸茫然,麦地主人缓缓说道:"这就是祝垲的墓,'文化大革命''破四旧'时从河上游的溢河来了一群红卫兵把墓给敞了。墓顶用糯米、石灰夯筑的,结实得很,先用钢钎撬,半天撬不开,他们最后找了炸药给炸开的。见人多,我那天跑到跟前看热闹。坟炸开后,棺材红漆漆的,夫妻合葬墓,两副棺材挨着放着的,棺材没烂,两个人也没烂,还好好的,脸色红白红白的,像睡着了的样子。祝垲个子高,长辫子,穿着花红柳绿的官服,戴着红顶的官帽,人被拉出来丢在坡地上,见了风和太阳,半天就化成水,烂了,骨头后来也不见了。棺材里有官印、铜烟袋、玉佩、海螺、黄金首饰,还有一副水晶石眼镜,说是大白天能看见星星,有人抢着戴,掉在地上给摔破了。墓碑、石狮子和石桅杆也砸成几大截,后来被人抬走砌田坎了。"

我们一阵哑然。好久好久,身旁榛木上的鸟叫声啼破了时间的停滞。

坟茔被掘,尸身无着,废墟匿弃荒野,冷冷抛在山野处,不是有人指点，我们是断然不知祝垲曾睡在那里的。山静谧，人无语。

我久久地伫立着，面对着祝垲那被毁掉的空冢，望着身后的青山，俯视着坡下的岚河，四周寂然无声，我们同去的人都再无言语。这样的悲哀和惨状，这样的寥落和孤寂，我没想到，同去的同事们没想到，原本睡在这儿百余年的祝垲自己也许更没有想到！

那一刻，属于祝垲与我和同伴们共有的时光。让寂静弥漫，任清幽舒展，放思绪遐飞……

脚边大片冬茅草撒着白色的花，间生着结了草籽的荠荠菜。草丛里斜躺着块墓砖，规整厚重，肌理硬朗，形体扁方，青靛洇染。细瞅，砖侧楷书阴刻着"祝氏墓砖"四字，端庄凝重，一派典雅气象，蕴含着幽远的魏碑之意。再往墓室墓砖上扫视，块块墓砖皆如是。表情或达意，或许没有比墓砖上镌刻的字更黯淡而深沉的意象了。这墓砖精美而凄怆，以美致哀，触摸过死亡的魂灵，牵念过死者生前的冥思，装饰过逝者的名号，散发出经年的气度。

阳光下，墓砖泛着青色的光。我弯腰搬起墓砖，轻轻地放回墓室墓壁的空缺处。手掌触碰到墓砖时，我仿佛感知到了遥远的时空深处有一种轻轻的萌动，让百余年后的我，内心平添许多疼痛。

彼时夕阳斜照，山野犹香。脚下的岚河荡漾着绛红的波纹缓缓流动，拐过几个弯，便会相挽着去攘攘的县城。那里，曾是祝垲出生的地方。

霞光里，我们面向墓室，微微一躬，轻轻作别。

六

头一回知晓祝垲,自然是在岚皋,那是20世纪80年代的事。那时青春年少,在最初爱上文学的日子里,我在县办文学刊物《岚水》杂志上读到了两则经过本地文人搜集整理而成的关于祝垲清正为官的文字。捧读那卷蜡版刻写、手工油印的纸册时,我只知道祝垲是位敏达的吏才,并不知晓他也是一位有着较多著述的文学大家。纸册文字舒畅,入微细致,和那人工镌印的技艺一样,灵动而持重,流动的时光里,三分像史料,七分似故事。后来我把这些文字收录进了我主编的《岚皋民间传说》一书里。

第一个故事说的是祝垲初次为官断案的事。祝垲二十岁中进士后,首任河南省内乡县令,母亲杨氏因他从小体弱多病,又怕他年少缺乏处事阅历,官场有失,便随子赴任。

祝垲来到内乡,拜客接任以后,以择定吉日升堂问案。祝垲穿好官服,母亲送他来到大堂屏门后面,只听鼓乐三奏,升堂炮三响,屏门哗的一下大开,他左脚刚过门槛,突然衙役们"嗬"的一声堂威,吓得他忙把脚收回,竟退了回去,一连两次都是这样。祝母看了,知道儿子素来体弱胆虚,经受不了猛烈的声音,但这是朝廷定的礼制,是不能更改的。祝母正在思索主意,第三次鼓乐奏后,又是嗵、嗵、嗵三声炮响,接着屏门哗的一声又开了,祝垲左脚刚刚抬起,只听又是"嗬"的一声堂威——这一声喝得更加威武有劲,祝垲又将要退后,祝母急中生智,从儿后背猛力一推,祝垲便被推出屏门,祝母忙将屏门闭了,立在后面听动静。

这位小县太爷,不慌不忙,朝公案椅上端端正正一坐,猛将惊堂木啪地一拍,便严肃地问道:"今天本县第一次升堂,你们竟敢轻慢本县,破坏朝廷体制,如不严惩,今后如何严肃法纪?"说毕,从签筒中抓了一令签,朝地下一扔,喊了声:"来呀,每人重打二十大板!"

满堂衙役和值堂师爷们都没料到这位小县太爷竟突然翻脸,吓得一同跪下叩头求饶,几位师爷忙出来讲情说:"今天是大人大喜之日,请看在我们脸上,先免打吧!"说着都屈膝弯腿地打千请安。这时只听屏后笃、笃、笃连叩三声,祝垲知道这是母亲给他打招呼,于是便顺水推舟,说道:"好吧,看在众位师爷面上,这次免打,如若再犯,必定不饶!"众衙役谢罪不迭。这时,忽听堂下有人喊冤,祝垲忙令:"把喊冤人带上堂来!"只见一老一少,两个人共揪着两贯制钱,走上堂跪下,各喊冤枉。

祝垲照例问过各人姓名、年龄、籍贯之后,便问:"你们二人因为何事喊冤?"老者抢先禀道:"我早晨从家里拿了这两贯钱,到集上来赶集,我坐在茶馆喝茶,把这钱放在茶案上,不料一会儿来了这个后生,说这钱是他的,硬要拿走,老爷这不是冤枉吗?"那少年听了忙分辩道:"老爷,不是这样,因我哥哥要进省赶乡考,家里没钱,叫我向舅家借钱,回来路上我走渴了,想到茶馆买碗茶喝,刚把钱放下,这老者便说这钱是他的,要拿起走,老爷快给小人申冤,免得误了我哥哥的功名大事!"

衙役和师爷一听,都觉得这个案子不好审,屏后站的母亲也实在担心,生怕把儿子难住了。只见那老者又禀道:"老爷,我先到的茶馆,老板看到我把钱放到茶案上,他可以做证。"众人听了,都暗暗点头说:"这案子明白了。"果然,等把茶馆老板传来一问，他一口咬定这钱是老者的，少年听了泪流满面，连喊冤枉。

祝垲想了想说："把钱交给我吧！"只见他仔细把钱看了看，便问少年："你向舅家借了多少钱？"少年回答："借了一千文……"不等少年说完，老者忙抢着说："老爷莫信他的，他刚才跟我争时，听我说这是一千文，他这阵子也说是一千文……"坐在一旁的茶老板接口说道："这小子是听老头说的，我可以做证。"

祝垲把钱看了又看，突然问老者："你能说出这一千文都是什么'通宝'吗？"老者回答："是卖小货攒下来的，各种'通宝'都有。"少年忙说："老爷，我舅父说，我哥哥进省赶考，是喜事，所以他专向各处倒换了一千文'康熙通宝'，取'熙''喜'同音的吉兆，老爷不信请看，一个不错。"

这时众人都紧张起来，只听啪的一声惊堂木响，祝垲厉声向老者喝道："看你虽是个老者，却是个骗子。这一千文分明个个都是'康熙通宝'，你却说是各种通宝都有……"祝垲本要使用重刑处他，但念他年老，受不了重刑，茶老板伪词做证，显系伙同行骗，将二人各打二十大板，赶出衙去。这时衙役、师爷和屏后站的母亲，都佩服祝垲明断如神。

祝垲又对少年说："你哥哥进省乡考，向舅家借钱，这一千文也实在不够用的。本县初上任，官俸微薄，没有多的。我且帮助俸银五两，给你哥哥拿回去，望他安心去考，不要分心误了前程。"说罢命人向母亲取了五两纹银，连铜钱一起交给少年。少年千恩万谢而去。

这一个故事说的是祝垲初任知县的事，第二个故事则说的是祝垲升任知府怜死济生，被民众称为"祝菩萨"的事。祝垲先任内乡知县，又任太康、柘城、新乡知县，爱民如亲，断案如神，两袖清风，一片赤心，后升为归德府知府。祝垲上任后，勤于政事，关心民苦，兴修水利，奖励农桑，开仓赈饥，给百姓办了几件好事。因此，百姓颂他为"祝菩萨"。

一天，祝垲坐轿正要下乡查看灾情，只见路旁围了好多人。一个十一二岁的小女孩坐在地上，身披重孝，头插草标，双目垂泪。旁边一个妇人边抹泪边向众人诉说着什么。祝垲看了，忙令住轿，让跟班快去问个明白。跟班回到轿前禀道："这个女孩家里死了什么人，没钱安埋，所以插草标卖身为婢……"没等讲完，祝垲忙命跟班快去把那妇人和女孩带到轿前问话。

众人一见，便说："'祝菩萨'来了，你们有救了。"妇人半信半疑地来到轿前，正要跪下回话，却听大人在轿内问道："你家住何处？姓甚名谁？这女孩是你什么人？为何要将她卖掉……"妇人听了，心中暗想：大人说话如此和善、体贴，莫非真遇到了菩萨？于是，便把自己的苦难一一如实说了出来。原来这妇人的丈夫是福建闽侯人，家中有薄产，是个小康之家。二十多岁进学，接着乡试中举，无奈一连三场会试总不得中。按清朝制度，三科会试不中的举人如果品学兼优，可由地方官保送进京引荐，获"赐进士"资格，由吏部分发到省候补官职。因此，妇人的丈夫就这样被分发到河南省城候缺。怎奈她丈夫为人愚直，不善吹拍，总得不到上司的赏识，一候十年，连一个芝麻大的差事也没轮到他头上。可他总不灰心，一直傻等，把一份小家产吃光当尽，最后穷得连吃穿用度都成问题，更没人把他放在眼里了。于是他终日忧郁，连病带饿，一命呜呼了。他乡无亲无友，妇人只得将旧衣服变卖，买了一副木棺，又有几个穷同僚勉强凑了几两银子。妇人和女儿扶着灵柩回乡,不料才走到归德,盘费就用完了。母女二人举目无亲,妇人实无他法,只好将女儿卖掉,让她找一条生路,自己把尸骨搬回家乡再谋生路。周围的人听了,无不伤心落泪。祝垲心想,这千里为官,落得如此下场,看来官场没有什么可恋的了。忙打轿回府,把母女带回衙里,令与母亲见了,并将她们的苦难讲与母亲。祝母一面安慰,一面对儿子说:"你有什么方法与她们解忧?"祝垲说:"他们由河南到福建,千里迢迢,又加上一副灵柩一路上要人抬运,路费少了如何得行?孩儿的官俸微薄,实在无法周济太多。所以,一时还没有主意。不过让这女孩为此卖身,使她母女分离,是万万要不得的。孩儿一定设法助她们一臂之力。"祝母凄然点头。

祝垲回到书房,心里闷闷不乐。想来算去,终于想出一条妙计。于是他立刻坐到书案边,提笔写了一篇《路告》,详细叙述了这对母女的身世和悲惨遭遇,希望沿路各州府县,看了《路告》之后,随意捐赠,帮她母女扶柩还乡,并请沿途捐助的各州府县在"路告"后面写出捐助数目,加盖官印,使她母女也好留个感念,等等。正文写完,又在后边签上:"祝垲捐助俸银二十两整。"并盖上"归德府正堂"的朱红官印。

正在这时,母亲来了,他把自己的想法告诉了母亲。母亲说:"这办法倒不错,不过你这个首倡人才捐助二十两,未免太少了吧!"祝垲的俸银有限,这二十两还得从师爷那里支借下月的俸银呢。祝母这里多年也攒了三十两银子,她也取来,凑足了五十两。于是祝垲取笔将"二"改为"五"。写毕,便同母亲一起来到后堂,把《路告》和五十两银子一并交给那母女俩。

这母女沿途经过各州府县,拿上《路告》到各衙门去求助。各州知府县看过《路告》果然无不感动,乐于捐助,到了闽侯家中光官印就盖了上百个。算起银子，除了路上吃用，回家安葬费用，剩下的留作生活资费，虽不算富裕，倒也一时不愁吃穿用度。乡里亲邻们知道了这事，也都赞叹不绝，说她母女是遇到"菩萨"了。

母女为了感谢祝垲母子的救助之恩，请人写了一封书信，连同《路告》请专人千里迢迢送到归德府。祝垲把信念与母亲听了，又同母亲看了《路告》上各州府加盖的一个个朱红官印。祝母欣慰地说："这也算是我们做了一件应该做的事啊！"

从此，"祝菩萨"的名字在河南归德，在福建闽侯，在他的家乡陕西砖坪厅到处流传开了。

七

内乡是祝垲为官的首任地。

祝垲在历史中早已走远。是祝垲立断冤案的事迹，或是那遗存完整的县衙，抑或是那衙厅三堂门上饮誉颇广的"吃百姓之饭"的名联的萦牵，在一个草长莺飞的春天，我穿过"菊潭古治"牌楼，走进了内乡衙署的大门。

衙署呈官定县衙建筑规制，大堂为穴，中轴接系，对称铺展，布局严谨，高低错落，有序分明，规模宏大，肃穆威严。照壁、牌坊、申明亭、旌善亭、寅宾亭、膳馆、衙神庙、三班院、监狱、仪门、戒石坊、六房、典史衙、吏舍、大堂、宅门、二堂、架阁库、承发房、县丞衙、主簿衙、主贵院、银局、税库、三堂、东西花厅、后花园，宅宅相连，屋屋间缀。建筑群既独立又相连，有北方四合院"明三暗五"的气度，也有南方廊庑相接、回廊挺阔的深邃。屋顶泥瓦盖顶，屋脊吻、兽饰形，单檐硬山耸峙，正脊两端起翘，古韵氤氲。

一座内乡衙，半部官文化。内乡古称菊潭，是菊花的故乡。自唐开元年间置县以来，先后两百多位任职的县官，按照千里去做官的任官回避制度，从天南地北来到内乡履职。内乡县衙县官的圈椅上，坐过金代的文学大家元好问，坐过纂修内乡第一部县志的沃文渊，坐过写下名联爱民如子的高以永，也坐过兴办县学的我这位老乡祝坰。

缓步在县衙里，注目着身旁的一竹一木、一池一水。这里的每一寸土地，祝坰都曾走过，这里的一树一石都为祝坰所摩挲。也许身边着绿的银杏是祝坰手植，也许眼前着花的海棠是祝坰栽育，也许那池水映照过祝坰的身影。

走过一处处亭阁，行过一间间楼榭，徜徉在或阔宽或窄的廊道，驻足在或直或曲的古树旁，我遥想着祝坰当年的模样。是高大魁伟，还是瘦削修长？是英俊朗逸，还是儒雅深沉？二十一岁的知县，那是何等的年轻，何等的春风得意！

"吃百姓之饭，穿百姓之衣，莫道百姓可欺，自己也是百姓；得一官不荣，失一官不辱，勿说一官无用，地方全靠一官。"康熙年间就悬镌于县衙三堂门上的这副对联，数百年间吸引了无数人的眼睛，也迎来了我对它的凝视和无声的默诵。当年祝坰首次见到它时，会和我的神情一样吗？默默诵念，或轻轻朗读？我不得而知，知道的是祝坰天天能见到这对联。在后来的日子里，他会常常念叨，时时背诵，深深地将它融进了自己的骨髓，并用一生去践行。

家乡岚皋记着祝坰，"他乡久居成吾乡"的内乡记着祝坰。在内乡县衙博物馆里，珍存着内乡自唐代至民国以来的县官名录，一任不缺，祝垲赫然在列。近两百年的风云变幻，有心有情的内乡人没有忘记他，他们以自己的方式，将祝垲的精神视为永恒。

以文会友，唯德是邻。在内乡县衙博物馆馆长刘鹏九的办公室里，我见到了他编著的《内乡县衙与衙门文化》一书。书中记载了祝垲科甲名次及任职时间，印证了岚皋史书里与祝垲相关的文字。

鬓发星星的刘鹏九馆长介绍说，祝垲在内乡任上兴办县学和科举选拔人才，他亲自为生员讲学，主持县试和送学、宾兴礼仪活动。至今内乡县瓦亭镇周家村乡下一户周姓人家，还珍藏着当年他先祖周泽长中举时祝垲题赠贺送的"翰苑先声"的一方匾额，题款为"署南阳府内乡县正堂加五级祝垲"，落款为"大清道光二十八年（1848）黄钟月谷旦"。当时内乡乡下流传有一首民谣："世上有水就有山，人间有民必有官。内乡人有一杆秤，兴办县学祝知县。"

从内乡衙署起步，祝垲先任内乡、太康、柘城、新乡知县，后任光州、归德知府，再任大顺广道道员、直东豫三省军务钦差大臣、陕甘总督左宗棠随军任用，又任天津长芦盐运使，钦加二品顶戴。

八

在岚皋县城西坡一栋小楼里，我拜见了祝垲的一位后裔。老人退休在家，莳花弄孙，颐养天年，暇时闲读些名人传记和地方谱牒。院边一垄黄的紫的红的菊花争艳，窗牖外有紫葡萄坠挂。忽然想起一个叫陶渊明的人，比起一千多年前的南山头，老人的院子又如何呢？

在老人家的书橱里，我见到了岚皋祝氏近年纂修的新谱，也捧读了他庋藏于书橱深处，纂修于民国三十六年（1947）秋月的祝氏老谱。

"庚鼎宗华显，茂道明文兴。春元万秉永，亨贞景应隆。嘉敏振恒志，顺和克光荣。笔端能治邦，称臣清廉政……"文采斐然的派名诗，寄寓了祝氏先祖的祝愿，也承袭了代代祝氏人的宗辈。

老谱卷首，红色字体显眼地印着清同治皇帝颁授给祝垲家族的三道圣旨。私家乘谱出现清廷皇宫圣旨，实为稀罕，经老人同意，我复制了圣旨。原文繁体连排，为便于自己阅读，借助工具书，我进行了繁译简并断句。

现附录于后。

其一：

奉天承运，皇帝制曰：夙夜宣劳，事君资于事父；云霄布泽，教孝实以教忠。特赉丝纶，用光阀阅。尔祝光彩，乃盐运使衔直隶大顺广道加三祝垲之父，操修淳笃，矩范严明。术在读书，克启趋庭之训；业恢堂构，实开作室之模。兹以覃恩赠，为通奉大夫，锡之诰命。於戏！锡天府之徽章，殊荣下逮。人伦之盛美，茂典钦承。祗服诰词，益劝励翼。

制曰：家昌声大，夙彰式谷之休，壸教贤明，不替树护之慕。适逢上庆，用锡殊荣。尔杨氏，乃盐运使衔直隶大顺广道加三祝垲之母，敦习礼规，恪循箴训。寝门治业，著恒德于贞心。闺塾授经，寓兹风于雅范。兹以覃恩，封尔为夫人。虚恩能育子，挺杞梓之良材；善必称亲，被升珈之茂宠。祗承嘉奖，益表芳仪。

制诰

清同治二年（1863）十一月二十三日

之宝

其二：

奉天承运，皇帝制曰：表臣报绩，爰归美于贻谋；司仕诏功，必溯源于绳武。殊荣存被，积代增华。尔祝圣山，乃盐运使衔直隶大顺广道加三祝垲之祖父，衍绪开先，乘休裕后。孙枝挺秀，聿昭树德之符。世业丕昌，大启承家之学。兹以覃恩赠，尔为通奉大夫，锡之诰命。於戏！锡五章而敷泽，珂里流光；推三业以承恩，德门锡庆。祗膺茂典，长荷宠绥。

制曰：鸿恩锡类，聿彰贻谷之休；令范宜家，益著含饴之。式逢庆典，爰沛殊施。尔陈氏，乃盐运使衔直隶大顺广道加三级祝垲之祖母，度叶珩璜，训娴图史。心庄体顺，著壸范于中闺；善积庆余，表母仪于奕世。兹以覃恩，赠尔为夫人。於戏！播兰陔之芳泽，宠被重帏；扬芝检之徽音，光流华冑。荣章存逮，德范犹存。

制诰

清同治二年（1863）十一月二十三日

之宝

其三：

奉天承运，皇帝制曰：嘉谟垂奕叶，允昭世德之求；殊宠锡公朝，益展曾孙之孝。祗承新渥，用报曩徽。尔祝汉儒，乃盐运使衔直隶大顺广道加三级祝垲之曾祖父，敦修无敢，教有方。种德开先，堂构益恢于来绪；贻谋裕后，箕裘克绍于前休。懿知攸彰，恩施遂逮。兹以覃恩，赠尔为通奉大夫，锡之诰命。於戏！四世其昌，久聚德星之庆；九原可作，久承褒命荣。国典存膴，家风益振。

制曰：绥佐治，宠既被于外僚；贞顺乘休，恩聿推于内德。特敷惠泽，用播徽音。尔张氏，乃盐运使衔直隶大顺广道加三级祝垲之曾祖母，肃雍可范，令善堪模。树慈训于后昆，爰著钟祥之德；传素风于奕叶，式彰贻谷之谋。允作母仪，频昭国典。兹以覃恩赐赠，尔为夫人。於戏！九重锡庆，存邀丹诰之褒。四世承恩，益焕朱纶之色；勤宣令问，用阐幽光。

制诰

清同治二年（1863）十一月三十日

之宝

通奉大夫，文散官名，清代从二品概为通奉大夫。夫人，唐、宋、明、清各朝对高官的母亲或妻子加封的称谓，也即诰命夫人。通阅圣旨得知，祝垲的父亲、祖父、曾祖父被封为通奉大夫，母亲、祖母、曾祖母被封为夫人。圣旨中的遣词造句精美而华贵，凸显了皇家的雍容与气派。

圣旨是古代帝王权力的展示和象征，轴柄按受赠官员品级区分，织品为上好蚕丝所制，帛面图案丰美，两端有翻飞银色巨龙，为帝王下达文书命令，封赠有功官员或赐给爵位名号，颁发诰命或敕命所专用。同治皇帝，爱新觉罗·载淳，即清穆宗，1861年至1875年在位，清朝第十位皇帝。

一个人，身受皇帝这么多次褒奖，这么多绫锦圣旨，以"皇帝制曰"的方式传名百余年，把这份祥云瑞鹤、富丽堂皇，以封赠的荣耀承继给了自己的后裔。

清同治二年（1863），祝垲三十六岁，时任天津长芦盐运使衔直隶大顺广道道台。祝氏宗谱记载，这年，他受封的父亲祝应华已去世二十九年，母亲杨氏已六十七岁。受封的祖父、祖母和曾祖父、曾祖母也已离世多年了，不知他们是以何形式而受封，如何来享受这一份荣光的。历史的细节在这里因时光涸染而漶漫不清。

九

"……，著有《体微斋日记》《语录》《易说》等集行世。"看到这句话时，我的心中满怀景仰。

道光是道光皇帝爱新觉罗·旻宁在位时的年号，时间为1821年至1851年。岚皋古属巴山老林，巴蛮夷地，弥望皆崇山峻岭，民居落落如晨星。祝垲于道光七年（1827）出生，那时岚皋的前身砖坪刚刚置县，岚河两岸人家初现稠密，黄茅白苇始转绿壤青畴。祝垲重振先贤之路风，拓荒启文，首开岚皋人著书立说之先河，怎会不载入邑志，让读史人为之心动，让今之岚皋后人为之兴叹，为之牵念？

知道祝垲有著作，便想看到他的著作。我问过县志办的主编，寻过祝垲的后裔，找过市上年老的学者，进过市、省图书馆，多次探究，多次无果。

祝垲殁于光绪二年（1876），去世已一百四十多年了。时间久远，世事变幻，纸质的册籍命运多舛，今人难以见到，可以理解。

《体微斋日记》《语录》《易说》，就这样以一个个业已陌生的名词形式被永远载入地方史册。扼腕叹息的我，似乎有些不甘。

位于首都北京中关村南大街的中国国家图书馆，筹建于1909年，是国家总书库、国家书目中心、国家古籍保护中心，是世界最大、最先进的国家图书馆之一。2015年5月，我和同事走进了国家图书馆，惊喜地查阅到古籍馆收藏有祝垲著作之一的《语录》。欣悦中申请、报批，数天后经馆方同意，我们复制回了祝垲这一语录体的珍本著作。

书木版镌刻于清光绪十八年（1892），丝线装订，封面褐色蚕丝纸质，黑色隶书竖书"《体微斋遗编》，李象寅署"，笔墨雄峻极意，高古清朗。扉页书"《语录》，己未冬录，安康祝垲爽亭氏著，朝邑阎敬丹初氏鉴定，受业冯端本参订，姻世侄谢裕楷编校，后学赖清键、胡永荣复校，男嘉庸正字"。

体微斋，祝垲自谦体微氏，体微斋，祝垲斋号。遗编，前人留下的著作，或指散佚的典籍。

查阅史料得知，封面书首之人个个历史留迹，声名远播。

"李象寅署"：李象寅，封面书名题字人。世居河南开封南熏门内，清光绪元年（1875）中举，光绪三年（1877）进士，官至内阁中书，为清末书法大家，著有《大字结构八十四法》《朝市丛载》等书。"李象寅署"后款印"大梁"为魏国都城遗址开封旧称，印证了题款人李象寅的籍贯地。

"朝邑阎敬丹初氏鉴定"：朝邑，陕西省大荔县旧名；阎敬丹，大荔县赵渡镇人，清道光二十五年（1845）进士，历任翰林院庶吉士、户部主事、员外郎、按察使、山东巡抚、户部尚书、军机大臣、东阁大学士等职，有"救时宰相"之称。

"受业冯端本参订"：受业，学生对老师的自称；冯端本，河南开封人，清道光二十九年（1849）中举，清咸丰六年（1856）进士，曾任广州府知府、两广盐运使，著有《读礼摘要》《读汉随笔》《鸣秋集》等。

"姻世侄谢裕楷编校"：姻世侄，婚姻形式形成的侄子关系；谢裕楷，陕西安康县流水店人，和岚皋谢氏同为一脉，清光绪九年（1883）进士，曾任顺天府固安、大兴县知县，主政时拯救灾民，修葺书院，宽以治民，颇有誉声，光绪二十四年（1898）因疾病死于大兴县任所。

"后学赖清键、胡永荣复校"：赖清键，岚皋毗邻县紫阳县松河乡赖家院子人，清光绪二年（1876）中举，光绪九年（1883）进士，曾任广东肇庆府知府加盐运使衔，其会试考卷入选《钦命四书诗题》一书，有著作《庸叟日记菁华》行世，为"公车上书"参与人之一；胡永荣，岚皋邻县平利县三阳乡人，清光绪年间举人，光绪二十一年（1895）赴京会试时曾参加康有为、梁启超领导的"公车上书"活动。

"男嘉庸正字"：嘉庸，祝垲之子，清咸丰六年（1856）生人，殁时未详，曾任山东省宁津县、直隶延津县、河北省赤城县知县，有《重修宁津县志》《祝观察事略》著述传世；正字，指矫正字形，使符合书写或拼写规范。

书首标明书名"语录"：语录，古代散文的一种体式，常用于门人弟子记录导师的言行，有时也用于佛门的传教记录，因其偏重于只言片语的记录，短小简约，不重文采，不讲求篇章结构，也不讲求段落、内容间的联系，故称为语录体。

《语录》署名己未冬录：己未年，清咸丰九年（1859），志谱及《祝观察事略》表明,时年祝垲任河南光州知府;光州,豫东南重镇,始建于南北朝时期,清雍正年间升为直隶州。

内文宋体,竖排繁体,书风秀挺,结体庄重,方笔含和,内蕴精气,淡墨精美,白纸黑字,把逝去的曲水流觞送到了面前,把远去的优雅文字递到了眼前。

"体微氏读书之暇,坐而假寐,恍见一叟,庞眉苍髯,坐于中堂,乃再拜稽首而请曰:'小子凡愚,罔识神明,敢问——?'叟曰:'吾,太微翁也。子为形气所隔,自有自利,既不识吾,安得不与乖违!子诚去子之病委乎?其顺嗒乎?若忘洪蒙穆清,独运一真,不见不闻,如见如闻,此则吾之真神也。'体微氏再拜曰:'小子不肖,愿终身奉,以为依归。'太微翁曰:'孺子误矣,凡宇宙间皆吾也,吾无吾也,即子亦吾也。愿以告之,希吾者小子,谨志之弗敢忘。'"

汪洋恣肆,天马行空。庄子式的寓言境味,让我们知道了祝垲的笔力。

何谓体微氏?作者自语《体微说》一阕述之。"睹闻者,耳目也。心不在,则视亦不见,听亦不闻;心在,则不视亦见,不听亦闻。是所以睹闻者,心也,即性也。不滞于睹闻者也,一滞于睹闻,则着于形声矣。从形声起见,而后有美色淫声、富贵得失、毁誉寿夭,一切之可言。有一切,而吾心贪欲、愤忌、忧惧诸病因之而起。形声也,乃重为吾心累矣。要之皆从睹闻起也,视于无形,听于无声,是闻睹之真也。戒慎不睹,恐惧不闻,是不滞于睹闻之迹也。中庸从不睹不闻入,而终归于无声无臭,是天命之性。道心惟微也,道微而学亦微,惟精惟一至矣哉。"

"道心惟微也,道微而学亦微,惟精惟一至矣哉。"《尚书·虞书·大禹谟》云:"人心惟危,道心惟微;惟精惟一,允执厥中。"这十六个字便是儒学乃至中国传统文化中著名的"十六字心传"。据传,这十六个字源于尧舜禹禅让的故事。当尧把帝位传给舜,舜把帝位再传给禹的时候,所托付的是天下与百姓的重任,是华夏文明的火种,而谆谆嘱咐代代相传的便是以"心"为主题的这十六个汉字。"道心惟微"是说道心非常微妙。道之玄妙,衬托出道心的微妙。"惟精惟一"是说领悟道心要精益求精、专一其心。"一"就是理性。集中精神,以审慎细致的思维,回归先天道心之一性,此可谓之抱元守一。

尧舜禹三代践行的"十六字心传",寓意深刻,意义非凡,是儒学乃至中国传统文化绵延五千余年的根脉,是万世哲学之源、道统之传,是为政为学的根基。

《体微说》让我们知道了体微氏的来由,也让我们知道了源深流长的传统文化脉系。

十

孔子言语,外无边而内无缝。

志愿要大,功夫要实。

坐静是习静,不是习坐。

孟子言必称尧舜,我辈言必称孔孟。

我辈讲学求的陆王本体,用的程朱功夫。

凡事自有恰好处,恰好处却不在凡事上。求本体不错,则事事都能做到恰好处。

功夫做到春风舞云,一片天机时候,才是本心呈露,未能到此,尚为未出罗网。

不见心外之物，不起物外之心。

好古莫若夫子，古莫古于易。

学问要做到无我地位，方是无我。

读书不省字义，须用帮贴解释。若省得，即将本字体之于身，以求实得，便是圣学真传。庶不致纷如射覆，胶葛不止，反至埋没正理，耽误实功也。

……

《语录》有对自然的赞美，有对人生的哲思，有对儒、释、道的勘破，有对理学的探究。信手拈来，句句锦绣。

《语录》让我们窥见了祝垲不凡的文字功底。《体微斋遗编》让我们猜度应辑佚了祝氏作品的总要。

祝垲的其他著作在哪儿呢？地方谱牒里记述的他的《体微斋日记》《爽亭斋易说》在哪儿呢？捧读着祝垲博深的《语录》，愈读之，愈渴盼读到他的全部作品。

祝垲在岚皋读书长大，高中进士后踏上去河南的宦途，后又去了河北、甘肃、天津为官。他的出生地没有他的著作，他宦海浮沉之地有他的著述吗？我托请这些地方的朋友到了他们能到的省、市图书馆查找。一次次的希望转化为了一次次的失望。

人生可以去的地方很多，可以回的地方却很少。祝垲去了很多的地方，看到了太多的大山和大川，最终他选择回到了他出生的地方，依偎进了巴山之怀、岚河之畔。逝者遥去，巴山仍自巍巍。时光匆匆，岚河不舍昼夜流淌如斯，联系着跨越时空的同乡的我们。

君生我未生，我生君已去。咫尺似天涯，寸心难相诉。祝垲出生于县城东街，我于县城小河口呱呱坠地，两者相距里许，古今不相识，却同为一邑一城人。

"今夕何夕兮，搴舟中流。今日何日兮，得与王子同舟。蒙羞被好兮，不訾诟耻。心几烦而不绝兮，得知王子。山有木兮木有枝，心悦君兮君不知。"这阕委婉动听的《越人歌》，从春秋穿越而来，在岁月里飘荡，摇着双桨，划出一朵朵涟漪，绽放着敬慕，荡漾着渴望，如我萦牵祝垲遗留书册的心迹。

"家临九江水，来去九江侧。同是长干人，自小不相识。""或恐是同乡"的眷念，"闲读古人诗"的情牵，我寻觅着祝垲的其他著作。

饮着岚河汇入的汉江水长大的万行明先生，名字有着他家乡边江水一样的辽远和清朗，先在安康市图书馆，后调陕西省图书馆古籍特藏部。他宅心仁厚，儒雅敦睦，博闻强识，善待文友，我在他处借阅过多种善本古籍。悉知我的心愿，他也热心地帮我查寻。有一天，他电话告诉我，通过全国省级图书馆、大学图书馆古籍特藏部新近联网的内部网络查询得知，国内有四家图书馆古籍特藏部藏书书目有祝垲书的信息，随即从网上发给我查找记录。欣欣然临屏静读知晓，国家图书馆、北京大学和另两家图书馆珍藏有祝垲著作，均为清光绪十七年（1891）《体微斋遗编》木刻版本。其中北京大学图书馆古籍图书馆所藏最为齐全，包括《体微斋日记》《爽亭斋易说》《语录》三种。

记载详尽而又精确，我感受到了这位故交的殷殷情谊。

经年的追逐，有了一份希望。犹如置身深邃漆黑无人涉足的山洞里，顾盼四及，踉跄前行，眼眸探及处，终透出了一丝光芒。

十一

作为现代人的好处，是随时可以走出去。

去北京的时节，正是万山红遍、田间果香之时。动车车厢里，邻座的一对女孩在轻声谈论着去看香山红叶的话题，眼睛却没离开过手机。

向北，向北。动车风驰电掣，一日万里。当年的祝垲也曾北去，任大顺广道道台，从陕南出发，骑行？步行？舆行？到达河北大名府道府驻地时，他会走哪条路线？会历时多少时日呢？

在电话咨询、网上申请、书面报批、复制履契后，我们如约走进了古籍图书馆，在期盼中读到了猜想过无数次的祝氏典籍《体微斋遗编》。那天，北京大学校园里暖阳灿烂，身边飘满了金黄而明丽的银杏叶，落叶上有群鸟起落，时吐好音。

书册黑铜色硬皮，锦帛书匣套装，封面银色隶书书名及年份，绳坠木扣，拙朴素雅，苍老景远。书面蚕丝纸质，黄褐相洇，白色丝线装订，从右至左，繁体竖排，手工木刻，和国家图书馆珍藏的祝垲《体微斋遗编》之一《语录》版本同出一版。

"五色有太过有不及，惟黑与白无太过。"全书白纸黑字，契合了古人的阅美意趣。《体微斋遗编》一匣六册，含《日记》三册七卷、《易说》一册一卷、《语录》一册两卷、《传记》一册一卷附诗一卷。六册分《日记》《易说》《语录》《传记》四部，每部各有序跋。

诞生于1898年夏天的北京大学，初名京师大学堂，后称燕京大学，再称北京大学，是中国近代第一所国立大学。镌刻于1892年的《体微斋遗编》套书，在面世数年后被创立不久的北京大学收藏，这是北京大学的胸怀与眼界，也是祝垲的机缘。百余年后，与作者同乡的我，怀着同乡的情结，怀着求读的渴盼，踏破铁鞋，寻觅千百度，蓦然回首，在我从未涉足又心中仰望的学府里，在灯光亮丽、文献庋藏的深处，触摸到了泽着古意的家乡地方典籍。这，又有着怎样的缘分与勾连呢？

从岚皋出发的祝垲，为置县以来私家著书第一人。他的书因北京大学收藏而传世，多年后，遍访同乡旧著无着的我，因寻访而走进北京大学与旧书相遇。书一套，时迥异，相隔百年，北京大学却把古今本不相识的两个人系在了一起。

清人张潮曾谓："我不知我之前生，当春秋之季，曾一识西施否？当典午之时，曾一看卫玠否？当义熙之世，曾一醉渊明否？当天宝之代，曾一睹太真否？当元丰之朝，曾一晤东坡否？千古之上相思者，不止此数人。而此数人则其尤甚者，故姑举之以概其余也。"我在想，若我生在清代，我会趋前拜见祝垲吗？会的，一定会的，不附官势，只晤学养。我还在想，去见他时，我定会躬身施礼，尊呼一声先生的。

那我就称祝垲为先生吧！

十二

"著得一部新书，便是千秋大业；注得一部古书，允为万世弘功。"清初《幽梦影》是部文人喜欢的随笔格言小品文集，想必先生是看过这部书的，也许读到过这句话的。先生注过古书否，现无遗存，不得确知，但他著了几部新书，并且我幸运地读到了它们。

一部《日记》，包含七卷，列《体微斋遗编》一至三册。

卷一起自道光三十年（1850）庚戌八月二十日，起注"以前皆佚"。卷七尾止咸丰五年（1855）正月二十九日。缀续前后六年，多数每天有记，少则间隔数日落笔。

道光三十年（1850）八月二十一日：接人有周旋语便非真情。

道光三十年（1850）八月二十三日：为学居官俱当惜阴，悠悠忽忽，则无可成之事。

道光三十年（1850）八月二十四日：小有长处便欲示人，浮浅甚矣。

道光三十年（1850）八月二十七日：接物不以本来面目所以易偾，凡事一看作两截便有不诚不敬处。

咸丰元年（1851）正月二十三日：治事宜始终精神贯注，否则有受之蔽者矣，事业以精神为本，日勤奋则有功，日怠惰则业弊。

咸丰元年（1851）四月初十日：事事要从心上过，语语要从心上过。

咸丰元年（1851）四月二十日：数日不读书，便觉道德之味不留于胸中，惰慢之气易施于身体。

咸丰元年（1851）六月十四日：行立坐卧要安详，读书写字要恭敬，说话做事要诚实。

咸丰元年（1851）六月二十八日：静坐见白云在天，和风摇树，宛然见太和雍容之气。

咸丰元年（1851）十二月十七日：穷理要穷一个透彻，治私要治一个洒脱。

咸丰二年（1852）四月初六日：三兄以砖坪绅士公

举主讲本处岚河书院。闻入馆之日，厅守万公以己舆从踵门庭请兄，固却仍自步行，尊师之礼与居乡之道两得之矣。此我砖军有盛举，二千里外不禁为文教贺。但闻四兄将负笈省城关中书院，不知此时在彼，起居饮食便否，一切安置何若殊，耿耿耳。

咸丰二年（1852）四月初八日：待众人有许多事当以俗情宽之，则人有转身地步。

咸丰二年（1852）四月十一日：细微事亦须秤停，人我分际方为无失，一事失此。

咸丰二年（1852）四月十二日：幽独之中不可一事败吾诚敬，处众和而不逐最难。

咸丰二年（1852）八月初五日：凡事与人言，宁可说实话，而使人说我不是。不可稍涉欺余而使疑我不信，此于接物感人甚有关系。

咸丰四年（1854）十一月初五日：揭人短以炫己长，伤厚。

咸丰四年（1854）十一月二十日：存好心，说好话，做好事，近好人，读好书，皆涵养真功夫。

……

《日记》是作者日常的思想流露。随手的文字流动着作者的真情和实感，简洁而自然，富有哲理思考和生活情趣，在经传、史鉴、诗文之外自立一体。一天天的日记，一页页的文字，让我们看到了先生以经史子集为底，渗透了传统中国文人学养的生活观，以及中国文人的生活态度。读史、静坐、待人、接物、白云和风、春花冬雪……这些寻常之物，这些琐碎之事，在作者静观、内省，经过个人的体悟之后，成了流淌的生命学问。

徐桐、贺瑞麟分别为《日记》作序。徐桐，汉军正蓝旗人，清道光三十年（1850）进士，曾任礼部尚书、吏部尚书、同治皇帝师傅，晚清理学家。八国联军攻入北京后，自缢身亡。著有《治平宝鉴》。贺瑞麟，陕西三原县人，清末著名理学家、教育家、书法家，"关中三学正"之一，国子监学正衔。学问精湛，著述颇丰，著作有《读书录要》《清麓文集》《诲儿编》《养蒙书》等。

十三

"易乃圣人手笔，所存精神全在系辞大象。原学孔子须知其心，欲知其心，当观其言。"

"四圣人传《周易》非传易也，也传四圣之心也，我辈今日讲易只是求放心。"

"看《周易》，将道理都看到自己身上来，煞非易事。"

《周易》是我国最古老的一部筮占之书，约成书于西周时期，被奉为儒家经典，成为人们观察宇宙人生，锻炼思维能力，建构哲学体系的理论基础，被尊为众经之首。在我国源远流长的华夏文明长河里，《周易》为影响最为深远的一部书，也是谜案最多的一部书。由此研治的经、传、学便为易学，它对于形成中国文化特色，提升中国文化的内涵起着不可替代的重要作用。

《易说》是祝垲《体微斋遗编》中独立之书。书首数言，便透出了先生对中国文化始祖之经的喜爱与稔熟。

"天交于地有山，地交于天有泽。有山泽而后有云雨，有云雨而后化生万物。天地以万物为心，而不自有其天地；圣人以天下为心，而不自知其圣人。惟天地无心，所以能使万物化生；惟圣人无心，所以能使天下和平。此之谓以虚受人，是故君子戒慎乎，其所不睹恐惧乎，其所不闻虚之至也。"

"日月星辰苍苍者，非天所以覆者；天土木水火，非地所以载者。地自强不息，天也厚德载物，地也太极也，虚也。"

"释氏言，虚言无言，寂都是剽窃儒家字眼以虚，受人是真，虚无思无，为是真无，寂然不动是真寂。"

"君臣、父子、夫妇、昆弟、朋友，皆山泽通气也。"

古涩深奥、扑朔迷离的文辞中能读出自我来，"将道理都看到自己身上来，煞非易事"，但先生做到了。

"白昼应事接物，纯乾在外；而精神内固，即是坤。昏夜四体宴息，纯坤在外；而生机中含，即是乾。夏日郁热，纯乾用事，而地中之泉水寒，坤在内也；冬日严寒，纯坤用事，而地中之泉水温，乾在内也。春日万卉齐发，一气流行，乾也；而桃自是桃，杏自是杏，各正性命，即是坤。无无坤之乾，无无乾之坤，阴阳环抱，终始无端。子温而厉，威而不猛，恭而安，真是浑然太极。"

"白昼应事接物"，"昏夜四体宴息"，这是天地行走之理，也是人间生存之道。昼是白，夜为黑，黑白是天地的相接迎送，黑白是人间的时光岁月，黑白是传统的文化底色，黑白秉承了亘古的精神信仰。

艰深晦涩的乾坤之学，先生用身边常见事物做了易懂的喻释。把厚的书读薄，把深的理讲浅，这是大家才会有的造诣。

乾坤相拥，阴阳环抱。那自"天地玄黄、宇宙洪荒"的团团元气中凝结而出的《易经》，从先秦走来，令人仰之弥高，让人在险怪、幽僻、枯寒、远瞻中顾盼再三，泅出一份平常心，融入生生不息的生活。

十四

诗章是案头之山水，山水是地上之诗章。

自古以来，文人都酷爱山水。他们爱山爱水，也爱依赖于山水而衍生的万千生命，爱人类生命之外的自然世界。

"松下听琴，月下听箫，涧边听瀑布，山中听梵呗，觉耳中别有不同。"山中水边出生长大的先生，自然会亲近山水的。缀续在书尾之后的"附诗"卷，是作者吟咏在山水间的韵唱，是《体微斋遗编》留存给世人的诗集。

"春秋佳兴在谁家，黄卷青灯度岁华。听罢瑶琴凭石槛，半庭月影半庭花。"这首《月下闻琴》读出了作者月下伫思的身影。

"云常舒卷日常新，学有源流道有神。冠佩三千多吉士，如何独赏咏沂人。"《赠友》中作者以自己独特的视角欣赏孔子和他弟子晚春时节在沂河沐浴嬉戏之情景。

"风烟洞口草萋萋，渔父重寻路转迷。自入桃源君住久，头头皆是武陵溪。"题为"右与敬承辨"的小诗，透出了作者对桃花源的向往。

"忆从着履事春游，古锦诗囊不住收。自上泰山观日出，名山虽众不回头。"在《偶吟》里，我们忖度得出，作者是位喜悦自然之人，也许他真的和泰山有过亲密的接触。

"倦余默坐当高眠，时复沉吟把一编。闲与鸢鱼学飞跃，吾庐便拟是天渊。"清晨静坐，咏出《清昼吟》，看似闲情逸致，却让思绪走进了"浮舟上急水，飞跃多鸢鱼"的境味。

"秾李夭桃惜早春，青阳司令果何人。伤心一片闲花草，狼藉都随驿路尘。"《乙亥赴省安肃道中有感》让人在荒野的驿路和寂寥的伤心处，看到了作者捕捉早春桃红李白的审美眼光。

"九重幽梦破昆仑，一笛沧浪日未昏。行遍天涯复归去，青山黄叶旧家门。"一首《同治二年在大名剿匪归署》，让我们知道了刀光剑影中祝垲的那份平常心。

"风冻黄河一夜皴，珍珠如米桂如薪。赋家只解吟连璐，不识牛衣卧泣人。"《大雪诗》使我们看到了黄河一夜的雪景，也体味出了衙署之中先生的那份忧民怜贫的人性光芒。

"学到将成偶得之，未成仍用苦研思。日暄雨润经年力，才有霜酣果落时。"读《偶得之二》，有了只需埋头耕耘，自有收获之日的执着和哲思。

"名象可名皆可象，惟无名象象难成。既思名象无名象，到底焉能脱象名。"名象，即名物制度，名称物象。《偶得之四》呈现了作者对理学的掘进和探索。

……

"诗可以兴，可以观，可以群，可以怨。"一切，都出于道法自然。

《体微斋遗编》附诗，有对山水的咏叹，有对学养的探寻。纵情山水时，我们看到了诗家胸揽自然、心系平民的情思。寻根学理间，我们感知到了哲人笔下道、性、命、心、己、动、静、名、象等深奥的哲学概念和其味无穷的命题。

附诗不多，却古雅秀丽，韵致深沉，美得独到。咀嚼中，品读了历史，沾染了文化，思索了哲理。

十五

归德现已易名为商丘。

历史上的商丘是一座名人"大德"辈出的古城。帝王帝喾，大仁大德；商人王亥，大诚大德；诸子百家庄周、惠子、墨翟，大哲大德。天会八年（1130）春，金太宗巡游至商丘，问大臣："此乃何地？"大臣回答后，又历数商丘仁人志士和惊世作为。皇帝听后大悦："那此处岂不成了聚德之地？甚好，朕今天就安顿于此了！"自此，精明的地方官为顺应圣意，就将这里更名为归德。

《体微斋遗编》的第六册为《传记》卷，收录了其子祝嘉庸著《祝观察事略》、统办归陈团练署《归德阎郡公纪》。誉祝垲为受业师，清咸丰六年（1856）进士，曾任广州府知府、两广盐运使的河南开封人冯端平为该卷"谨跋"。

城池难逝人易逝。怀揣《体微斋遗编》中的《传记》卷，静心读过《归德阎郡公纪》，循着祝垲的足迹，我来寻找他的故事。

商丘是豫东门户，地处苏鲁豫皖交界处，北接齐鲁，南接江淮，西扼中原，东临苏皖。作为中华民族的发祥地之一，这里不仅是至圣先师孔子的祖籍所在地、古代文哲大师庄周和巾帼英雄花木兰的故里，还是商文明的发源地。上古时期，燧人氏、高辛氏，"五帝"中的颛顼、帝喾都在这里生息。自商汤在此定都建立商朝起，春秋宋国、汉代梁国都在此定都。南朝元颢和南宋赵构曾在此登基。北宋时为四京之一的南京。此外历代在此设郡、州、府，曾名宋州、睢阳、应天、归德。

归德府城位于古睢水之阳，为留存至今的一座集八卦城、水中城、城摞城为一体的大型古城遗址。现存的归德古城，明弘治十六年（1503）动工修建，明正德六年（1511）竣工，后又陆续加筑城门楼、垛口、马面等设施，成为我们现在看到的模样。古城已有五百多年的历史，是研究明清史城市建筑和中华传统文化的样本，是国家级珍宝。1986年，商丘古城被公布为第二批全国历史文化名城，1996年，归德府城墙被国务院公布为全国重点文物保护单位。

古城奇异而美妙。北门称拱辰门，取拱着北斗星之意；南门称拱阳门，取供奉太阳之意；东门称宾阳门，意为像迎接宾客一样迎接朝阳；西门称垤泽门，取意西为阏伯之丘、睢水之泽。站在北城门楼上，可以俯瞰整个古城。从高空拍摄的古城全貌照片上，可以很清楚地看到，整个归德古城仿佛漂浮在水上，四面城墙保存完好，城墙外城湖环绕，护城大堤即城郭如巨龙盘旋在城湖外侧，形成城、池、郭三位一体，外圆内方的独特格局，好像一枚巨大的古钱币造型，与世界文化遗产的标志图案不谋而合。

走在城内石街上，其龟背式、棋盘样的街道布局，更让人感受到精巧绝伦的古代建筑文化。城内中间高四周低，雨水顺地势流淌到城墙脚下，再通过南城门东西两座水门排出城外，即使暴雨如注，城内也不会积水。城内数不清的街道把全城分割成多个规整的巷陌，路路相通，街街相连。漫步古城，在纵横交错、峰回路转中，仿佛时光倒流，又如穿越古今，扑朔迷离，神秘莫测。

如果说中国历史是幅灿烂辉煌的壮丽画卷，那么商丘古城在明清时期定是其中斑斓多姿的精彩片段；如果说华夏文明是一支气势恢宏的交响乐曲，那么明清时期的商丘古城定是其中荡气回肠的动人乐章。

归德府有着祝垲太多的故事。在这里，他书写《路告》，捐助俸银，怜死济生，帮助一对母女扶柩还乡，留下了"祝菩萨"的传说故事。

读过故事，便记住了故事。在故事的牵引下，我捧读《归德阎郡公纪》，再实地寻找、印证新的故事。

《归德阎郡公纪》以纪年体的体例、纪实性的言语，记载了祝垲在任上平匪和爱民的事例。

"咸丰二年（1852）十二月二十日到柘，首以团练为急务，访知土匪泰道兴、吕强等横恶已极，即禀明，上宪斩首示众。"

"三年（1853）四月朔，圣庙行香，邑绅窦征、毛堂、孙芸、梁国聘、韩体仁等禀知，外逃乞人饿死者甚多，公恻然，即于是日捐谷一百五十石，分派碾米，以济贫穷，遂连放四赈，外来人及本地人赖以活者万余。其放赈之法尤为尽善，于前三日先出示定于某大庙中取斋，男东女西，别门皆闭，单留一门以出之。公亲查问，或三升、五升、八升、一斗不等，自晨至夕，不遑暇食，有劝之归食者。公曰：吾民皆如此狼狈，吾独不能忍一日之饥，以病吾民乎？又人多则臭气、病气皆不可闻，差役皆为掩鼻，公坦然不觉也。"

"又于每月初一、十五日宣读圣谕，后即令四街绅士讲劝民文、劝孝歌，系公自作，化导乡愚，闻之莫不流涕。"

"又于每月初二、十六日，清晨操练壮丁，早饭后与士子同至文起书院讲身心性命之学。公进诸生童而谕之，勿谓干戈扰攘可废学也，盖正人心培国本者在此也，由此士习以端，人心以振。"

"又每夜亲自查夜，拿猬拿赌，或乘匹马入乡间，无击柝之声者则责之，以致邑无樗蒲之具，无盗贼之行。"

事例众多，竖排二十五页的《归德阎郡公纪》，详尽地记录了祝垲清咸丰二年（1852）十二月二十日至咸丰四年（1854）闰七月初二日的政绩。咸丰二年（1852），祝垲时年二十五岁。《归德阎郡公纪》不仅记叙了祝垲平土匪的事迹，同时也记载了他怜民为民行善事的仁义之举，为归德地方志和祝垲传记留下了弥足珍贵的史料。

城外的壮悔堂为清初诗文大家侯方域故居，他和李香君曾演绎了《桃花扇》悲切凄凉的故事。时已深冬，院里的桃花早已凋零，桃叶也已枯萎，故事也已远去，那把浸渍了李香君血迹、点染了桃花图的纸扇也不知去了哪儿。漫步在青砖石条铺就的深宅大院里的小路上，我在想，当年，身为一府之长的先生，也许会在案牍之余，来此寻半日清雅。我脚下的这青石，他曾踩踏过吗？

"祝菩萨"的故事也许是传说，来自《归德阎郡公纪》史书中的记载却为史实。

归德，贤德之人集聚的地方。

十六

日子在岁月的缝隙里穿过，穿过古老和淡远，走向明亮，走向自在的时日。

"三九四九冰上走。"小寒时节里，岚河两岸山野空寂，雪色皑皑。

为写作这篇文章,我驱车溯岚河而上,出县城,爬缓坡,拐山弯,跨桥过河,到蔺河镇蔺河村漫坡再访祝垲墓茔。

我上次割麦时节走进漫坡,初识先生长眠地,距今二十多年矣。二十余载,白驹过隙,男婴已成为小山似壮实的小伙,女孩也出落为亭亭玉立如花木一样的姑娘,我满头黑发也平添了星星鬓白。

山势未变,山村已变得有几许陌生。阡陌小径已被水泥村道替代,土墙石板瓦房多已了无踪迹,间杂着立起了一幢幢两层、三层的砖墙平顶小楼。斜坡上村道分岔,枝杈上白黄相间的一片水麻柳遮住了行人探寻两条路径走向的目光。踟蹰间,一中年黑脸男子从道上走下,我降下车窗询问路径。男子一脸茫然:"祝垲?谁是祝垲?没听说过啥古墓。"

路总会通向前方。打量着山形,估摸着方位,我轻踩油门顺路而行。遇年迈老人,问询,终知道了路径走向。再行,又遇一岔路,拐弯,再拐弯,见路侧一老汉手挥羊角锄镢挖坡地。我下车又问,老人李姓,翻挖着刈收过的黄豆地,准备着来年开春打窝栽种洋芋。问起祝垲坟墓遗址,老人停下手中农活,挂锄指点路径。

我离开村道,攀爬几步陡坡,脚踩雪地沿着一条荒草小径前行数米,一畦蒜苗地横挡脚前。蒜苗青涩遮地,叶片间点缀着落雪。老人热心引路,身伫地边,手指眼前,便停下了脚步。

地旁上侧裸露着一孔黑色洞穴,穴顶窑洞状,半圆形,顶厚尺许,上生荆棘杂草,草黄叶落,枯败寂寥。坟顶正中央生着一棵菜盆粗的小树,直直地兀自挺向空中。落叶、雪花遮掩了坟顶，看不清树的生根处，不知那树根是如何在糯米石灰夯筑、坚硬如铁、须用炸药爆破的坟顶上扎根的。树身上攀爬着一棵酒杯粗细的藤蔓，扭扭曲曲地延伸，却倔强地把藤梢递送向了半空。冷风里，树藤的叶片尽无，满枝的婆娑被凛冽的季节渐次剥落，宁静的身躯上，透着一丝凝重，漾着一抹苍凉。

我轻步走过蒜苗地，走近洞穴口。洞穴眼熟又生疏，洞里杂物横陈，垃圾堆积，掩埋了大半个洞身，让人难以进入。我仔细地瞅看洞穴里的物象，翻捡起了记忆里陈旧的时光碎片。那洞壁凹陷残缺，缝隙纵裂，记忆里妥帖密砌，阴刻了"祝氏墓砖"砖铭的大块方砖没了踪迹。看着光秃秃的洞壁，我想起了我双手从坟前杂草间捡起，端放进洞壁缺口处的那块砖，那砖铮铮作响，字体沉默柔软。不知那块刻了好看字样的青砖去了哪儿，镌刻了微凹字铭，内蕴了金石永年精气的那些墓砖最终去了哪儿。它们，是走进了拓工风雅之案，还是庋进了藏家宽绰之屋；是被人们赏鉴着极意发宕、方笔峻规之象呢？还是被砌进了谁家屋基，铺进了哪处猪舍，在人间烟火中衍生着它的价值呢？这些，已别人间的祝垲不知道，虔诚造访的我不知道，身旁的老人也不知道。

同行朋友擅熟地脉地气研究。他目光四顾，用手机罗针测量后说："此墓乾山巽向。左水倒右出辛方，前有三层案，代代吃饱饭。"我问其详，道："福人居福地，此地为高人所选。墓前一山，形似笔架，可谓文笔山，山后有山，三层环绕，文脉久远，后人兴旺。再看四周，前有岚河，左有茶园沟，右有黄龙溪，后有牛山。河、溪、沟环腹合为泉源，远山近坡走向奇特，层峦叠嶂，山水相抱，风水佳地矣。"

朋友的话引来老人的赞同："伸手摸案，家产万贯。对面山不止三层，天气好时能看到好多层呢。"

我问老人，那坟顶上的树为何树。老人答说构树，春天开粉红色的花，夏天结橙红色的果，像红灯笼，好看着呢。

我久久伫立。时而俯瞰弯曲的岚河，河面上波光粼粼；时而远眺对岸的山峦，俊秀绵延，幽幽无边；时而转身仰望高处的山梁，巍峨秀丽，木茂林深。山坡清寂，田野寥落，四顾冥静如故，雪花飘落无声。

静静凝思，又看了看墓址，我想，其实这地方真是个好地方。临河，可望水，能解思乡之愁；依山，能望远，可合济世情怀。这不也合了先生为文为官两达之脾性吗？

山野空明，回望却世事浩茫。我专程而来，虔心膜拜，携一份同乡人的亲近、后学的尊崇，低喁几句墓中人的词句，默默地为他奉上所见所思，分享给他因他而流布于民间的故事。

欧阳修在《祭石曼卿文》中说："其同乎万物生死，而复归于无物者，暂聚之形；不与万物共尽，而卓然其不朽者，后世之名。此自古圣贤莫不皆然；而著在简册者，昭如日星。"一个文人，能留下传世的作品，世世代代住在自己的文字里，就已经足够了。

山色白净，唯墓穴洞黑，有些失色，有些刺目。驻足间，我心里想对岚皋能拿捏事儿的同乡们说，岚皋失敬于先生，对不起先生。方便时，能把这墓恢复起来吗？为文化，为旅游，为人道！先生的遗骨没了，遗物没了，遗著却在，就把他的《体微斋遗编》影印一套，连同他无处憩息的灵魂轻轻地安放进墓室里吧。抽空，再为先生墓地旁植几棵桃树、李树和杏树，他是喜欢的,这是他家乡岚皋最常见的树,也是他诗文里多次写到的树。

　　近处的坡地里菠菜墨绿,豌豆苗蹿出藤蔓,蚕豆苗爆出了铜钱样的嫩叶,白菜蘖生出了菜薹。身旁蒜苗地边一棵枇杷树上,也开始萌出豆蔻般的花蕾。"物动则萌,萌而生,生而长,长而大,大而成,成乃衰,衰乃杀,杀乃藏,圜道也。"《吕氏春秋·圜道》里的这句话揭示了事物的生生不息。小寒过后是大寒,那是一年里最后一个节令,也是下一年节气轮回的预告。冬天即将过去,转眼间立春将至,这山川大地便会春意旋起。

　　离开先生墓时,我又细细地看了那墓几眼。蓦然间,我看见了墓顶白雪映亮的杂棘间,开着一朵粉白的蜡梅花。

2019年1月26日

第三辑　援翰思旧

"归路晚风清,一枕初寒梦不成。今夜残灯斜照处,荧荧,秋雨晴时泪不晴。"深秋的夜晚已有寒意,临窗的风儿拂过脸颊。十八年了,我写过很多文字,却没有一篇怀念父亲的文章,这都是为儿的罪过。愿这篇秋夜所作的文章,能以心灵接引的方式给父亲些许慰藉,能赎回我山似的歉疚。

我那不知所终的爷爷

我没见过我的爷爷。

爷爷在我出生二十多年前便离开了家,自此杳无音信。他是被国民党拉壮丁带走的,那是1941年寒风凛冽的年初。

爷爷被带走时,父亲十一岁。爷爷的事是我后来听奶奶、父亲茶余饭后的一次次闲聊而断断续续知道的。

爷爷名叫杜英春,家在汉中盆地南郑县安坎乡泉西村的一个名叫马槽的小地方。他少时上过几年私塾,却一直躬身务农。泉西村紧邻着汉中的玉泉,玉泉清澈如镜,口感甘甜,滋养着泉边大片的土地和土地上的人们。泉水映着明代遗迹玉泉寺以及寺内的森森古柏,古柏遮蔽着翘角的戏楼、耸立的碑碣。

爷爷是1899年出生的,那是光绪当皇帝的第二十五个年头。这年,刻在骨头上的甲骨文得以面世,光绪也成为年已二十八岁的青年。奶奶和父亲说不清爷爷准确的生日,我从爷爷的名字中猜度,爷爷应该是在春天出生的。奶奶生前说过,爷爷的父亲是个耕读相兼家道殷实的嗜书人,爷爷作为长子降临人世,我的这位名为杜全德的祖先在初为人父的喜悦中为子取名定是煞费苦心的。

爷爷兄妹五人,他为长兄。爷爷哪年成家的,现在难知道了。父亲姐弟四人,父亲的姐姐杜桂芳为长,作为长女的杜桂芳

1926年冬月出生。

奶奶名叫岳丽，1899年8月27日出生在马槽近邻的岳家湾村岳彩家中，和爷爷同龄。岳彩身为秀才，家境殷实，奶奶出嫁时仅衣服就陪嫁了六十套。这是多年后奶奶的弟弟岳自清在我家编着草鞋闲聊时说的，这个说法让少年的我产生了一连串的惊异。奶奶瘦削，小足，略识字，人聪慧，口齿伶俐，善女红，随手可绣花朵。小时父母忙于生计，奶奶便一直照顾着我们。按汉中农村人的说法，奶奶口有一张，手有一双。1979年8月她去世了，享年八十一岁。去世前，她人虽耄耋，却依然能干。

奶奶操持着家务，爷爷下田做着春耕秋收的农活，勤扒苦做，在土里刨着饭吃。随着一个个孩子的出生，家底愈加微薄，日子愈加艰难。

日子辛劳地过着，更苦的日子却紧步相随，一家之主的爷爷被保长带人强行带走，送进了国民革命军部队征兵处。多年后，鬓发星星的姑姑对我说，爷爷被抓走的第三天，十五岁的她领着十一岁的我父亲经人指点并问询着见到了爷爷，他和为数不少的一群青壮年男人都被关在汉中城外一处大院子里。爷爷已换上了黄色的军装，见到他们姐弟时，高兴地叫着他们的名字，隔着木窗和他俩说着话，从怀里掏出一个蒸馍，一掰两半递到他俩手里。离别时，她带回了爷爷换下来的旧衣服，她和父亲哭了，爷爷也哭了。这是爷爷和家人的最后一次见面，从那以后，爷爷便再没了消息。

爷爷被抓离家时，年已四十二岁。爷爷走时我奶奶还怀着他的第四个孩子，奶奶是腆着大肚子哭着和爷爷分别的，她不知道这是和爷爷的永别。爷爷不知道这肚里的孩子是儿是女，也来不及给这孩子取名字。爷爷离家三个月后,我三叔降临人世,三叔的出生日是农历三月初三。爷爷没见过他第三个儿子的面,三叔也没见过他父亲的面。

没了爷爷,全家的生活便陷入了困境。奶奶小脚不能在田地里刨挖吃食,靠给人家纺线织布、缝补衣衫换取家用。极少的收入难以支撑偌大的家。无奈中,父亲的姐姐被迫送给二十里外石门村钟姓人家当了媳妇,父亲六岁的二弟和刚出生的小弟送给了邻乡崔姓、许姓两户人家。

一个完整的家因爷爷的缺失而破碎。奶奶领着父亲含辛茹苦地生活。受家风熏陶,奶奶对读书非常重视,在苦涩穷困的日子里,操劳着家里的衣食,还好胜又倔强地送父亲读书。穷日子下的父亲自是懂事,一边上着学,一边在闲暇时回家干着农活,坚持完成了学业。1954年从汉中农业学校毕业,父亲被分配在岚皋县畜牧兽医站,终于有了一份职业,拉扯着全家慢慢过上了正常人的生活。

爷爷成为一名国民党军人时正是抗日战争之际。初为军人,弃锄拿枪的手定是不适的;作为军人,他的行动是受集体约束的。离开了汉中城外那限制自由的新兵大院子,爷爷去了哪里?他隶属于哪支部队?我们不得而知。大半个世纪过去了,爷爷他去过哪里?他的终点在哪里?也无半丝音信。从爷爷的出生年算起,今年是第一百一十九年了,常人不会有这么高的寿龄,他应该早就不在这个世上了。如在,他怎在半个世纪里不和家里人联系呢?他生命的最后一刻,又是以何种式样告别了这个世界的呢?时光的烟雨里,这都是一个个谜。

不知所终的爷爷是我无法释怀的梦。1990年版的《南郑县志》在"旧时兵役"一节里载道：民国二十七年（1938），南京政府实行征兵制，颁布《兵役法暂行条例》。次年，首次征兵。民国三十年（1941）后，开始强行抓兵，从少龄十五岁，到壮年四十五岁，鞭打绳拴，视如囚犯，对逃跑者统以封门灭户论处。次年，征兵配额三千二百五十六名，实拉四千二百二十九名，超拉九百七十三名，占全县二十八万人口的千分之十五多。民国三十三年（1944），当局又以年征、补征、特征的名义，先后拉兵二十八次，共拉三千四百五十九名，致使农村劳力紧缺，播种失时，粮食仅有七成收成。为逃避兵役，农村出现青壮年劳力出家为僧、远走山林、自伤致残、被迫自杀身亡等现象。我翻看着厚厚的《南郑县志》，这段文字拽扯着我的牵挂。再阅，却无萦牵的片段了。

"鞭打绳拴，视如囚犯，对逃跑者统以封门灭户论处。"县志里的这句话，让我想象得出，爷爷尽管牵挂着家中妻儿，实难有机会逃回，也是不敢逃回的。

一切事物都有着明的、隐的关联。日本人烧起的战火在中国大地弥漫，穿上军装的爷爷自是会走上战场的。这战场无疑是抗日的战场，此时正逢国共第二次合作，国人的枪口一致对着日本人。记得一次我看到一篇纪实文章，一个国民党军抗战遗址在一面山坡上被发现，人们在不厚的土层下见到了成群被炸身亡的遗骸，人仅剩骨了，枪也锈蚀了，而随意相扣的两个饭碗里，却奇迹般地保存着半个新鲜如初的蒜头，没有腐烂，没有生芽。文章在哪儿看到的我不记得了，但这个细节却住进了我的记忆里。读这段文字时我想到这蒜头的主人扛枪前定是位农民，他喜欢吃蒜，他应该种过蒜。他随身带着蒜，那缺了的半个蒜头曾陪伴过他最后一顿餐饭。这餐饭是在哪年哪天？这餐饭是午饭或是晚饭？这餐饭的主人姓甚名谁？这主人家住何方，他家里有何人，他身上有怎样的故事？我冥思着，由此想到了我那离开土地走上战场的爷爷。

裘山山是位文学大家，她的文章是我喜欢的。这位作家在纪念中国人民抗日战争暨世界反法西斯战争胜利七十周年之时，采写了篇题为《寻找》的长文刊在了《人民文学》上。《寻找》找的是一群人，这群人有一个共同的名字——抗战老兵。我静静地看了，思绪万千，我想"抗战老兵"这个词，也包含着我的爷爷吧！

三年前的9月3日，天安门广场举行纪念中国人民抗日战争暨世界反法西斯战争胜利七十周年阅兵式，乘车方队里就有抗战老兵。电视机前，我自然想到了我的爷爷。

萦牵爷爷的脚步似乎没有停止。阅读书刊，见着抗战的文字自会细看；行走远方，看见抗日的碑碣便会细瞅。前年秋闲走云南腾冲，我拜谒参观了滇西抗战纪念馆，有一个展区是专门介绍抗战老兵的，志愿者为每一个健在的老兵拍了照，制作了简介。一个个老兵虽然早已解甲归田，进入耄耋之年，但他们的神态里仍隐隐透出刚毅之气。吞噬过战火硝烟的人，言语上难以定义他们的特别之处，但感觉他们和普通老人总有着不同。在国殇墓园旁的中国远征军名录墙上，镌刻着十万三千一百四十一个英烈的名字，我慢慢地瞻仰着。忽然，我看见了"杜应春"几个字。杜应春？爷爷叫杜英春！中国远征军第一次出国御敌是在1942年，光复腾冲是在1944年，这枪声都响在爷爷参加国民党军队之后。

我知道天下重名重姓的人太多，况且还有一个字音同字不同呢！这两个名字有什么关联吗？怀着探究的心，我来到国殇墓园管理所办公室，工作人员细查档案后说：杜应春隶属中国远征军第二十集团军五十三军一一六师，军衔中士，班长，籍贯、年龄等其他资料都无记载。管理所的人让我留下联系方式，说他们一直在搜集整理国殇墓园里抗战英烈的资料，如有相关信息他们会联系我。

"老兵不死，只是悄然隐去。"麦克阿瑟这句话，最能表达人们对老兵的眷念。爷爷走了，他没留下半纸文字，也没留下一张照片。去年回玉泉老家，我和一位本家的头发花白的长者闲聊说起爷爷，他说他小时候见过我爷爷。我问爷爷是个啥长相，长者望望我说："身高和你差不多，说话神态也有些像，比你稍瘦些，面容和善，也是个单眼皮。"

爷爷已"悄然隐去"比一甲子还多的时日。冥冥中，恳请爷爷捎梦，告诉我您的归隐地。长得和您有些相像的孙儿，会在您的所终地为您燃上一炷香，在袅袅的香气里听您的述说。

2018年9月11日

（载于2019年第1期《品读》、2019年1月10日《西安晚报》）

怀念父亲

父亲离开我们已经十八年了。他被死神遽然劫持时，只有六十八岁。

十八年来，我对父亲的思念犹如潺潺不息的溪水、剪却不去的云翳。这种情愫，随年龄的增长而愈益浓郁。

父亲走时，我三十六岁。三十六岁是男人的一个坎。这个坎，便应在了我身上。

父亲名杜均安，又名杜一平，1930年农历十二月初六出生于汉中盆地南郑县安坎乡泉西村一个叫马槽的小地方。少时我听在世的祖母岳丽说过，父亲为七个月早产儿，自幼身体虚弱。

1941年抗日战争正处胶着中，父亲十一岁，年已四十二岁的祖父杜英春被当局抓了壮丁，一去再无讯息，在历史的烟云中，便成了一个永久的谜。

壮年的祖父离开家后又长期没了音信，自小缠足的祖母无力支撑偌大的家，家便开始散了。父亲有一姐两弟。父亲的姐姐送给二十多里外钟姓人家当了媳妇，两个弟弟先后送给了外乡崔姓、许姓两户好心人家。

裹小脚的祖母不能在田地里刨食，只能靠给人家纺线织布缝补衣衫换取家用。贫寒的生活，伴随父亲从少年到青年，也磨砺出父亲坚忍的性格。祖母出生于近邻的岳家湾村秀才岳彩之家，可谓出身书香门第,自然,她对父亲读书很重视。穷人的孩子懂事早,尽管饥一顿饱一顿,但父亲还是顺从祖母的意愿,坚持完成了学业,并以优异的成绩考上了汉中农业学校。

1954年6月,父亲从汉中农业学校畜牧兽医专业毕业,分配在安康地区中心兽医站工作。同年9月至10月派驻宁陕县工作,11月调岚皋县畜牧兽医站任技术员。

1955年夏天,父亲下乡到大道河乡红星社,初与母亲廖超凤相识。母亲为时任社妇联主任的陈帮喜之长女,父亲常到母亲家谝工作、吃饭。当时母亲因家中兄妹五人,经济困难,在大道小学上完后考入民主中学却没能入学,已辍学数月在家。贫困中长大的父亲自知穷人孩子读书的艰辛,便主动鼓励母亲继续求学,还用微薄的薪金资助母亲。母亲补习两个月后,顺利考入岚皋中学,完成了初中学业。同病相怜的父母很快由陌路变成了恋人,两年后的国庆节,他们在堰溪沟畔大皂角树下原县畜牧兽医站父亲的单间宿舍里,举行了简朴的婚礼。

结婚仪式是简单的,但在父亲心里是神圣而隆重的。父亲在世时,他有一个书桌是锁着的。他去世后,钥匙一直在母亲那儿,我们也很少去动,总是怕去惊扰似的。今年夏天我为父亲写年谱,请求母亲开锁以搜集史料。在一个枣红色封面上题有"和平"字样的笔记本首页上,我看到了父亲写下的一首诗:

时间有虚实与短长

我们知道:

时间有虚实与短长,

全看人们赋予它的内容怎样。

它有时停滞不前,

有时空自流逝!

多少小时,多少日子,

光阴都是虚度。

纵然我们每天的时间,

完全一样,

但是,当你把它放在天平上,

就会发现:

有些钟点异常短促,

有些分秒竟然很长。

诗后父亲自注:"平,1957年国庆节岚河岸,为我们结婚日所写。"

诗让我体味到了结婚日在父亲心中的位置,也让我感知到了父亲那朝气蓬勃、热情向上的情怀,还让我品读到了父亲不凡的文采。在这本笔记本内,父亲有篇记叙1959年安岚合县后,他在大河公社流芳管理区黄岭大队驻队,夜晚开会情况的日记。日记第一段为:"1959年9月11日晚,是无月无星无鸟叫的宁静,秋风凉意,不时经窗门的缝子挤进了屋子,屋里显得格外清朗,特别是在煤油灯光之中。在这愉快而又沉静的氛围中会议开始了。"

在旧社会吃苦长大的父亲充满了对新中国的热爱。1959年的中秋节,父亲以"中秋有感"为题,回忆记叙了1949年中秋之夜,他被国民党抓壮丁,抓去关在小沙禁室长达十二天,后家里以十八个银洋托人赎回,他不敢在家里住,跑去其舅父家躲藏的往事。结尾写道:"今天,已经是吃人饭做人事的十周年了。"

家在巴山

1960年正月初十，父亲以"一场急速的旅行"为题，在日记中记叙了自己正月初一离开安康"八一"水库青峰工段工地到安康县农牧局汇报工作，初二乘车返回岚皋与家人团聚，初四携母亲及大哥文波赴大道河晚住兰家坝刘姓亲戚家，初五早赴母亲娘家，初六下午返回明珠坝，初七晚回岚皋家中，初八中午乘车晚返安康县局，初九在安康办理购黄色炸药手续，当晚又独自步行三十五里返回工区的春节行程。日记结尾写道：

  在这短促的几天里，不论在城里、农村，还是在街头、山间、河畔、车行途中观察到的劳动景象，时时叫人喜悦，处处显示了各项生产的丰收景致，激动得我疾呼：
   祖国，
   伟大的祖国，
   万马奔腾，
   亿箭齐发，
   在这沧海桑田的跃进时刻，
   即使，用亿万公尺的胶卷，
   也难以
   摄下你前进中的一个步影。

从日记及诗中可以看出，父亲在"八一"水库带领民工施工是兴奋而紧张的，但他在工地上紧急状况下的一个擅自主张，却改变了他后半生的命运，为此，他被打成"中右"，丢了公职，还摊上了牢狱之灾。儿时的我们，懵懵懂懂，只知晓父亲在修水库时犯了错误，却不知晓具体的细节。1979年父亲平反，我看到了中共岚皋县委员会摘帽领导小组的平反文件。从这份文件中我知道了事情的原委："1960年黄洋河被迫决坝时，是国务院决定，由安康县城至黄洋河坝面以下四十五里武装警戒，限四个小时全部撤离险区。其在这种情况下带人在小队库房称了一斤桐油给守险人员照明使用。未经过该小队队长，其被定为明目张胆地偷盗桐油，库存桐油损耗数共十八斤也全部算到杜均安身上，显然是扩大事实。"

历史，往往会给人开哭笑不得的玩笑。在这种荒诞、苦涩的历史断面切点上，当事人只有无辜、无助与无声。特定的场景，谁人又能够说什么呢？

洪水即将来临，来不及经过生产小队队长同意，负责防汛守险工作的父亲，自定主意带人在小队库房称了一斤桐油给守险人员照明用，却惹祸上身被判了八个月的劳教。今年八月我在整理父亲年谱资料时同母亲谈起此事，母亲说父亲在安康劳教时，她身背大哥文波往返步行四天去看望父亲，父亲已黑瘦了许多，二人见面无语痛哭。

父亲因表现好劳教了六个月便被释放。解除劳教回家，已没了工作的父亲开始在县基建队做工养家。1969年年底居民下放安家农村劳动，父亲带着全家回了南郑农村老家。从热血澎湃的青年知识分子，到尘土染面的建筑工人，又到面朝黄土背朝天的农民，父亲转换着一个个的角色，一大步又一大步地往社会底层滑去。

农村生活的十年，是极其贫困的十年。家里人口多，劳力少，在"大锅饭"式的集体经济发展模式下，父母一年的工分难挣够全家填饱肚子的口粮。分到的土地少,唯能自己刨挖的便是半亩不到的自留菜地。白天干集体的活去挣工分,晚上有月色时便是父亲在自留地里挖泥刨土的好时光,以祈求生长出更多的瓜果菜蔬弥填粮食的空缺。稻谷金黄时,队里要撒下苕芽籽待青后耕入土中以做绿肥,那嫩绿的叶芽便可掺入饭中充当主粮。多年后我才知道这苕芽有一个极好听的名字叫紫云英。春天来了,那绿中洇白的槐花,也是缺粮人干稀均可搭配的好吃食。

农村的生活是贫苦的,千苦百难中,父母供养我们兄妹都上了学。几兄妹年年的学费,是父母最焦愁的一件事。为筹集学费,父母卖过口中省下的粮食,也卖过自己舍不得吃的过年猪肉,还卖过自留地产的萝卜种、菠菜籽。家里还喂过一头母猪,一年两窝仔猪售出,这便是全家重要的收入。

父亲是村里的知识分子,队里开社员会时,他总爱凑到灯下翻阅其他人不愿看的报纸。田地里歇工时,村里人常围在他身边要他摆古今。村里人不太记日期,谁家要查日子了,都往我家跑,查看我家堂屋墙上挂的一本日历。我家是村里唯一一家年年墙上挂日历的人家。

父亲还是村里的一位大忙人。队里养的有耕牛,农户家养的有猪。队里的牛要耕田。农户家的猪除开自家吃外,每户还有缴商品猪的任务。商品猪有严格的斤数、肥瘦标准,百斤以下和太瘦的架子猪,食品站是不上秤的。商品猪便是家家户户要承缴的一项强制性任务了。哪家的牛或哪家的猪有了病,兽医科班出身的父亲便成了赤脚兽医,也成了朴实的村里人喜欢的一个人。

繁重的体力活和穷困的农村生活,似乎磨灭了父亲作为知识分子遗有的文艺气息。印象中父亲一生只唱过一首歌,准确地说是一小段歌。记得好像我还在上小学时，有一次我跟父亲到新集赶集完回家，步行在油菜花遍地开放的田野上，也许是周边的景致实在太美了，挑着空竹篓走在前头的父亲，轻轻地哼唱出了一段歌："在那遥远的地方，有位好姑娘。人们走过她的帐房，都要回头留恋地张望。"听着父亲第一次唱歌，听着如此优美舒缓的曲调，我似乎有些愣住了。有人从对面走来，父亲收住了哼唱。我默默地记住了歌词，直到我成人后才知道这是首很出名的民歌《在那遥远的地方》。2011年8月，我在新疆天池见到了这首歌的词、曲作者王洛宾的儿子王海成在签售王洛宾传记《往事如歌》，我向王海成表达了我们父子两代对《在那遥远的地方》的喜爱，还特意和王海成合了影。去年国庆长假，在游历青海湖时，我还特意去了《在那遥远的地方》诞生地——金银滩草原以及近旁的王洛宾音乐艺术馆。

父亲的文艺喜好也影响到了我。记得我读的第一本课外书便是父亲给的。有一天父亲从高台赶集归来，他给我买回了一本《智取华山》连环画，定价八分钱，要知道，那时的鸡蛋两分钱一个呀。见我喜爱，后来的一个暑假里，父亲又从他书箱里给我翻出了苏联小说《在那遥远的海岸上》《红色的保险箱》和当代长篇小说《朝阳花》。字还没认全的我，便懵懵懂懂地读上了比课本还厚的文学书籍。从那以后，闲暇读书的习惯便伴随我到了现在。父亲送给我的几本书，我至今珍藏在书柜里。

"人事凄凉，回首便他年。"1979年5月，父亲得到平反，分配至县药材公司养鹿场，任兽医。二十年的冤屈得到平反后，父亲倍加珍爱自己的工作。1981年1月任场长，1985年夏调回药材公司，1992年1月退休。2007年，岚皋本土作家黄开林在其《岚皋老照片——流年顾影》一书"养鹿"章节中记述道：1982年8月12日县广播站播出新闻稿，题目是"县养鹿场1982年鹿茸产值创历史最高纪录"。新闻称养鹿场有鹿三十六只，第一道已取茸三百零二点五两，价值一万二千零四十三元八角五分。第二道茸正在割取中，预计还能取茸三十两。

钻研医术是父亲终生的追求，尤其是在他重新工作后更凸显。在父亲匿之箧底、作于1982年3月的两首小诗，依稀能透出父亲此时的所学所思。

夜读"金鉴"

临暮顽童声不残，轻风微微阵阵寒。
春夜不觉读南窗，月移岚山影照床。

为民所止

晓春读书夜点灯，细雨沙沙伴我鸣。
丹心书田无倦意，不解民忧不功名。

"金鉴"是父亲手边常阅的清代乾隆年间皇宫太医吴谦编修的汉医专著《医宗金鉴》。人兽医术同源，看兽医的同时，父亲也钻研着人类中医学。这一时期，父亲还自费订阅了《陕西中医学报》。

工作中的父亲心情是愉悦的。养鹿场地处城郊龙爪子，春天来了，伴随着桃红李白，人们开始烧火粪忙于下种了。眼观此景，父亲一气写下了两首田园小诗。

残春

细雨桃花褪残妆，李花淡白菜花黄。
蜂伴蝴蝶花间舞，群群牛羊上山岗。

备耕

春风一度过巴山，堆堆畲火亿万千。
疑是炊烟不炊烟，积肥备耕夺高产。

汉中老家旁边的玉泉，常年清水长流，滋养着方圆几十里的人们和土地。这一泓泉水，萦牵着父亲一生的梦。

春游汉中玉泉

泉上杨柳千重翠，月点波心一颗珠。
未能竟抛玉泉去，一半勾留是此泉。

冬游汉中玉泉

远看成云近成雾，谈笑不觉到泉边。
烟波微微不是烟，飘飘绫罗舞翩跹。

父亲与祖母相依为命，一生都不曾远离。祖母八十一岁时去世，父亲倾力料理祖母后事。祖母去世三年后的除夕夜，父亲将对祖母的思念诉诸笔端。

忆母

鞭炮声中一岁除,春风送暖杨桃酒。
倾杯尝思泉下母,子媳孙孙意何如?

父亲退休后,和母亲一道又帮我们几兄妹照看起了小孩,操心着子女辈,照看着孙子辈,操劳着难以清闲的生活。父亲退休后的第二年,我和妻子添了小孩,我在县政府办公室从事文字工作忙得难以着家,妻子在乡下上班周末才能回趟县城,孩子和保姆大部分时间便住在父母家里。有好多次,我都看见父亲用个小推车推着儿子去街头吃早点。看着父亲清瘦忙碌的身影,我常在心里想,等孩子再大些,待我工作稍闲些,我就陪父母出去看看。父亲有两个同学在西安,他们偶有联系,我曾听父亲说过,等孩子上学能离身了,他想到从没去过的西安转转。

天不佑人!1997年冬,还没等到他给取名的孙子走进小学校门,父亲因冠心病住进了医院。第二年清明节后的第二天,在霏霏细雨中,父亲永远离开了我们,从此长眠于太阳梁下的黄土地中。弥留之际,他不让我们告诉远在云南边防部队执行中国边境第二次大扫雷任务的小弟,让他安心在老山前线排雷,为国尽忠。小弟直到三个月后通过县武装部与云南边防排雷指挥部的联系才知道父亲逝世的消息。父亲做人的情怀、为人的品德,让我们后辈心怀感念。

父亲走后,在他书案上放着一套《资治通鉴》。五卷本他读了三本,书中有评点。另两本还没来得及读,覆膜的包装还未拆封。这是父亲作为知识分子,辛勤一生求知一生的见证。

父亲一生未曾远行，在他留存下来的诗文中，只知晓他1953年在汉中农校上学时暑假去过宝鸡凤县，写下了《登凤岭有感》一诗，诗后注释称，凤岭近邻韩信斩樵夫处，有钟楼、碑刻志存。这几年我们六兄妹常陪着母亲外出散心，大妹还陪着母亲出了一趟国。母亲念叨说，你们爸苦了一辈子，没去过西安，没出过省。《孔子家语》载："树欲静而风不止，子欲养而亲不待。"世上最遥远的距离，不是形同陌路，而是天人永隔；世上最大的悲哀，不是不亲不孝，而是子欲孝而父不在。

　　"巾偏扇坠藤床滑，觉来幽梦无人说。"父亲去了多年我却不曾释然，原心中一憋存苦闷，父亲一眼便知，三言两语即能让我释怀。而今心遇屈事，也只能"欲说还休。欲说还休。却道天凉好个秋"了。

　　"归路晚风清，一枕初寒梦不成。今夜残灯斜照处，荧荧，秋雨晴时泪不晴。"深秋的夜晚已有寒意，临窗的风儿拂过脸颊。十八年了，我写过很多文字，却没有一篇怀念父亲的文章，这都是为儿的罪过。愿这篇秋夜所作的文章，能以心灵接引的方式给父亲些许慰藉，能赎回我山似的歉疚。

2016年11月4日
（载于2018年4月6日《文化艺术报》）

岚河与您相伴

青春年少时，受父亲的影响，开始学着舞文弄墨。

写了一段时间，便大着胆子，一次性将五十余首诗歌寄给了手边常能看到的《安康日报》。没承想，十余天后，其中一首短短的小诗《我愿》，竟在1982年2月7日的《安康日报》《金州》文艺副刊上登了出来。这是我写的变成铅字的第一首诗歌，也是我发表的处女作，因此很激动，也记忆犹新。至今我还保留着这张报纸，并能全文背诵：

> 我愿
> 我是一朵迎春花，
> 不过，我不愿开在高楼大厦。
> 我愿
> 开在大路旁，
> 染香
> 奋进者的步伐！

父亲当时在地处龙爪子的岚皋县药材公司下属的养鹿场当场长，我便被照顾性地临时安排在县药材公司上班，等待着招工或招干。当时类似我这种身份的叫待业青年。小诗发表没几天，我正在中药批发部分拣包药，单位人喊，说是有人找我。忙出去看，见有位瘦削的中年人和一位高个子的年轻人，单位有认识的人忙为我介绍说年长的是县文化馆李发林老师，年轻的是文化馆的黄开林老师。两位老师都是县上颇有影响、有著述的作家，经常有作品在《安康日报》等报刊上发表。他俩的名字我早知道，只是不认识，也没勇气去认识。得知心中仰慕的两位文学老师就在面前，我忙不迭地将他俩请进药材公司天井小院我的单身宿舍里。宿舍极其简单，一张床一张桌一个竹子书架，或坐木椅或坐床沿便开始了我们的相识。

原来李发林老师在《安康日报》上见到署有"岚皋杜文涛"的那首小诗后，便四处打听，因我常在文化图书馆阅览室借阅书刊，他从那里知道了我，便约上黄开林老师一路找来。交谈中，我得知县上办有油印文学刊物《岚水》，由他俩轮流主编，也知道了县上文学创作的基本情况，便拿出了新写的手稿请两位老师指导。他们给予了很中肯的评价，还在以后的《岚水》中选登了部分作品，给了我这个初学写作者莫大的勇气和信心。就这样，我认识了李发林和黄开林两位老师。

与李发林老师一相识，我便开始登门求教。李发林老师的办公室在文化图书馆二楼上，因楼板为木质的，人走上去，便发出吱吱的响声，屋内桌椅书柜似乎也微微颤动了。办公室极大，宽大厚实的书桌后有一排绛红色的木质书柜，在这里，我见到了很多未曾知道的名著和古籍。这里既是他和黄开林老师及另一位文学创作干部杨益民的办公室，也是《岚水》编辑部。他们既是文学创作干部，又兼办这份油印刊物。在这里，我基本找齐了先前出刊的《岚水》，也认识并走进了安康地区文学刊物《汉江文艺》。三十年了，虽历经数次搬家，这些保留我青春烙印的刊物，却仍然完好无损地珍藏在我的书柜里。

认识李发林老师不久，经他推荐，我参加了1982年3月22日召开的岚皋县文学创作会议。会上放了贾平凹在安康地区文学创作会议上的讲课录音，那浓浓的乡音和朴素的语言感染着我，使我喜爱上了他，继而喜爱上了他的作品。这是我参与的第一次文学活动，与会的四十多位作者会后在县电影院放映大厅前合了影。两天会议，让我结识了一大批业余作者，有的成了我的挚友。会议让我认识了文友，也开阔了我的文学视野，坚定了我业余写作的步履。

最早写作多写诗，后来慢慢接触散文、小说和民间文学。稿子写出来后，有时粗枝大叶地就往李老师那里送。记得我在药材公司时，一次随同事出差，从重庆坐客轮顺长江而下，在万县上岸换车到湖北恩施市利川县（现利川市）福宝山药场采购黄连种子。首次见到长江，激动之情溢于心间，回岚皋立即写了一篇题为"长江行"的见闻类游记。李老师见到后委婉地对我说："你只走了长江在四川省的一大段，这段长江人们习惯叫川江，文章题目显得太大，长江改为川江恰当些。"李老师还让我把稿子放在他那里，说抽时间再看看。后来，这篇稿子经李老师修改，刊发在了《岚水》杂志上，题目改成了更为贴切的《川江旅行日记一则》。这件事给我留下了难忘的记忆。前不久我在整理出版我的散文集《巴山深处》时，又见到了李老师为我修改后的这份珍贵的手稿。蓝蓝的墨迹，漂亮的钢笔字，工工整整地书写在横竖成线的方框稿纸上，就像他的为人，那样厚重，那样方正，那样谦恭，那样隽永，深深地镌刻进了我的记忆中。这篇修改稿，让我最早学到了为文之法，也学到了为人之道。

20世纪80年代初，那是个崇拜文学的年代。安康地区文学创作研究室每隔一两年便召开一次文学创作会议，还创办了汉江文学讲习所，经常邀请一些著名作家来安康讲课，便有了现在难以见到的人头攒动挤掉鞋子听讲的场景。每逢有讲座，只要单位走得开，我定要跟着李老师一道去安康见名人听讲课。记得我曾听过贾平凹、路遥、王蓬、商子秦、白描、莫伸等作家的课。有时课结束了，还要挤过去找崇拜的作家签名，既见了名人，又增长了知识，开阔了眼界，一举三得。

李发林老师是个十分勤劳的人。我俩认识时，他一人住在文化馆后院的一间小房子里，妻子和孩子们住在蔺河梧桐坝，准确地说是岚皋到溢河的公路下边的几间土房里。妻儿不在身边，文化馆也没食堂，吃饭他便自个儿解决，他几乎每顿饭都是自己动手做，基本上不在外面吃。家在农村，农活多，每逢星期天他便挤出时间回去帮家里做些事。我跟李老师到他家里去过几次。那时我工作的药材公司有扶持农民种植药材再行收购的政策。记得一年我下乡在蔺河灯盏窝沟口一户农家院子边看见一树成熟了的杜仲树籽，便按市场价收购了送给李老师，还随他到蔺河老家地里下种育苗。第二年育苗成功，由药材公司每株三分钱收购，分发给了遇子坪一些药农栽种。那时家庭人工栽种天麻刚刚兴起，我和李老师还专程到石门立新乡政府背后的天麻大户张方进家去学习天麻栽植技术。他专门买了天麻种到蔺河老家屋里，从山上砍了栎树做菌棒，从河边运了河沙做温床，第二年也有了小小的收获。

在药材公司工作的几年时间里，我大部分时间是从事药材生产发展工作,几乎跑遍了全县的药场和重点种药户。那时农村没有电视,夜晚围着火坑和药农们谈药材生产,也听药农们唱山歌、讲民间传说故事,汲取着民间文学营养。受李老师的影响和指导,短短三四年时间,我整理记录了两大本二百多首岚皋民歌,搜集整理了几十篇地方民间传说故事。作品整理出来后,我及时送给李发林老师,他斧正润色后,把其中大部分作品都选登在了自己主持编印的《岚水》和《岚皋民间文学集成》中。在整理搜集民间文学作品过程中,本是省民间文艺家协会会员的李老师还介绍我也加入了这个协会。

1985年初,我被招干到了县广播站当编辑、记者。两个单位近了,我又直接从事文字工作了,我和李老师就走得更近了。也许是受文学的影响,我在县广播站本县节目中开辟了一个专门播送介绍本县的写实类文学栏目《岚河之声》,我向李老师汇报后,得到了他的热情肯定和指导,他还向我推介了几位本县作者写的一些适合在广播上播送的文学作品。这个栏目推出后,在没有电视的年代里,一度成为县广播站的一个品牌栏目,播出了一大批介绍岚皋的优秀文学作品。

1988年,我考入西安一所成人大学学习中文,毕业后不久改行到行政部门,常年劳于案牍,无暇文学创作了。好在除了在安康工作的一年多,我大部分时间都和李老师在一个县城,经常还有一些交往。特别是2000年前后的两三年间,我在县委宣传部当副部长,而李老师虽已退休却又受聘到部里复刊的《岚皋报》编辑文艺副刊,所以时常还能见到面,有时还能闲聊几句。

2006年我在旅游局局长任上,想到了挖掘整理地方民间文学,以文学提升旅游,让文学为旅游造势。于是,我找到了李发林老师，请他帮忙搜集资料，筛选整理编辑两本关于岚皋民歌和民间传说故事的地方文化书籍。李老师说这是为岚皋做的一件能留名青史的好事，满口答应了。书的初稿清样刚出，我调到了县文广局，出版地方专著更是正业了。我还找本土书画家、时任县总工会主席的谢荧帮忙题写书名、设计封面，还设计了礼品书袋。安康市文化文物局原局长吴少华、岚皋县委书记赵良亭、县长鲁琦分别为这两本书题词。几番努力，数次校对勘订，装帧精美、印刷精良、内容珍贵的《岚皋民间歌谣》《岚皋民间传说》终于顺利出版了，为岚皋人民呈上了极其珍贵的地方文化产品，为岚皋文学史留下了极其珍贵的资料，赢得了县内外的高度评价。这两本书先后被陕西省图书馆、咸阳图书馆特藏部珍藏，还获得了安康市政府文艺精品奖、陕西省文学艺术界联合会民间文艺山花奖等奖项。

　　李老师是岚皋地方民间文学的开拓者，他搜集整理的一大批民间传说故事在岚皋县内外广泛流传，颇有影响。他的《古家村的红香米》《锁龙沟》《笔架山》《姑嫂与豹子精》《龙安茶传说》等一大批作品成为岚皋地方文学作品的代表作，也成为岚皋地方民间文化的名片。其中"龙安茶传说"2009年经县文广局积极申报，先后被省、市政府列入省、市级非物质文化遗产保护名录。《古家村的红香米》使岚皋官元盛产的这一土著稻米声名大振，成为供不应求的土特产礼品。

　　李老师性格倔强、耿直、疾恶如仇，见到一些不良现象难免要用文人常规的表达方式去抒发心声。20世纪七八十年代，食品供应奇缺，肉食公司门市部更是热门中的热门。李老师有感而发，针砭时弊，写了一篇杂文《朱二卖猪头》，先是在《安康日报》发表,后来又被省内外多家报刊转载,1990年入选甘肃人民出版社《临窗的街》一书,并获得"中国首届微型文学出版大展"奖。作品在当时的岚皋引起了强烈反响,也引起一些人的误解,至今,依然是岚皋文人们回忆过去岁月时的难忘谈资和文学记忆。

李发林老师一生创作颇丰,但为人低调,是岚皋当代文学的旗手和领军人物。2008年初的一次聚会,我和黄开林老师谈到李发林老师,都认为李老师应该把作品加以整理出一本书,由于意见相同,便一拍即合,当即谈定由他去做李发林老师的工作并帮助通阅书稿,由我想办法筹集相关出版费用。经过一年多细致的文字整理和校勘,2009年5月,书名为《小河涨水》的李老师个人专著顺利出版,和县内外的新老文学爱好者见面了,为岚皋地方文学、为岚皋的后人们留下了一笔厚重的精神财富。李老师不仅是我的老师,也是未来岚皋文人们的老师。

和李老师的最后一面是在李老师去世前几天的一个早晨,我因血压偏高到县医院求诊,在门诊大楼一楼走廊里见到了李老师和他的老伴,见他言谈面容和平常一样,也就没有在意。哪知匆匆的交谈,便成了我们师生的最后一面。

李发林老师去世后,我作为文化图书馆的主管局长,作为李老师的学生,担任了治丧委员会主任。李老师的丧事是在岚河边蔺河街他的故居小楼前办的。我和他的子女们,他原单位的同事们,他家乡的仁人贤达们,一块儿商议筹划着为他办了个传统而隆重的葬礼。在他的灵前,我们为他开了追悼会,我为他致了悼词。小楼前道路旁一棵高大的梧桐树,开着大朵大朵的紫白色花儿,佝着腰,探着头,渲染着别样的凄美;院边的小麦泛着细小的白色小花粒儿，殷实的麦穗注目着悲泣的人们；晚熟的油菜花摇晃着金黄色的脑袋，透过一匝匝的花圈，映衬着人们哭泣着的面容。望着眼前的景象，想着和李老师一起的往事，念着追悼李老师的切切之词，我的眼眶湿润了。身边的岚河水汩汩地流着、流着，殷殷的诉说声，伴同着我的哽咽声，回响在李老师的棺木前。

  李老师出生在岚河下游的玉岚乡李家湾，参加工作后又先后在岚河边的佐龙、花里等镇工作，因爱好文学调入岚河边的岚皋县城，创办他钟爱的文学刊物并起名为《岚水》，三移其家，总不离开岚河边。他是岚河的儿子。他的子女们是理解他的，最终，他们为他选定的最后的栖身地，是在岚河岸边的一块向阳的坡地上。那是他挚爱的故土，那里有苍劲挺拔的松树林，那里开着殷红殷红的映山红。

  五月的鲜花又一次开放。在缓缓的山坡上，殷红的映山红装点了李老师已住了一年的新"家"，生生不息的岚河水，从他的"家"门前缓缓流过，正浅唱低吟着动听的童谣伴李老师入眠。岚河，孕育了李老师，又送走了李老师，还将永远不离不弃地陪伴着李老师。

2012年5月1日
（载于2012年7月《岚河与您相伴》文集）

小城从此无"小城"

从岚皋小城走出的军旅作家纪小城,因病辞世已一个多月了。文友们聚会时谈起,都流露出殷殷的怀念之情。

20世纪80年代初,爱好文学的我,从父亲口中得知有位大作家叫纪小城,岚皋县铁佛街上人,原岚皋中学教师,随解放岚皋的部队参军,现在兰州城里。这是我第一次知道这个名字。

1993年《岚皋县志》出版,在人物志中我看到了纪小城的条目。他少年时深受鲁迅、巴金等人的作品熏陶,开始喜爱文学,十七岁在安康县立中学读书时,发表反映抗日战争的处女作《胜利后的希望》。1947年受聘于岚皋中学作国文教员,岚皋解放时他带领十多名学生入伍,被任命为师文工团教员,当年创作小歌剧《送子归队》。1950年,调师政治部任文艺干事,后创作中篇小说《英雄的幼苗》在《青海日报》连载。1959年创作大型歌剧《红鹰》,代表解放军总部参加中华人民共和国成立十周年献礼会演,并被八一电影制片厂拍摄成同名彩色艺术片,剧本被解放军文艺出版社出版。1964年调兰州军区政治部任专业作家,次年创作独幕话剧《刺刀见红》在中南海怀仁堂演出,被誉为"全国独幕剧的代表作"。这一时期,纪小城还创作发表了数百篇散文、诗歌和文艺评论,参与编辑出版了百万字的纪实文学作品集《平叛英雄传》《西山口之战》。他先后发现、培养了军旅作家崔八娃、韩正旺以及军旅诗人方存弟等,辅导他们创作发表了《狗又咬起来了》《卖子还账》《三十里水路》《炮打狗脊关》等小说、散文,以及诗歌《列兵》等优秀作品,成为蜚声军内外的知名作家。"文化大革命"中,纪小城被以莫须有的罪名开除党籍,复员回岚皋。1978年平反后重返兰州军区,后转业到甘肃省作家协会任秘书长。

纪老身在兰州,心却时常挂念着家乡,尤其关注着岚皋文学方面的人和事。20世纪90年代后期有一年,他回了岚皋,点名让他在岚皋的亲友邀请我们几个喜欢文学的老乡见了次面。他告诉我们他已退休,儿孙大都在兰州,大部分时间他将住在那儿,每隔一两年回岚皋住段时间。他还详细询问了我们每个人的家事和创作上的事,教导我们处理好工作、创作的关系,鼓励多写作品。记得他还对我们说:"你们是岚皋人,熟悉岚皋,就多写岚皋这块土地上的人和事,写岚皋的民风和民俗。写自己熟悉的,既写得松活,又能写得真实,还能为家乡做些事。这也是个艺术规律。"纪老这种礼贤下士、热切关怀后辈的亲和力,使我终难忘怀。这是我和纪老的第一次相见。

纪老是位军人,同时是位文化人,更重要的是位爱家乡的岚皋人。每次回岚皋我们都能聚面,谝岚皋文学,谝中华人民共和国成立前后岚皋的逸闻史事,有时他还说些他在部队上创作的事。他阅历丰富,见多识广,和他在一起,我们开阔了视野。有次他到我家书房,见我书架上有他没有的几本地方文学作品,很是喜爱,我便请他挑选。后来县内每有新著出版,我都给他备一套。

认识纪老后,我们便常有了联系,先是固定电话,后来便用上了手机。去年国庆长假，我和家人、朋友自驾去了宁夏、青海，10月5日午后，我们正在《在那遥远的地方》民歌诞生地青海湖畔的金银滩草原，纪老来了电话，正事说完后问我长假在干啥。我实情相告，纪老便让我们归途中到兰州歇一脚。当晚近12点时，我们赶到兰州，纪老让他儿子纪健夫妇在已订好的酒店候着我们。第二天一早，当我们匆匆游历完兰州黄河铁桥、黄河母亲群雕，赶到纪老家时，他已在客厅等着我们了。异地见老乡，分外亲切，有着说不完的话。话匣子打开，他回忆起了岚皋解放时，他协助解放岚皋的十九军五十五师副政委王文英，组织召开了部队与岚皋县城中小学师生庆祝岚皋解放联欢会，在这次联欢会上，他受到了师首长的器重，邀请他入伍，他又动员他的十三名学生，一同走上了革命的道路。他对我们说起了五十五师副政委王文英、政委张明在岚皋和后来的事。在纪老家客厅沙发上，我们和纪老合了影。他送我们每人一部他协助编撰的《青海长云——王文英将军纪念集》。午饭是在纪老所居小区楼下的一家清真饭店吃的，纪老说到兰州要吃顿正宗的羊肉宴。话语长，时间短，辞别纪老踏上归途已是下午时分。不承想，这是我和纪老执手相谈的最后一次。

今年6月5日，我接到了岚皋作家协会秘书长曹英元的电话，说纪老头天下午3点50分从兰州自驾回岚皋，在汉中北服务区休息时突发心脏病去世。握着手机，我呆住了。我曾听纪老说，他参军后部队第一次长时间驻军便在西乡县，而汉中北离西乡很近了。这冥冥之中的巧合，谁人又说得清呢！

根据纪老遗愿，他回到了岚皋，他要回到铁佛街街后纪家老坟园去陪伴他的母亲。丧事是在县殡仪馆办的，他的一些老战友,他的学生,县上的相关人士和群众自发地来为他送行。受甘肃省文联的委托,家乡的文联为他举行了葬礼。县文联党组书记陈洪海主持仪式,县文联秘书长米吉刚代为宣读了甘肃省文联、甘肃省作家协会唁电,我作为县文联主席介绍了纪老的生平事迹。在为他准备生平文稿时,我在解放军文艺出版社2009年出版的"中国人民解放军野战部队征战纪实"丛书《陕南雄师——中国人民解放军第十九军征战纪实》第十七章中看见了他的名字。纪老是一位为部队文化工作做出贡献的知识分子,因而写入了我军军史。

  纪老名光烈,字小城,也许从出生那天起,他在冥冥中就以伴随一生的字号,与岚河边这座小城结下了难以解却的情缘。他二十一岁时从岚皋小城出发,八十八岁时又回到了小城岚皋。

  纪老走了,宇宙中多了一颗星,人世间少了一位老人。

  小城从此无"小城"。

2016年7月13日

(原连载2016年8月17、18日澳门《华侨报》)

青山绿水为您送行

得知陈忠实老师去世的消息时，我正在长江边的湖北省监利县东港湖畔。一位文友发来微信，我不信，又从手机搜狐新闻查证后，望着通往长江的茫茫湖水，我竟一时茫然了。

我和陈忠实老师相识于2000年11月在瀛湖翠屏山庄召开的安康地区作家协会换届会议上。三天的会议，我们听了他的主题讲话，还听了他"锤炼思想，勇攀高峰"的文学专题讲座。会下，我们找他请教、聊天，他朴实、智慧，我们纠结的问题，在他那里，几句话便能释疑解惑。有些问题，似乎已超出了文学的范围。至今，我仍然保留着我与他初次相识时的合影，也时不时地回忆起向他请教过的话题。

2004年9月，岚皋县举办首届生态旅游文化节。按照县上安排，我和岚皋籍女作家王晓云提前打电话邀请陈忠实老师到岚皋参加活动。开幕式前两天，我们又专程到西安迎接陈忠实老师到岚皋。那时，西康高速还未开通，我们一行人乘坐火车到安康，县上派专车在安康火车站接站再到岚皋。

陈忠实老师是第一次到岚皋，也是他一生中唯一一次到岚皋。他全程参加了旅游文化节所有活动。9月9日他到岚皋，10日参加了在岚河漂流码头举办的开幕式及地方文艺节目展演，11日考察了南宫山森林公园，12日去了巴山山巅神河源森林公园，13

日离开岚皋坐火车返回西安。陈忠实老师住在岚皋宾馆,我全程陪同了陈老师在岚皋的所有活动。

使我印象深刻的是和陈老师在岚皋的几次谈话。9日晚我陪同他在岚河河堤散步时,他说:"岚河河面空气清新,河水没有污染。城市一般都临水而居。河水是城市的灵魂,河水是旅游的根脉。"在南宫山上,时任县委书记的陈勇征求他对南宫山景致的意见时,陈老师认真思考后以文学语言说:"奇树争险,危石作态,琼林雾岛,斜掌成峰。"在神河源草原,陈忠实老师回答了安康电视台记者关于他对岚皋观感的问题:"走进岚皋,就让人情不自禁地想到九寨沟、张家界。如果说岚河是种碧绿的美,南宫山是种秀丽的美,那么神河源便是种柔和的美。秦岭以南都是山清水秀,岚皋最具有代表性。外省人一说到陕西,似乎黄土高坡就是代名词,一说到巴山,人们就想到四川。岚皋是俊俏的女子,养在深闺人未识。人的性情需要好的山水陶冶,有好的山水也需要好的宣传。郁达夫有句名言'江山亦要文人捧',这很重要。希望有机会来的作家、艺术家都来写,都来画,都来拍,宣传岚皋。但艺术是有规律的,重点要依靠安康的作家、当地的文人宣传,文化宣传胜于新闻宣传,用无形的资源推介出有形的资产。"

陈忠实老师到岚皋时,已是初秋。上南宫山那天,山中已显凉意,我拿出从家里准备的一件栗色西装外套请陈老师穿上。后来,从陈老师在岚皋时的好多照片及视频中,都能看到这件衣服,这也勾起了我的回忆。

得知陈忠实老师到了岚皋,又正是我陪同时,当时正上小学的儿子闹着要去见陈忠实老师。上神河源那天,我带上了他。回来后，他写了篇小散文《我见到了陈忠实爷爷》，登在了《安康日报》上。活动间隙，我请陈忠实老师写了幅杜牧的《山行》，也挂在了他的房间。后来儿子高考，坚定地选了文学专业，现在又考上了文学专业的硕士研究生。不知这些是否与孩子幼小时见到了他心目中的文学泰斗陈忠实有关联呢？

陈忠实老师在岚皋的所行所感，我后来整理成一篇《走在青山绿水间——陈忠实岚皋纪行》，发在陕西作协会刊《陕西文学界》及几家报刊上。

2012年，我的散文集《巴山深处》由太白文艺出版社出版，我想请人题写书名。首先我便想到了陈忠实老师。我想到他太忙，怕给他添麻烦，便抱着试一试的心态找他，没承想，他竟爽快地答应了。没多久，我从他那儿取回了题在大半张宣纸上的书名。这有着签章的墨宝，现在成了弥足珍贵的珍藏品。

在返回陕西的路上，微信朋友圈里多人转发了"秦巴山水美安康"编发的我2004年写的那篇《走在青山绿水间——陈忠实岚皋纪行》。编者加了缅怀陈忠实老师的编者按，我点赞后进行了转发，并在前面加了一句话："青山绿水为您送行！深深缅怀！"

2016年4月30日

（载于2016年5月5日《安康日报》）

第四辑　序跋记言

"杜"本为"木土"组合而成，地上长树，树不离土，木土合文，是以为杜。木生于土，雨露滋润，枝繁叶茂，遂成参天大树。土上有木，桃红柳绿，生木成林，春光长驻。

我的书房在岚水绕弯的肖家坝一栋六层小楼顶层上，晒台上有雀鸟鸣啭。循着鸟迹，我看见了方家垭山坡上那蔚然绛红的栾树林。我有些诧异，时未深秋，树梢怎如此殷红？我走进树林，原来那是绾结的串串籽荚，先是橘黄，随之深红，果熟时便呈褐黄色了。原来乔木这么美！

沉甸甸的稻穗

——《笔墨岚皋》后记

近几日,我心中颇有些不平静。正如一个耕田的农夫看到沉甸甸的稻穗一样,喜欢在文字中耕耘的我,看着这沓盈尺的《笔墨岚皋》手稿,看着咱们岚皋地方文化丛书又添新绿,心里便油然泛起层层涟漪。

我们的家在岚皋。这是一方美景荟萃、人文厚重的天地,更是一处陶冶心灵、启迪智慧的乐园。时下,网络上似乎流行着一个"晒"字。晒心情、晒工作、晒家庭、晒幸福,好像只要有心情,只要不涉及他人隐私,什么都可以晒。于是我便想着赶一次时髦,把咱们岚皋也美美地晒上一回。且不说咱勤劳善良的劳动人民、淳朴敦厚的乡风民俗,单是整日里云雾弥漫、仙气萦绕、集神奇灵秀幽古之大成的南宫山,风拂云淡、苍穹寥廓、芳草碧连天的神河源,漫江碧透、清丽婉约、泛着粼粼波光的岚河及刺激无比又有惊无险的岚河漂流,有着精灵水韵、有陕南新九寨之称的千层河,擎天立地、华光潋滟、辉映一生福缘的蜡烛山,崇文尚武、福荫子孙乡邻的周氏武学馆,树古代道德风范、开精神文明先河的双丰桥禁赌碑等自然人文奇观,就值得一晒。细思量,其实我们早已经开始晒了,因为这本书已是咱岚皋地方文化丛书的第九朵金花了。书名定为"笔墨岚皋",应算是点明主题，继往开来吧。当然还有一个重要的原因：文以情动人，情因文而律动、隽永。本书所晒的这些文章，每一篇我都细细研读过，掩卷沉思，感觉无一不是作者对岚皋景、岚皋人、岚皋民风等至真至纯的情感流露，是在岚皋的、来过岚皋的文人雅士们文思泉涌、挥毫泼墨的最好见证。有对风物人事的感怀咏叹，亦有对师亲好友的思念追忆，乡情、亲情、友情、自然情，笔墨所至，皆是激情飞扬、情真意切、感人肺腑的文字。

　　文字是我心中一直跳动着的情愫。虽然近些年来琐事缠身，自己写得相对要少一些，但我矢志不忘文化部门的职责和使命，始终尽力收集着与岚皋有关的文学作品，每隔一两年，便用书的形式加以留存，使之流传广远。2009年以前的作品，已尽皆收录到《岚皋记游》和《走进岚皋》两书中了。让人欣慰的是，短短的两年时间，又有了这一百三十篇佳作。于是乎，我们便将这些美文分为自然笔墨、心情驿站、人文抒怀、风味小品、逝者追忆五个大类，按先散文后诗歌的顺序汇聚在一起，并结集出版，晾晒在了大家面前，博大家一悦。算是为咱岚皋的风土人情和旅游文化增添一抹别样的风景吧，让更多人知道我们这个地方，喜欢我们这个地方。并想把这本书留给这个地方的后人们，让他们知道现在岚皋静态的形体、疾走的身影。

　　在本书成书时，欣逢党的十七届六中全会胜利召开，全会专题讨论了文化工作，出台了《中共中央关于深化文化体制改革、推动社会主义文化大发展大繁荣若干重大问题的决定》，并强调要建设优秀传统文化传承体系，重视对文艺精品的创造，弘扬中华文化，建设中华民族共有精神家园。这些论述，就像一剂强心针一样，坚定了我们克服诸多困难，完成此书的信心。

本书编印过程中，还得到了岚皋县委、县政府的热情关怀和指导。中共岚皋县委书记鲁琦，岚皋县人民政府县长周康成，县委常委、宣传部部长陈磊，副县长吴世珍在百忙之中抽出时间关心支持本书的出版工作。本土作家黄开林为本书编撰提出了许多宝贵的意见和建议。县文化文物广电局广播电视台总编赵明彦及青年文学爱好者、大道镇卫生院医生吕湘艳参与了书稿校改工作，在此一并致谢。

2011年12月6日

（载于2011年12月《笔墨岚皋》文集）

岚水悠悠

——《岚水情深》后记

近几日来，是冬日里难得的好天气，我的心情也和这天气一样，晴空万里。因为，我们《岚水情深》经过两个多月的搜集整理、补遗校订，就要付梓了，看着自己的付出有了结果，任谁都是高兴的。我摩挲着手里的书稿，有一种实实在在的幸福感。冬天，似乎是造物主有意安排让人们回忆和总结的。我们经历了春的温柔、夏的烂漫、秋的丰硕，之后，便迎来了寒冷而理智、肃穆而睿智的冬天。我们边在岁月深处行走，边总结过往的日子，以便更好地前行。其实工作也一样。我们在岁末整理这本书，也算是给今年我县文化工作画个句号吧。我最欣赏一句话："凡曾努力过的，必将留下痕迹。"望着面前的一沓盈尺的手稿，我想这也是我们全县的文学爱好者留下的一些痕迹吧，或深或浅，或浓或淡。

岚皋是一个历史悠久、钟灵毓秀、人杰地灵的地方。这里有人所共知的仰韶文化，人们可以在岚河两岸看见先民们生活过的遗址，仿佛还能感受到人类的元初之气。这里地处秦巴腹地，属于秦头楚尾。由于特殊的地理位置，这里的人们纯朴、温厚，既有北方人的豪爽、豁达，也有南方人的灵秀、含蓄。我们是幸福的，因为春天来了，可以去欣赏碧草如茵的神河源，这里花团锦簇、芬芳馥郁。还有著名的神田，仿佛新嫁娘的一滴泪，那样玲珑，那样晶莹。池中投下蓝天白云、碧草红花的影子，是一幅绝美的图画。夏天到了，可以去风光旖旎的千层河消夏，这里是水的乐园。有水，就灵动了许多。这里三步一潭，五步一瀑，绿波盈盈。把脚伸进溪水中，保证让你暑气顿消。而秋天，就可以去欣赏神奇秀丽的南宫山了，这是一处道佛合一的胜境。每年十月，是欣赏南宫山红叶的绝佳时机，群峰红遍，层林尽染，漫江碧透，让人们意气风发、豪情万丈。当然，还有达鉴法师的千年不腐真身和优美动听的传说。冬天呢，在大雪封山的日子里，可以于格子窗前或走出户外，看雪花飞舞，听风起叶歌，也不失为一种浪漫。或者，炒几个精致小菜，温一壶老酒，喝出山里人的豪情来。正是凭依着这些，近年来，岚皋先后荣膺"中国最美小城""全国最具自然和谐的十个小城""2012年中国最佳休闲小城"等称号，被业界评价为最值得向世界推介的六十六个中国生态旅游大县之一。相信每一个热爱岚皋的人都会因此而自豪，并且更加热爱我们的小城。

美好的东西总是令人向往。人们在面对岚皋美丽的山水、厚重的人文时，常常在流连忘返、欣赏惊叹之余写下一些感悟，这才有了这些名篇美文。这些文章，或沉稳大气，或清浅灵动，或朴实自然。人们透过这些文字，可以读山品水，同时，也使得这些山水和人文风情，走出岚皋，走向陕西。我们也期待着有一天能走出中国，走向世界，要人们知道，岚皋是一个如此美丽的地方，无论你是不是岚皋人，这座小城都以她博大的胸怀接纳你。本书是岚皋地方文化丛书的又一位新成员，是《岚皋记游》《走进岚皋》《笔墨岚皋》的续集，收录的近百篇稿子是2012年在岚皋的、来岚皋的文人墨客和文学爱好者讴歌岚皋、讴歌生活的见证和缩影，有对小城山水的赞美，有对自己生活的感悟，亦有对岚皋昔日生活的回忆。于是，我们便将这些文章分为"山水之韵""心灵絮语""古往今来""感悟四季""人文抒怀""唇齿留香""诗园小撷"七个部分，汇集在一起，原汁原味地呈现在大家面前，博大家一悦。我们收集的文章或许称不上尽善尽美，但其中却蕴含着作者们对家乡的热爱，对生活、对生命的热爱，还有如南宫山、岚河水一般的赤子情怀。

在本书成书时，恰值党的十八大胜利召开，全会提出了建立社会主义文化强国的战略思想，并指出文化是民族的血脉，是人民的精神家园。全面建成小康社会，实现中华民族伟大复兴，必须推动社会主义文化大发展大繁荣，兴起社会主义文化建设新高潮，提高国家文化软实力，发挥文化引领风尚、教育人民、服务社会、推动发展的作用。这些精神高屋建瓴地阐述了文化发展的重要性，给我们这些文化工作者指明了前进的方向。同时，也让我们清醒地认识到自己肩负的历史使命，坚定了克服困难、完成此书的信心和决心。

2012年12月26日
（载于2013年1月《岚水情深》文集）

灵动的声影

——《写意岚皋》后记

岁月悠然心悠然。岁月因春耕秋收、春华秋实的自然常态而悠然；我心因字里行间的风景和感悟而悠然。经过两个春秋的孕育和积淀，咱们岚皋旅游文化丛书这棵参天大树上又挂累累新果，有了眼前这沓盈尺的《写意岚皋》手稿。我端详着她、摩挲着她，心中便有了久违的悸动和雀跃，便和一个立于金黄稻田之中的耕夫一样，油然生出一种收获的幸福之感。

爱美之心人皆有之。作为生于斯长于斯也工作于斯的岚皋人，我们骄傲、我们自豪。因了这方水土是中国生态旅游最佳的地方，因了这方水土是自然美、人文美的王国，因了这方水土集美之大成于一身。

不信？您登南宫山，用脚步去丈量一下它的高度和伟岸，用眼眸和心肺去感受一下这里的"一绝五奇"和能挤出水来、如牛奶般甜润的空气！

不信？您去神河源，在这方天高地阔、一望无际的草原驰骋、滑草、滑翔，感受一下天蓝蓝、草青青、花艳艳、风吹草低见牛羊的绝美意境！

不信？您到千层河，看看什么是河有千层、浪有千重、石有千态、树有千姿、藤有千蔓、花有千红，体验一下一条小河藏有的大千世界和万般风韵!

不信?您去游一下岚河,在这条亘古流淌、饱经沧桑的河流中戏水乘舟、搏风击浪,欣赏一下这幅自然天成、鬼斧神工的立体画卷!

不信?您上蜡烛山,看看这根燃烧万年不见矮、一生只为照亮别人前程的"蜡烛"的风姿,体验一下它的雄奇和险峻带来的刺激和心跳!

不信?您到周氏武学馆,看看这处岚皋祖先留下的恢宏奇丽、雕梁画栋的物质文化遗产,沐浴一下这里崇文尚武、福荫子孙乡邻的古风古韵!

不信?您去双丰桥禁赌碑,看两桥飞架、兄弟连心,吟咏一下树古代道德风范、开精神文明先河的禁赌条款及乡规民约!

不信?您可以去爬一下岚河畔悬崖绝壁上的百子洞,看看巴人先辈们人力胜天创造的穴居奇迹,感受一下巴文化的无穷魅力!

不信?您可以到绵绣花里、渔家溢河、休闲四季和画中横溪,体验一下这里如诗如画的乡村风光、十里飘香的风味小吃和过门为客助人为乐的淳朴民风!

不信……

我想,只要您身临其境了,您就一定会相信的。本书收录的这些文字便是明证。山光水色、山魂水韵以及人文风情不仅能养眼,亦能养心,更能启迪人的智慧和灵感。在岚皋的、来岚皋的文人们,不管是耄耋老人,还是青春少年;不管是窈窕淑女,还是谦谦君子;不管是驰骋文坛的名家大师,还是初涉文坛的新秀,只要一投入这青山绿水的怀抱中,投入这如诗如画的仙境中，都会情不自禁地挥毫泼墨，尽显风流。2012年以前的作品，我们已皆收录到《岚皋记游》《走进岚皋》《笔墨岚皋》和《岚水情深》四本书中了。让人欣慰的是，短短的两年时间，又有了这八十余篇佳作。于是乎，我们便将这些美文分为"这方水土""人文感怀""岁月钩沉""岚皋味道""诗苑撷英"五个大类，并按先散文后诗歌的顺序汇聚在一起，并结集出版，现原汁原味地呈现在大家面前，博大家一悦。

我们辑录的这些文章，不敢说是字字珠玑、尽善尽美，却总有可圈可点之处：有的文采飞扬，有的活灵活现，有的情感真挚，有的哲思深妙，有的心语密密……在我们心中，这一篇篇文章便是一颗颗宝珠。我们想做的，我们能做的，我们也必须做的，就是把这些宝珠捡拾盛装，也算是让大珠小珠落玉盘吧。既想将这些美文长久保存，也想以书为媒，让更多人知道我们这个地方，喜欢我们这个地方，并想让这个地方的后人们，知道咱们岚皋沧桑的历史、现在的形体和灵动的声影。

2014年10月15日
（载于2014年10月《写意岚皋》文集）

巴韵依依

——《巴文化与岚皋》后记

特别喜欢龙应台的一句话:"人本是散落的珍珠,随地乱滚,文化就是那根柔弱而坚韧的细线,将珠子穿起来成为社会,因而,文化是社会最重要的黏合剂。"

岚皋历史悠久、文化源远流长。巴山莽莽苍苍迤逦于东南,汉江勾画着优美的弧线澎湃于西北,岚河、大道河、晓道河、洞河及其支流,如奇经八脉般交织于岚皋这片总面积一千八百五十一平方千米的土地上。经脉间繁衍生息着十七万儿女,有土著的巴人后裔,亦有清康乾时期的移民。土著人从新石器时代的远古洪荒中一路走来,至清朝又有大批湖南、湖北的巴人回迁和两广移民前来垦荒营生。因了巴文化这根细线,五方杂处的客籍遂成土著,祖祖辈辈的岚皋先民在求同存异中形成与之相适应的崇力尚勇、淳朴憨直、勤劳豪爽的民风民俗。

这里的人与邻和睦相处,交友以礼相待,助人为乐,既具北方人勤劳、善良、忠厚、拼搏的品质,又有南方人清秀、文雅、潇洒、好客的风度。无论生人熟人,进门为客,敬烟敬茶为先,烟浓情浓,茶热心暖,再是好酒好菜待承,有烟酒茶不分家之说。三言两语便成知己,两三回合视为至交,大有有福同享、有难同当的豪侠气度。

这里散落着星星点点的吊脚楼、石板房；有保存完好的竹器、木器、藤器、石器、草编、风车等原始的用具，既野又俗，古香古色、古风古韵，让人在玩、乐、游中回归自然，别有一番情趣在心头。在这里，还可以品味历史悠久、独领陕南民俗之风骚的打锣鼓草、竹马舞、皮影戏，体验原始古老的狩猎习俗，感受别有风情的报路歌，学唱韵味十足的岚皋民歌。无论何处，带给人们的都是原汁原味的享受和远古文明的强烈震撼。因此，我们可以自豪地说，岚皋的民风民俗就是一部详尽的巴山文化史书！

金子发光需要光源，文化展示也需要舞台。时逢盛世，因岚皋旅游产业提档升级的需要，咱们的巴文化也终于从幕后走向了台前，由小家碧玉变成了大家闺秀，于默默无闻中开始声名鹊起，成为岚皋山水营销和助推旅游事业发展的灵魂、纽带。我们编辑此书，就是想让更多的人知道咱岚皋巴文化、喜欢咱岚皋巴文化，进而喜欢我们这个地方、走进我们这个地方，并恋上我们这个地方，以"文气"来聚合"人气"。并想让这个地方的后人，在娱乐生活多样化的大潮中，能记住咱们岚皋沧桑的历史、隽永的形态和文化的本源，能坚守住巴人心中一隅永恒与诗意的精神家园。

为增强本书的清晰度和条理性，我们将全书内容按题材分为"岚皋文化本源""遗址考古""景观巡礼""衣食住行""传统技能""风俗礼仪""岁时节庆""方言俚语""民间传说""巴人歌舞"等十章，每章又由若干个小节组成，在编排过程中穿插了大量的图片和彩页，以图文并茂的形式展现岚皋巴文化的历史和现状，使之更加直观，更加灵动鲜活，更具立体感。

同时，我们对较为生僻的字、词、句和专用术语进行了注释，并在民间传说部分加了读后感言，目的是释疑解惑，延展内容，方便读者阅读。

本书编写中，得到了社会各界和岚皋县委、县政府的热情关怀、指导。重庆市巴文化研究会会长、重庆市政府文史研究馆馆员、重庆师范大学教授管维良，陕西省文学艺术界联合会副主席、著名作家高建群和中共岚皋县委书记周康成分别在百忙之中抽出时间亲自作序。高建群老师还专门为本书题词并题写书名。岚皋县人民政府县长杨义龙，县委常委、宣传部部长梁鸿，县委常委、统战部部长张永斌和副县长吴世珍经常关心过问本书的出版工作。本土著名巴文化研究学者、知名作家、汉滨区文化馆退休干部丁文不顾自己年逾古稀，日夜加班为本书统稿。书中收录的百余幅图片，大多是编者们亲手拍摄的，也有从网上公共资源中下载的，亦有部分出自县内的几位摄影大师之手。在此一并对各位领导、专家、学者和图文原创作者的辛勤付出致以最衷心的感谢！

2015年6月6日
（载于2015年10月太白文艺出版社《巴文化与岚皋》）

山城谁人不识君

——《公仆之歌》序

我认识谢克章时他并不认识我。

记得那还是20世纪80年代中期,谢克章任岚皋县乡镇企业局局长。一次全县召开乡镇企业工作会议,谢克章和县上几位领导坐在主席台上。我当时刚刚参加工作,以岚皋县广播站记者的身份采访会议,坐在后排记录会议要点、阅读会议材料,会后在广播上发了消息。这好像是我第一次见他。

经历过"文化大革命"后,贫穷落后的岚皋山民们,搭伙抱团,办工厂、办企业,求取发财之路,一时间全县漫山遍野出现大大小小的乡镇企业一千多家。哪里有新闻,哪里就有记者的身影。我采写了这篇新闻,找到了谢克章,请他审稿。这篇稿件在岚皋县广播站播出后,又刊登了在《安康日报》上。这似乎是我和他的第一次相见。

互不相识的人擦肩而过是不会引起彼此注意的,我认识了谢克章便能经常见到他。那时县城小,只有两条新老街道,我常能看到他前倾着身体,风风火火往前疾走的身影。见他的面多,也常见他受表扬受表彰。印象深的是,20世纪90年代他在信访局当局长,有一次县上开全县领导干部大会,一位主要领导在讲话中批评有些部门公务接待多、费用大,说信访局全年没有一分钱公款吃喝，工作照样干在前头。那时没有"八项规定"，公务吃吃喝喝都是可以报账的。这么多年了，这句话我没忘。

新世纪伊始，我转了几个单位到了县直属机关工委当书记，谢克章退了休，到县城新城社区任支部书记。2004年"七一"前夕，县委组织部要求各党工委分别制作一部党员电视教育专题片，我选中了他作为宣传对象。为了写好拍摄用的文字脚本，我对他及其周边人员进行了采访，搜集查阅了相关书面材料，这时才对他有了全面的了解。谢克章1938年出生，1955年参加工作，1965年入党，先后任乡文书、副社长、乡长、区长、区委书记、县乡企局局长、县信访局局长，1998年退休。谢克章几十年如一日，心系群众办实事，深受群众称赞。他先后多次当选县党代表、县人大代表，受省、市、县表彰数十次，还被评为省级优秀公务员。我在县上工作时常坐车到石门、官元镇去，竟不知道这公路是他组织先后修通的。他还牵头建起了滴水岩电站、盘河电站、横溪电站、跃进电站，办了老百姓想办的事，为山里人造了福，为地方经济建设创造了良好的开端。这些公路上现在还跑着车，水电站大部分还发着电。他退休后人退心不退，承担起不拿工资的社区支部书记一职，动员商户集资硬化背街小巷道路，组织退休干部组成治安联防队设立安全小区，还义务担当起了公安、工商、城建、环保、卫生、计生、电力等部门的监督员、行风评议员，虚事实做，随时随地为周围群众服务。我为了使专题片拍摄的角度新颖，以谢克章爱人刘克全为访谈主角，以老伴眼中的谢克章为视角，拟出了文本《老谢这个人》。不料到拍摄时，谢克章老伴病了，无法面对镜头。时间不等人，我们只好临时修改解说词，改成了访谈他二女儿谢贤梅，以女儿谈父亲为切入点，脚本最后定稿为《我爸这个人》。专题片拍摄、制作得很成功，在全县观摩评比中得了第一名，后来逐级推选到了省委组织部，省委组织部《陕西党员电教》2004年第十期以"时代先锋"为题加编者按，在全省特别推荐并摄制发行了这部电视专题片。

我和谢克章打交道慢慢多起来是近几年。2007年我到了县文化文物广电局，经常要搞些大型群众文化活动，常找他组织社区群众帮忙。我找他的时候多，多是请他组织人员参加群众性的文化活动，或是配合省市来岚的大型演出。社区群众松散自由，组织活动缺乏经费，难牵头、难组织，但谢克章每次都能把人员引领到位。记得有一次，碗场坝广场刚建起，县上搞了一次以《舞秀岚河》自创曲目为开场的"万人跳岚皋民舞"活动，除开县直机关干部参加外，谢克章还按局里和他的约定，组织千人按时参加了活动。他有时也来找我，社区不时也搞些文艺活动，经常需要我帮助解决音响、灯光、道具、服装、场地、人员等问题，我都尽我所能协调满足。现在一到晚上，县城到处都是轻歌曼舞，这热闹、这乐趣、这融洽、这美妙，其中不乏谢克章在引领过程中所出的力呢！

2015年初，我在搜集多年资料后开始结集编撰1949年前写岚皋的诗歌、散文、理学文章的《岚皋诗文遗存》一书，在辑录史料、考证求真的过程中，我有缘从民间搜集到岚皋本土进士谢馨光绪癸巳年（1893）的乡试朱卷原本，细心研读后我发现谢馨是谢克章的同族爷辈。谢馨为榜名，派名谢俊崇，从朱卷得知，谢氏世居岚皋佐龙麻园和岚河口，祖上在清朝另出过谢玉珩、谢裕楷两位进士和七位举人，为岚皋乃至陕南望族。另从《谢氏族谱》得知，谢玉珩历任四川德阳、昭化、绵竹、达县知事，在任时清正廉洁，拮据而不累及百姓，着人归家取银二百两补贴任用。他"善折狱，凡遇疑案，再三推勘，不得真情不止，称为谢青天"。谢裕楷曾任顺天府固安、大兴知县，东路厅同知，他"事必躬亲，席不暇暖，宽以治民，严以治盗，病疾于任所，士民立祠念之"。谢馨曾任云南蒙自、定远、通海知县，他对当时官场尔虞我诈现象看不惯，心情是"终年低首不伸眉"，对上司"官柳当门懒折腰"，专心操劳民间疾苦；辛亥革命后，挂冠离职，深谙中医，"常施岐黄之术于乡里，并不取酬"。一次谢克章到我办公室谈完正事后，我们聊起了谢氏祖先。谢克章说，他小时候常听家里老人们说起先祖们的故事，谢家家族大、规矩多，还有八条家规，小时候的耳濡目染，是他一辈子难以忘却的。我在想，这家规是他们谢氏的家训家风吧。家风，是家族的传统、规范及习俗，指一家或一族世代相传的道德准则和处世方法。家风是上辈人对下辈人的言传身教，是靠自身行为影响下一代。付出，福报就多；感恩，顺利就多；助人，贵人就多；知足，快乐就多；分享，朋友就多；学习，智慧就多；慈悲，吉祥就多。家庭是社会的基本细胞，是人生的第一所学校。返璞归真，固本培元，家风家教从历史中走来，植根于深厚的中华文化，具有强烈的道德感染力，让每一个人都能在个体的生活中受到启示，得到升华！

岚皋山城不大，谢克章的知名度却不小。政界的人认可他，以他为榜样；老百姓认识他，又都喜爱他。他生活在老百姓中间，又常办些老百姓喜欢的事。山城谁人不识君啊！

进入新年没几天，我的老领导徐运铎先生约我到他家去，说他和守全君感念谢克章之人品，主动为谢克章编撰一本个人专著，邀我在书首写点文字。念徐君之盛情、谢君之所为，拙就这篇短章，谨以作答吧！

2016年1月13日

（载于2016年5月《公仆之歌》文集）

第四辑 序跋记言

墨迹历久弥香

——《岚皋杜氏家规》序

"张三千,杜八百,马家的家产不晓得。"这是清代中后期流传在岚皋岚河流域的一首俚谣。

"杜八百",指的便是岚河十里沟耳扒山居住的杜氏家族拥有八百亩田产。清乾隆四十六年(1781),行医为生的杜氏祖先杜有识告别家乡所在的长江边湖北监利县茶壶垸通江湖畔,辗转来到岚河畔。也许是为这丰美的土地所羁绊,也许为清澈的岚河而萦牵,他和他的家人们停住了迁徙的脚步,在这里停下了疲惫的身影,开始了他们置业安家的新生活。

杜氏家族初识岚河畔十里沟,是何机缘?时光遥远,我们无法得知。是应请出诊路过此地,或是在此掘采珍贵药材?在杜氏落业十里沟八十七年后的清同治七年(1868)成书的杜氏私家史书《杜氏家乘》里只有只言片语,以"迁陕西兴安府入籍岚河十里沟"简笔略过,让我们不得其详。而让我们知道有关岚皋杜氏渊源的是家谱序言,序言述其祖先根脉时赋诗敬题道:"迹自伊祁肇,凭徵夏与商。至周殊氏族,作伯有邦乡。孔庙钦从祀,虬精信克昌。曾向韦阀阅,还傲李文章。积兆更千叶,班曹列五房。系皆京兆统,名概宝田彰。受姓非无谱,由明可溯唐……""还傲李文章"一句便指杜氏先祖杜甫。韩愈有诗曾说"李杜文章在，光焰万丈长"，也只有杜甫可以和李白相提并论了。"系皆京兆统"一句指和杜甫、杜牧共为杜氏支系京兆堂一脉。由此我们知道了岚皋杜氏和杜甫、杜牧一脉，同为京兆杜氏了。

附在家谱中的家规也传递出很多信息。家规是以《杜氏阖族公议齐家条规十则》出现在《杜氏家乘》里的，包括"完粮土以省催科""敦孝悌以重人伦""笃宗族以昭雍睦""重农桑以足衣食""隆学校以端士习""和乡党以息争讼""联保甲以弥盗贼""戒宰杀以全生灵""戒邪淫以正风化""禁烟赌以保身家"等十个方面的内容。家规文字不多，但分量极重，它是迄今岚皋可以找到的仅有的几家家族家规中的上品，也是岚皋历史上的重要文献之一。此家规不仅用于杜氏教育子女，还成为家族上下一以贯之的终身教育理念，亦是谋求家族昌盛、持久发展的家庭史书典范。

从杜氏入迁岚皋到《杜氏家乘》成书，其间近百年。这百年里，杜氏依托先祖精湛的医术、十里沟肥沃的田地、耕读传家的理念，人丁兴旺，家业有了快速的发展，也才有了全族老少齐聚一地商议条规来规范族人言行的动议，也才有了"杜八百"的盛况。

杜氏人丁的兴旺，载入了岚皋的史册。岚皋的第一部志书《砖坪厅志·人物志》"科贡"节载："杜官廉，字砺宕，花鲤墟人。乾隆甲寅科举人。敦品励学为士林所宗，九十余拟举乡贤。"杜官廉为杜氏迁陕二代先祖，派名杜善墀。那时，岚皋还称砖坪。《岚皋县志·大事记》载："道光十八年（1838），廖成德、谢曰昌、祝垲、杜官廉笃结诗社。"

杜官廉孙辈杜继安、杜继仲、杜继燕也以他们的学品走进了岚皋的史籍里。杜继安首倡创建花鲤忠义讲所，写下了文质俱佳的辞章《公置义田序》，为岚皋古代文学留下了重要篇章。杜继仲以"渔、樵、耕、读、琴、棋、书、画"为题创作了一组七言绝句，颇有先祖遗风。其中以"樵"为题的诗写道："樵罢归来斧在腰，行歌缓缓下岩峣。夕阳远照轻风送，满河烟霞一担挑。"樵夫满载晚归的生活场景跃然纸上，体现出作者对美好田园生活的向往和家泰国安的祈愿。生于道光年间的杜继燕自小读书习文，精通琴棋书画，她在《杜氏阖族公议齐家条规十则》议定十多年后，在花鲤墟杜氏老宅开办学堂，执教二十五年，除了教授自家子弟，还大量招收外姓子女，培养出众多人才，桃李满天下，开创了岚皋私塾教育之先河。杜继燕在家里帮助丈夫王隆道考上进士，王隆道出任广西容县、永淳等地知县。杜继燕膝下五子，四个中秀才，一个中举人。她的小儿子王樾曾任甘肃成县、徽县知县，后牵头地方乡贤上奏国民政府国务总理伍廷芳，依据《水经注》对岚河的记载，改了砖坪县名为岚皋县。

墨迹历久弥香，江山几度易变。杜氏迁来岚皋后，其家族人口不断繁衍增多，有部分从十里沟的红日村外迁至近邻的草坪、田坝、桂花、双岭、界梁、展望、天池等村。他们在向外绵延发展中，也将杜氏家规春风化雨般地发扬光大，形成了承延不改的家族传统，涌现出许多知名人士、社会贤达。杜氏子孙杜志和、杜光祖深谙中医，是清末岚河流域名医。中华人民共和国成立后，一批杜氏子嗣或从医或从教，或在部队或在地方，承袭先祖家国情怀，在各自岗位上做出不懈的努力，为社会贡献力量。

社会的发展，在一定程度上取决于文化的进步和人的素质的提高，有这两个因素，潜入生命的民族传统文化便有着厚重的内涵。面对私家庋藏的杜氏家规，我不禁产生怀旧情绪，甚至有些伤感。这样的地方典章很多年不见了，似是无可奈何的事，让人怅望低回。

愿如此的家规不要走失得太远。

2018年10月18日

（载于2019年4月陕西师范大学出版社《岚皋杜氏家规》）

原来乔木这么美

——《岚皋杜氏家规》后记

家族有着血脉相融的传承。我的父辈迁自汉南玉泉,祖先徙自巴山山南南江,溯源湖北麻城孝感,再溯源头可寻至长安京兆一脉,与岚皋杜氏有着相同的渊源。

同源意味着天然的亲近。我与岚皋杜氏人,便有着恬适的言语、恬静的交往。2015年秋一个周末,天气很好,我为搜集整理岚皋清代大脚才女杜继燕的传记史料,编撰地方文化专著,邀约县医院退休医生、杜氏后裔杜承华至花鲤老街和十里沟杜氏老宅现场甄采考索。在鬓发星白的长者杜大均家里,我首次见到了用红绸包裹珍藏的同治戊辰岁(1868)成书的《杜氏家乘》和光绪丁未年(1907)成书的《杜氏支谱》。家谱木版刻印,繁体竖排,细绳装订,纸张泛黄,古色古香。谱牒明晰了然,有着考古与实证的朴素与真实,像叶片水分蒸发后余下的凹凸有致的脉络,坚硬得不容置疑。百年典籍,卷册晦暗,而字字神气俱足,令人过目不忘。我小心翼翼地查找过杜继燕的记载后,看到了《杜氏阖族公议齐家条规十则》,顷刻间,便被其丰富的内容、新颖的比喻、深邃的智慧、华美的文字吸引住了。我用手机拍下了家规的内容,在电脑上完成了繁简字的转换和断句的工作。

家风是社会风尚的基础。家庭有温暖也有约束,是最小的权力组织。家是小国,国是大家,家国一理,忠孝同源,家文化筑成了中国传统文化的主体。结缘杜氏家规后,我整理形成的文稿得到了社会的广泛关注,也受到了纪委系统的倾力推介。2017年2月28日,由中共陕西省纪委、中共安康市纪委、中共岚皋县委、岚皋县人民政府、中共岚皋县纪委联合摄制的电视专题片《陕西岚皋杜氏:正德树人·防患未萌》在中央纪委监察部网站《中国传统中的家规》栏目中播出,杜氏家规走到了全国人民的面前。随同播出的还有电视片《双丰桥禁赌碑》《大脚才女杜继燕》。

杜氏家规专题片播出后有了热烈的反响,先是有媒体报道,再是有人来考察参观,继而有单位组织学习座谈。县上建了杜氏家风馆,接待外来的参观学习者。《岚皋杜氏家规》便是此时应广大学习者之要求结集出版的,我应约做了书稿的文字统稿工作。时逾年余,因索书者众多,原书几无,恰逢《岚皋历史文化丛书》结集出版,将其列入实为幸事。借再版之机,新添了近来搜集整理的相关篇章,按规制添加了书首书尾文字,以合阅读习惯。

冠着杜氏的姓,编撰着杜氏的书,总叹喟着杜氏家族传统的绵长厚重。整理杜氏家规之初,我陪同岚皋杜氏后裔寻根问祖,远行至湖北省监利县茶壶垸通江湖南岸。时过境迁,数百年过去,乡邑变,途未知,人不识,音相异,但两卷老谱相见,如同两水交汇,两处人顿时黏合一处。不同的乡音说着同脉的话,其情融融,如同温润的湖水。通江湖湖水汤汤,浩渺无际,湖水来自长江,又还回长江,像远行的杜氏族系,再远的路程,再久的岁月,根系总是相连相通的,远行的脚步总会去寻觅先祖的足迹。

家在巴山

通江湖之行让我有了寻找自己根脉的急迫感。谱牒失毁，碑碣遁迹，凭着族人们辈辈相传的口辞，在巴山南侧的白杨沟里，我寻找到了与口辞中的描述相吻合的地方，捧读到了相合的宗族志。我没有谱书引见，只凭着远走的诚笃，得到了族人回归的温热。祖先生活过的地方，尽管我并没有住过，尽管置于时间深处，躲在故纸小楷里，但露头时总会让人难捺激动。看到那段让我很受触动的文字后，我抬头望了望四野，那时刚刚莳秧，地畔菜蔬着花，田埂蝴蝶翻飞，山坡草木修茂，大地一派盎然，最是一年好时节。那是人间四月天，那是川北一个美丽的地方！

驱车走中原，我拜访过杜甫出生的窑洞，邂逅过石壕村杜甫夜宿的土窟，谒拜过杜甫最后的归寂地。踏步少陵原，在一片玉米地里，我探寻过杜牧的墓冢。那窑洞深邃，那土窟壁厚，那坟茔高大，那墓地上的玉米秆壮而端直，那玉米地旁生着一棵硕大的核桃树，枝上绿叶肥厚，青果累累。

"杜"本为"木土"组合而成，地上长树，树不离土，木土合文，是以为杜。木生于土，雨露滋润，枝繁叶茂，遂成参天大树。土上有木，桃红柳绿，生木成林，春光长驻。

我的书房在岚水绕弯的肖家坝一栋六层小楼顶层上，晒台上有雀鸟鸣啭。循着鸟迹，我看见了方家垭山坡上那蔚然绛红的栾树林。我有些诧异，时未深秋，树梢怎如此殷红？我走进树林，原来那是绾结的串串籽荚，先是橘黄，随之深红，果熟时便呈褐黄色了。原来乔木这么美！

看着屋外美的景致，听着晒台鸟的浅唱，写着这篇书尾的文字。我的笔下如有满窗的秋阳，红色的树荚，遍山的明黄。

我很感激上帝让我做了杜氏的子孙，感谢让我做了我父母的儿子，做了我妻子的丈夫，做了我儿子的父亲，做了我家人的家人，做了我同事的同事，做了我朋友的朋友。

  作为后记，理应要说感谢的话。会说感谢的人是懂得感恩的人，是有福报的人。面临系统而厚实的杜氏家规，最需要感谢的人应是一百五十年前"仲秋月上浣谷旦"，聚坐一起商议条规和动笔拟文的人，是他们为我们杜氏、为我们岚皋留下了一笔厚重的人文遗产。

  "仲秋月上浣谷旦"，那是农历八月的上旬，那个时节稻谷正黄，桂花正香。祈愿这稻谷、桂花的芳香永远绵长吧！

2018年10月16日

（载于2019年4月陕西师范大学出版社《岚皋杜氏家规》）

让历史告诉未来

——《岚皋诗文遗存》序

尘封的历史不知遮蔽了多少的事物,但文学的眼睛始终在洞察着,文学的情思始终在萦系着。

混沌破天时,清碧碧的岚河便流淌在这儿了,高处在巴山,低处在汉江。觅食耕河边,掬水下河滩。河水十八湾,湾湾有坝滩。肖家坝、关州坝、李家坝、湘子坝,坝坝有人迹。母系氏族遗迹、新石器文化遗址、巴人穴居山洞、周秦汉唐遗物、宋元明清碑碣,代代人相袭。人有七情六欲,需抒怀叹息,有人的地方,便有了文学。

这就是一部收录了中华人民共和国成立以前有关岚皋各体文学作品的集子。这就是古代岚皋这片土地上产生的文学作品,当然,这只是迄今我们目力所及的。

暗合了天地运行密码的汉字,以象通形,以形达意,点横撇捺,弯钩竖折,藏了人的喜怒哀乐,蕴含了人的格局气势。每个人都只能在自己的路上收获文字的风景。

"神仙得者茅初成,驾龙上升入太清,时下玄洲戏赤城。继世而往在我盈,帝若学之腊嘉平。"两千两百多年前九月的一天,一位巴人哼唱着这首《巴谣歌》,在巴山腹地行走着。歌声惊动了好仙道而追求长生不老的秦始皇,歌词被载入了典章。不知唱歌人姓甚名谁，家居何处，但他豪放的歌却永远地传唱了下来。这位唱歌的人也许便是岚皋巴人的先祖吧？

"……汉水又东，径岚谷北口，嶂远溪深，涧峡险邃，气萧萧以瑟瑟，风飕飕而飏飏，故川谷擅其目矣……"一部成书于南北朝时期的《水经注》，跳出了地理学的范畴，具有很高的文学性，让历代的文人墨客推崇备至。郦道元对岚河惜墨如金的三十六个字的记述，给岚河描摹出了一幅如此俊美的画面，亦让岚皋的文化人跪地致敬，依此请求弃"砖坪"旧名，改"岚皋"为新县名。他是在岚河岸上行走，还是水中行舟？是在春暖花开之时，还是红叶满山之季？逆河而上，他行至何处？他到过岚河中游岸边那个缓坡台地吗？想象过那个名叫砖坪的小村子后来发展为县城吗？

"金虏寇陕西，豫贼侵河南。何处干净土，惟有笔架山。"南宋人邵隆在金州做着地方官，战火纷飞中，他在一腔家国情怀里感念着岚皋的笔架山。他肯定攀爬过笔架山的，他还为笔架山写过更多的诗文吗？

"离幻得自在，真灵永不坏。长住不生灭，法力空劫外。"明代铁佛寺古鉴大士灵塔铭文，镌刻着佛家的神秘，透露着寺庙的气势。那古塔之下，会有地宫吗？如有，又会有着怎样的秘密？

"鹿寨处处远人家，一望环山积翠花。竹筏有人争野渡，枯杨惊起旧栖鸦。"这首《砖坪别墅》是家居兴安城的文学大家刘应秋为他在岚皋的另一处别院题写的。这别墅建于何处，是何模样，遍寻史册无迹，只能是个没有答案的谜了。刘应秋为岚皋留下了诗，也为岚皋留下了文，而文也与这别墅相牵。这别墅何时所建,在他的散文名篇《岚河山行记》里,可以寻到粗略的线索。"己未九月六日",刘应秋出兴安郡城往砖坪别墅,先乘船溯汉江而夜遇水涨,再经陆上由崇山鸟道,经西津渡口、石庙沟、晏家沟、串滩、古石泉、岚河口、香河坝、锁龙沟等地,"十四日晨起,崎岖羊肠,行者苦之,憩锁龙沟""明日抵砖坪别墅",行程十天。嚼文后我们知晓了多个信息,刘家家产殷实,岚河口有他家土地,他至岚河口时有佃户相迎;岚河流域植被繁茂,虎类动物极多,他夜宿香河坝旅舍时,主人说自己善搏虎,已杀三虎矣;他抵达砖坪别墅后,有故老来望,寒温话农事,隐喻着在此之前,这别墅已经建成并入住了。旅程一旬,短文六百言,有所见所闻,有所感所思,逐日记载,信笔拈来,无平淡沉闷,不记流水账,话题虽多,然次第展开,有景有情,有极强的画面感和思想的纵深度。己未年即康熙十八年(1679),这已是三百三十九年以前的事了。

"岚河之水西北流,落日乘风信小舟。两岸林深川色静,一声棹发浪花浮。野烟起处樵方歇,渔火明时钓未收。百里归帆如箭疾,暮楼初鼓出城头。"在兴安府做知州的江南人史传远,也许因公差,也许是私游,他走近了岚河边。趁着夜色,乘着小船,他在岚河上款款驶过。也许清澈的河水勾起了他的乡情,也许星星的渔火燃起了他的乡愁,岚河乘舟夜行,他写出了史载府志的江南般清丽的小诗。两百多年过去,人们不知晓他的政绩,却记住了他的低唱。

翻清顺治年间的揭帖,能揣度出岚皋农民起义军刘二虎与清军作战的情形。看知县李聪的志乘,可知悉宏一大仙的传闻。

临《新设砖坪县丞衙门记》,我们清晰地知晓了砖坪县的前世起承。抚《砖坪县改名岚皋县公文及计照抄原案一纸》，我们确认了岚皋县的今生演绎。

阅《李元仁述氏族本源》碑志，我们知道了官元李氏为李白后裔一支。查《公置义田序》碣铭作者身世，我们知晓其先祖原为杜甫京兆堂一脉。僻壤远隅，文脉源远。

读进士祝垲篇章，我们知晓了他阔远的诗意，感知到了他理学的光芒，也窥察到了他干员廉吏的旧事。谢馨进士的文辞，让人看到了寄情山水的闲适，又让人体味到疾世的悲怆。

一阕阕率性的诗词，一通通朴素的碣石，素颜朝天，坚硬明晰。一帧帧泛黄的册牒，一行行木刻的古文，佐证着考古的真实，堆砌着久远的文字。初读字僻文涩，寡淡无趣，细嚼口舌生津，齿颊留香。

城郭几易其状，文章历久弥新。

时光的风徐徐地吹过。伏案静静地端详着历史留下来的文字，我心境柔和，充溢着一种幸运感和敬畏感。一篇篇诗文，一位位古人，千百年后，我和他们，编者和作者超越了时空的阻碍，借由文字邂逅而又相牵。

文字从时间深处走来，又向明天走去。

让历史告诉未来。

2018年10月20日

（载于2019年4月陕西师范大学出版社《岚皋诗文遗存》）

厚重的人文
——《岚皋诗文遗存》后记

自古以来，大凡做学问者，都向往自己能博古通今。然我等才疏学浅，只知皮毛。幸甚的是，因一直钟情于文字，又是职责所系，所以我们陆续编撰了十余本关于地方旅游文化的书籍。前面的多是近几年的作品，而这本《岚皋诗文遗存》，收录的却是中华人民共和国成立前岚皋文人的佳作以及外地文人写岚皋的华章，这也算是咱们博古的一次有益尝试吧！

岚皋自古钟灵毓秀、人杰地灵。这里有集神奇灵秀幽古之大成的南宫山、芳草碧连天的神河源、清丽婉约的岚河及刺激无比又有惊无险的岚河漂流、有陕南新九寨美誉的千层河、擎天立地的蜡烛山等一大批自然美景；有崇文尚武的周氏武学馆、开精神文明先河的双丰桥禁赌碑、巴人先辈人力胜天创造的穴居奇迹百子洞等人文奇观；有自幼就被誉为神童的祝垲、名扬京师的画家甘棠和中进士后被钦点为翰林院庶吉士的谢馨等哲人先贤；还有既野又俗的吊脚楼、石板房以及历史悠久、独领陕南民俗之风骚的打锣鼓草、竹马舞、皮影戏、报路歌等大量深深烙上巴文化印痕的民俗遗产……

丰富的自然人文资源，使岚皋成了中国生态旅游绝佳的目的地，成了大西北一处声名鹊起、独具特色的旅游和度假胜地。

作为一名岚皋人,作为岚皋文化战线上的一员,我们想做的,我们能做的,就是想方设法把文化融合到旅游之中,为山水增加更为丰富的人文底蕴,使之更具灵性,更有内涵,更加厚重,更能长久地留存于游客心中。这便是我们编辑此书的初衷。

当然,还有一个动因,就是咱们岚皋本土的古诗文太过零散,极不方便找寻,而我们的工作又与之相关,有时为查阅一项资料耗时数日甚至更多时间,白白浪费了人力物力,急需一个系统查阅岚皋古诗文的窗口和平台。因此,近几年我们在收集出版当代文学作品的同时,也时刻不忘搜集岚皋古代的文学作品,不遗余力地在网上查询,在古书上辑录,找相关人员索稿,甚至在与朋友和同事的聊天中,都不忘打听探问一番,不放过任何有价值的线索。2015年5月,我们从网上查询到国家图书馆存有岚皋清代进士祝垲所著的文集《体微斋遗编》,又从岚皋另一位清代进士谢馨的后人处打听到外迁白河县谢氏一位后裔家中藏有他们先祖谢馨所著的文集《海月楼诗文杂抄》,便立即前往两地成功复制回岚皋。

《岚皋诗文遗存》按诗歌、散文、理学三个大类结集编撰,并对较为生僻的字、词、句和专用术语进行了注释,在部分篇末、节末或卷末加了编后语,目的是释疑解惑,延展内容,方便读者阅读。

我们辑录的这些文章,不敢说是字字珠玑、尽善尽美,却凝结着古代文人们的心血,是岚皋的历史映现和弥足珍贵的文化遗产。而今,我们把这些珍宝进行捡拾盛装,既是想以书为媒,让更多人知道我们这个地方、喜欢我们这个地方,亦想以书的形式对这些美文进行长久保存;也想让这个地方的人们及后人,了解咱们岚皋沧桑的历史、厚重的人文和前行的身影。

  本书由我和曹英元选编，由本土著名文化学者、知名作家丁文点校。由于我们手头资料不足、涉猎范围有限，难免挂一漏万、遗珍漏宝，疏漏谬误之处，敬请行家贤达和读者朋友们多多海涵并不吝赐教。若能提供与岚皋旧时文学相关的文章及线索，更是万分感谢。

  《岚皋诗文遗存》2015年以内部书号印行，这次列入《岚皋历史文化丛书》时，我们对两处文字进行了勘正，并加入了新近搜寻的杜继仲古诗一组，在此一并说明。

2018年10月22日

（载于2019年4月陕西师范大学出版社《岚皋诗文遗存》）

山歌子来动人心

——《岚皋民间歌谣》后记

一个红通通的柴火塘边,围坐着一圈老少男女,摆古今说鬼故事,攒言子接歇后语,谝村野传说,唱民歌小调。柴棒有些湿,火堆上冒着青烟,时而有水珠从木头断面上或木缝里钻出,颤抖着坠落,激起一丝白汽。有时柴头水汽炸起一声轻响,冲断人的言语。烟火缕缕,人声喧喧,从仄窄窗洞里溢出,从石板瓦缝里蹿出,飘进黑漆漆的夜色里,荡进苍茫茫的山野里。

在火塘边,我首次听到了岚皋民间的传说故事,首次听到了岚皋民间的歌谣。"一爱姐来好人才,十人见了九人爱,叶叶柳柳叶,好像仙女下凡来……"这是20世纪80年代初,我与岚皋药材公司同事到高山村办药场,在夜晚初临时和药农们闲聚的常有情形。那时我刚工作,正值青涩岁月。我不知"叶叶柳柳叶"的叹息衬词咋写,药农们说他们只会唱,不知道这几个字长啥样子,我想到了柳树,便写为了"叶叶柳柳叶"。在火堆旁,我记下了手指厚的两大本民歌手写歌本。

数年后,我邂逅了《康定情歌》。在歌里,我听到了"溜溜调",我不知这"叶叶柳柳叶"调式是不是也是"溜溜调",这"柳柳"二字兴许应是"溜溜"二字吧。自然地,我想起了那黑夜里荡漾着山歌的土屋,想起了这首《十爱姐》,想起了我最初聆听岚皋民歌的样子。

在我的民歌手记本成形几年后,我见到了县文化馆编印的一本油印本《岚皋民歌集成》,参与编辑的人员为何家庆、张文斌、赵文良、周本云、邹长琴。里面的民歌有我见过的,更多的是我没见过的。我翻到《十爱姐》,对阅歌词,看到那几个我不知咋写的衬词写作"叶叶溜溜叶"。文化馆老师告诉我说,这"溜溜"的意思是漂亮、美丽,和"溜溜调"有相近之处。我知道了,民歌是民间艺术,艺术是相通的,这天下民歌的调式有的也是相通的。

多年后,我见到了一本手刻油印的《岚皋民歌》,这是由1959年6月西北大学首批下放岚皋劳动锻炼干部民间文学收集小组、岚皋大学师范科语文组搜集编印的,无编印人姓名。再多年后,我见到了一本薄薄的、书名为《姐儿歌》的小册子,编印人为九峰山人,编印时间为庚辰荷月。细读自序得知,九峰山人名叫焦文彬,为陕西师范大学中文系老师,1958年至1959年曾作为西北大学老师下放岚皋劳动锻炼,在岚皋时搜集整理编印了《岚皋民歌》,《姐儿歌》便为《岚皋民歌》的精选。从序文中得知,和他一同参与搜集岚皋民歌的同事还有田舍郎、马家录、陆华珊、黄佩玉、陶虹夷等人。

岚皋地处巴山深处,有着土著的巴人,亦有着明清时来自南方的移民,五方杂处,南北兼容,广袤宽厚的土地上便随着人的生活产生了题材广泛、形式活泼、内容丰富的民间歌谣。恋爱有情歌,出嫁有哭嫁歌,采茶有茶歌,放羊有放羊歌,打鱼有渔歌,砍柴有樵歌,行走有报路歌,行船有号子,婚礼有喜歌,丧事有孝歌,最常见的有山歌、小调、儿歌、歌舞曲和风俗歌曲。

"山歌子来动人心，虽无苗苗却有根；虽无苗苗向上长，根儿扎在人的心。"这民歌扎根在人民的生活之中，将人民的心声随轻风传送到山水的沟沟岔岔。这绚丽多彩的民歌传达了人民的心声，再现了生活的真实，寄托了人的思想感情与美好愿望。民歌涵养的甘露滋润了岚皋的一方山水，也滋润了岚皋的地方文化。

2005年4月，我就任县旅游局局长一职。文化是旅游的灵魂，旅游要靠文化来提升。我着手编印了集谱、词于一体的《岚皋民歌50首》，引起了较大反响。随即我利用业余时间，和县文化馆李发林老师一同动手，编辑容量更大的《岚皋民间歌谣》专著。2007年5月，我带着正在校对的书稿调到县文化广电局，2008年3月，《岚皋民间歌谣》以内部资料形式面世。

时光的隧道使我们走向了一个鼠标轻点便万象奔来的网络时代。外来文化的冲击使我们原有的一些民间歌舞艺术正在自行消失。保护、传承这些民间艺术，已经到了刻不容缓的地步。

为促进旅游事业发展，传承民间艺术，近几年来，县上编印民歌普及教材，培训民歌骨干，开展民歌大赛，排练民歌小戏，出版民歌光盘，制作民歌电视节目，使沉寂多年的岚皋民歌再度走进人们的生活，引来外来游客赞许惊诧的目光。

《岚皋民间歌谣》与读者见面已经十年了，因索书者众多，已无存书。陕西师范大学慧眼识珠，将此书添入《岚皋历史文化丛书》，实为上善之举。

秋分时日，山上的秋色有了六分黄熟。在古城西安南郊大学城的陕西师范大学一幢小楼里，我和陕西师范大学中文系党委书记孙清潮、陕西师范大学出版社编辑王成林饮茶相谈，商讨着《岚皋历史文化丛书》出版的具体事宜。说到岚皋民歌时，我们不约而同地说起了那位九峰山人焦文彬。茶杯起落间，我知道了焦文彬的更多信息。焦文彬为西北大学中文专业高才生，酷爱民间文化，在岚皋时采集民歌两千多首，从岚皋回西北大学后从事教学工作。"文化大革命"时期，焦文彬因搜集整理的《姐儿歌》被当作"大毒草"在校内外展出，他本人也被批斗。平反后他于1978年调入陕西师范大学，在课堂上，与孙清潮、王成林先后相识并结成师生情谊。扼腕叹息间，我又知道了焦文彬已经于八年前去世。我们一阵哑然后动议，将《岚皋民间歌谣》中选录的《姐儿歌》这部分摘出，以《姐儿歌》原文作为《岚皋民间歌谣》附录，以"大毒草"原状示人，供读者鉴识，并以此纪念那位岚皋民歌搜集整理的第一人。

李发林是岚皋文化馆的文学创作干部，也是本地的一位文学作家，他创办了县办文学刊物《岚水》，培养了一批地方文学作者，也搜集整理了众多的民间故事和歌谣。对民歌的共同喜好，使我俩走到了一起，编撰了《岚皋民间歌谣》。如今歌集仍在，他人却已离去。掐指算来，他已辞别他的读者和岚皋民歌七年了。

面对厚厚的《岚皋民间歌谣》书稿，让我们感谢那些曾经为岚皋民歌做出了工作与贡献的人们，他们将与民歌一样永存。

明"前七子"领袖李梦阳曾赞叹"真诗乃在民间"。我们则希望本书所传达的美好情感能融洽人与人之间的关系。我们也希望，普遍和共通的人类情感能使本书获得长久的生命力。

2018年10月24日

（载于2019年4月陕西师范大学出版社《岚皋民间歌谣》）

让传说永留世间

——《岚皋民间传说》后记

山巅,

云飞,岚雾卷;

山巅上的小木屋呀,

时隐时现……

果真是"白云生处有人家",

药农们的家就安在这云里边;

仿佛置身于琼阁,

说句话呀,也怕惊动了天上的神仙。

虹起屋檐,霞染炊烟,

晨晖夕照为药农们梳妆打扮;

云锦雾缎是他们穿不完的新衣衫啊,

啊,药农的生活多么浪漫!

这首名为《高山药场》的小诗,是我20世纪80年代初期所写的青涩之作,发表在县办文学刊物《岚水》杂志上。它记载了我人生路上的一段回忆,描摹了我青春时日的一帧画面。

我十八岁时,有了自己的第一份工作,作为待业青年被安置在父亲所在的县药材公司里。我与几位兄长和长辈,常年到乡下去指导药材种植。药材喜生高山,我们便往高山跑。山高处以乡或村为单位多办有集体药场,陡峭的曲径幽道,印下了我们的足迹;沐雨盛开的多彩药花旁,留下过我们顾盼的身影。那高山药场里,长得最旺的有黄连、云木香、大黄、牛夕、当归、党参……

晚饭后的夜晚时分,药农们便围坐一起,哼唱小调山歌,闲讲乡野故事。你唱一首,他接一曲。你讲一个村乡野鬼故事,他续一个山上传说。在星空下的院坝里,在温热的火塘边,我接触到了这最原始的民间文学样式。

《遇子坪》《石门洞》《聚宝盆》《青蛙精》《松林寨上的红头蚊子》便是这段时日里听到的,也是这段时日里被我转换成文字并留存下来的。

在随后的日子里,我邂逅了《岚水》。我的这些采撷自乡野之花的露珠,便融进了河水里。河水清悠悠,河水弯又长。

《岚水》为手刻油印刊物。《岚水》里流淌着众多的民间传说故事,有文学爱好者自发搜集整理的,也有县文化馆专业老师下乡去采风录载的。

能感知这些幸存下来的故事,要感谢先人们对这些艺术品的创造,这是岚皋之幸。岚皋山高水长,地秀人灵。在他们天长地久的生活里,产生了像树木一样众多,像溪水一样清亮的故事、民歌、戏曲、器乐曲、舞蹈、皮影戏、民间工艺美术等。民间传说故事数量众多,传播之广,艺术之美,令人称奇,成为这众多文化积淀中的一种主要艺术形式。

文以载道，无文而传之不远。我能审视这些生生不息的故事，还要感谢那些书面记录整理者。这些采风者，以坐枯禅的执着在田间地头，在农舍小院，嘴里掘问着传说，手里挥动着笔杆，让这些随时可能消失的口头文学以书面的形式永远地留存在了世间。这是岚皋文化之幸。

岚皋民间传说故事摹画了岚皋农耕时代山民的生活样态，反映了岚皋的历史变迁、山川风物、风俗习惯、迁徙传承，是岚皋地域文化的一份宝贵遗产。贴紧岚皋民间故事，便可以体察到这方土地上的山山水水差不多都有自己的传说。大自然造化了山水，也寄托了先人们的艺术理念。生长在这片土地上的树木花草，以及虫鱼鸟兽，几乎都有着自己的故事。平凡的物产却演绎着先民们寄予的某种精神。山水是故事的主人，故事是山水的翅膀。山水因故事而律动，故事凭山水而永恒。走进岚皋民间传说故事，你便走进了岚皋的自然风光，走进了岚皋人民的精神庄园。

民间传说故事是研究地域历史文化的活化石，那些或悲或喜的故事，蕴含着乡土民众的智慧和向往，镌镂着这方土地在历史中疾步前行的足迹。搜集和保护岚皋民间传说故事，将会为地方文学、历史学、方志学、民俗学、语言学、地理学、心理学、伦理学、美学等人文学科提供可供研究的补充史料。保护这份遗产，既是为了保存历史的记忆，也是为了积聚创造美好未来的信念。研究这份遗产，有助于文化工作者梳理本土文化的根系，并从中提炼出构筑今日文化的符码。传承这份遗产，可减少当今岚皋人对子孙的遗憾，遗留下明日岚皋持续前行的积淀。

辑湮钩沉，伏案书写。《岚皋民间传说》伴随着2008年第一缕春天的阳光而付梓面世已十年了，自忖自思，那选稿，那稽考，那专注的情景历历未逝。逝去的是和我一同梳理文稿，同嗜所趋的县文化馆李发林老师。在《岚皋民间传说》列入《岚皋历史文化丛书》，正式出版之际，请容许我向终身奉献岚皋文化事业的李发林老师致敬！向每一位口头述说者、文字整理者致敬！

文化是人类共同的精神财富。我们有理由相信，本土先民们留给我们的这一文化遗产，随着时间的推移，会愈加珍贵的。

2018年10月28日

（载于2019年4月陕西师范大学出版社《岚皋民间传说》）

未曾远去

——《岚皋巴文化简明读本》后记

1958年夏季的一个傍晚,在岚皋县城外的肖家坝,几位由西北大学下放岚皋劳动锻炼的老师散着步。他们身侧一边是起伏的耳扒山,一边是清幽的岚河,脚下是块巨大的台地。台地上有一座天主教堂,教堂后散落着几家农舍,间杂着零零落落的玉米地和蔬菜园。

他们信由着脚步,也信由着言语。忽然脚旁一件半露在外的东西引起了他们的兴趣,这是一件有着明显人力磨制痕迹的石斧。他们停止了交谈,蹲下身来仔细探寻。不长的时间里,先后有人工制成的石铲、石核、砺石、网坠和夹砂红陶片、泥质红陶片被他们拾起。大学课堂和书本上获得的知识使他们确切地知道,这是一处具有渔猎文化特征的仰韶文化遗存,为早期的巴人聚落遗址。肖家坝随即进入新石器仰韶文化遗址行列,开始受到人们的关注。

时间悄悄地滑过,1981年秋,一群肩捎标杆、身挎相机的人再度走进肖家坝,他们是由省市组成的全国第二次文物普查队队员。田野细勘中,普查队有了新的收获,除众多的石器外,他们掘取到了陶质的钵、盆、鼎、圆底釜、尖底罐、葫芦形器皿。在肖家坝下游不远的六口渡,普查队发现了后期的巴文化典型器物巴人兵器青铜钺、礼器青铜瓿，在岚河口发现了巴人独有的兵器柳叶剑。

田野普查中，普查队勘查地下的，也搜寻着地上的。岚河支流芳流河畔崖壁上排列着四孔直孔式崖洞，普查队搭接木梯爬进山洞考察，认定洞穴为巴人崖葬遗存。岚河边展望村悬崖上，散布着几十个人工开凿的洞穴，攀岩进洞的普查队确认，这为罕见的早期巴人部落聚居洞穴遗址。洞曰百子洞。"百"为"僰"之近音，"僰"为殷周时期在巴山北坡、汉江流域活动的巴人一族。

历史长河里，巴人有着太多模糊不清的面貌和难解之谜。《山海经》是中国上古时期一部充满了神秘色彩的地理奇书："西南有巴国。太皞生咸鸟，咸鸟生乘厘，乘厘生后照，后照是始为巴人。"古老的《山海经》说着一样古老的话。

"东至鱼复，西至棘道，北接汉中，南极黔涪。"巴国鼎盛时期，控制了嘉陵江、长江、乌江流域，包括今川东、陕南、鄂西、湘西北和黔北的广大地区。

巴山为巴人的聚住地，巴山又因巴人聚住而得名。

巴山北坡，岚河缓缓而流。一位女人在水边捉鱼，清澈的水映出了她轻盈的身影。她身后的火堆上架着个吊罐，罐里野菜翻滚，水汽蒸腾，等着鱼儿下锅。近处河滩上，草屋旁男人烧制着清酒，腰间佩挂着一把柳叶状的短剑，阳光下，那剑柄上的虎形纹闪着光亮。"川崖惟平，其稼多黍。旨酒嘉谷，可以养父。野惟阜丘，彼稷多有。嘉谷旨酒，可以养母。"成书于一千六百多年前的地方史志《华阳国志·巴志》载录的这首巴人民歌，描摹出巴人凿饮耕食的太平生活。这巴地农事的情景，这山光水色的景致，这田园牧歌的韵律，今天仍见于岚皋大地。

千百年后，另一些人物仍生活在巴山腹地的岚河两岸。远古的氛围不时地介入他们的生活，许久以前的巴国巴人离他们似乎很远，又似乎有所勾连，远古巴族的标本意义已经远去，但文化基因和生命情结却未消失，生产生活的密码与信息仍在延续。

"豌豆开花绿豆荫哟，小奴家中来辞亲啦。妈妈哭的幺么女哟，爹爹哭的命肝心啦……"袅袅的炊烟升起，南宫山下桂花村里一位女子正在出嫁，陪嫁者唱起了《哭嫁歌》，歌声婉转低回，随风飘荡。婚礼前，新娘和陪嫁者哭泣真切，她们用啼哭来表达对生命的崇敬。这是岚皋女子的千古歌唱，歌声延绵数千年。

岚河支流滔河河畔一户人家的葬礼正在举行。一曲孝歌，一通丧鼓，一位老人戴上面具，穿上色彩多样的服饰，供上神像，在几种吹打乐器的伴奏下，时而起舞，时而穿梭，嘴唇嚅动，唱着不太能听清的咒歌。这位老人唱的是端公戏，外来人叫作"傩戏"，他行的是古时巫师的礼仪。老人的技艺是父亲传下来的，连他自己也不知他的家族在这里延续了多少代。片刻的生活里，他时而是歌师，时而是舞者，时而又是具有法力的通灵者，时而还是运用歌舞将古今连接起来的人。

"哎，薅草莫薅吊颈草，一颗露水扯活了。薅草要薅米筛花，十人见了九人夸。哎，说要来就赶快来，莫在后头紧到挨。老的挨起黄肿病，少的挨起摆子来。"洋溪河畔的天池村一面山坡上，一群人在玉米地里薅着草，塞口上方立着一位歌手、一位锣手和一位鼓手，且歌、且锣、且鼓，为干活人鼓着劲。谁也不知道这薅草锣鼓的民间劳动艺术起自何时,何人所兴。

置身百子洞里,眼望洞外,蔚蓝的天空被洞口剪成叶状的碎片,那景况是和远古的祖先所见相似的。他们来自何时,又去往何地?他们是去前戈后舞而助武王伐纣,远弃了故地?或被楚人侵扰,又被秦人围追灭族而遁迹他处?我驻足山洞,总会不由自主地去遥想那个苍茫而悲怆的时刻。没有谁知道记载和传说,究竟哪个更接近于真实。目光远溯,似穿越了岚河河谷上空的迷雾和数千年的混沌。那些遥远的气息,那些铿然的俚唱,那些老少一洞的和睦,那些藤甲短剑的影像,在眼前变得渐渐清晰,渐渐明朗。

似乎远古的鱼仍在这鱼坠旁游弋,健硕的男子仍挥动着石斧凿耕,清爽的女子怀抱陶盆在河边掬水,稚龄的孩童手玩石核,奔跑嬉戏。来自远古的天籁复活了另一个世界的画面和声音。那石斧精致,那陶器典雅,那富于创造力的造型,那独具想象力的纹饰,让我们感到了那些手指和灵魂就蕴藏在其间。注目遐思,可以想象当年这些器物的主人是何等的娴逸,何等的雅!他们,又有着怎样的敏智,怎样的美丽?这与今日的我们若即若离,未曾远去。

看得见的遗迹毕竟是少数,更多的是未知的秘密,偶然带给我们的往往是意外惊喜或石破天惊。巴山巴人巴文化,这荡漾着历史氛围的古老土地上,在我们每天行走的街道下,在山谷深处的某个洞穴里,在某个院落的地层下,也许都沉寂着让人惊悸的远古故事。

肖家坝旁的岚河水拐着弯来,又拐着弯去,隐约的水流声带来苍老的声息,它低喁在我们的时间和空间里。平阔的台地上现在高楼林立，川流不息，那喧嚣的市声下，真的埋藏着一段数千年前的故事吗？肖家坝的背景，已经日渐繁华而现代，演绎为县城的新区。

　　静静的岚河水从肖家坝旁流过。河面上映着云朵漫步的倒影，不时有几只鸟儿缓缓飞过。

2018年10月30日

（载于2019年4月陕西师范大学出版社《岚皋巴文化简明读本》）

后　记

　　清脆的鸟鸣声把我从沉睡中叫醒。缓缓睁开眼睛，窗帘的缝隙里已透进晨光。披衣起身，移步窗前，轻轻拉开窗帘，我看见了一只麻雀，它在窗台一侧的空调上漫着步，时而啾啾欢唱，时而静静远望。这是一只好看的麻雀，它有着棕褐相间的斑纹；这是一只让人舒适的麻雀，它生发着灵动的气息。这是新的一年里，我近距离看见的第一只鸟儿。

　　祖籍南郑玉泉，父亲汉中农校毕业分配到岚皋，母亲为岚皋大道河人。我出生在岚皋县城，少年时在老家南郑度过十年校园和乡村生活。南郑是我的家乡，岚皋也是我的家乡。

　　儿时淘气，常和邻里孩童用竹筛子套上竹棍细绳扣麻雀，用柳枝绾个圈粘上蜘蛛网粘蜻蜓，要不就是钻进油菜地里捉秧鸡子，惹得菜花缀满头。父母见我疯跑，开学时便让不够学龄的我提早一年去上学。记得上学的那天，母亲把亲手缝制的一只白灰色布书包斜挎上我的肩头，嘱咐着已经上学的哥哥照看着我。新书还没领，书包里却有物件，一个薄铁皮的文具盒，还有一棵葱和一个小圆镜。文具盒我是喜欢的，背葱和镜子干吗？我要从书包里取出这些东西，父亲按住了我的手。小脚的婆在旁边说，背几天吧，葱是"聪"，镜子是"明"，合起来是聪明，讨个吉利，盼着你好好读书呢。我小时便没见过爷爷，后来听说他年轻时被拉壮丁当了兵，再没了音信。似懂非懂的我背着书包走进了玉泉旁的小学。

几十年了，我至今仍不知道这带着老辈人冀望的葱和镜子是谁放进书包的，主意又是谁出的。是婆，是父亲，还是母亲？年龄小个子矮，便坐在第一排。只记得那位教语文课的女老师走过我课桌旁时，恰巧我从书包里往外取着书，也许她看见了我书包里的秘密，只是她没说啥，仅是笑了笑。她是老师，见的学生多，见的这类事多，或许她是懂得家长的心意的。她有着一张慈祥的脸，年纪比我母亲要大，声音暖暖的。她教我们时间不长，又一次领新书时便再没见到她，不知她调走了，还是退休了。只记得她好像姓"门"，也不知是"门"，是"蒙"，还是"孟"？少不谙事，老师也许第一堂课说过的，只是不识字弄不清罢了。后来回乡顺便问过小学同学，他们也不记得了。从那以后，我再没见过这位老师了。

多年后，我在一本书里读到一位作家的童年记忆。他初次上学时书包里背着和我几近相同的东西，除开葱和镜子，还多了菱角和梨子。菱角是"伶"，梨子是"俐"，四样东西组合起来便是聪明伶俐。看到这段记述，勾起少年时的记忆，我有些悸颤。掩卷思忖，我想，我家里老人他们当时知道这菱角和梨子的寓意吗？他们没往书包装菱角和梨子，也许他们是不知道的，地方不同风俗也不一样。也许他们知道，只是当时手边一时寻不着菱角和梨子罢了。婆离开我们多年，父亲也离开我们多年，母亲也于两年前辞别人间，我无法去和他们交谈，无法去问他们了。那位我弄不明白姓什么的女老师也许是知道当地习俗的，推算她的年龄，我想，她也许也不在人间了。

可怜天下父母心。我知道了父母疼怜子女的情愫是共通的，也知道了好多泥土味的文化情结是根脉牵连的。

我挎着书包上了学，背着祖辈父辈的祝福走进了课堂，虽然开始触碰上了书本并一生牵绊上了文字，只是我并没有达到他们所冀望的聪明。每每回思，终觉得辜负了婆和父母的期盼，心里充满了对他们的歉意。

感恩婆和父母在贫困的土地上匍匐生存时，仍让我以及兄妹们读上了书，识上了字。

"情之所钟，正在吾辈。"《世说新语》里这句话，是我所喜欢的，敬天要做个有情人，待地要做个有情人，处人要做个有情人，治文要做个有情人。这情是敬重，是谨慎，是诚实，是细腻。这情也是感恩，感恩天，感恩地，感恩祖辈，感恩父母，感恩家人，感恩身边的人，感恩周边的山水，感恩春的花、夏的云、秋的月、冬的雪，感恩脚下的路、身旁的树、耳畔的鸟声、暖身的阳光。

在感恩的抻拉中，在感恩的识见中，便串结起了呈现在大家面前的这部《家在巴山》散文集。这些文字在孕育时，有时让我兴奋，有时让我血脉偾张。我在生活里采掘、打捞、擦亮它们，想沉淀为笔下独有的一份醇厚，呈送给今天的人们，并奢望留给未来的人们。书名如是，取自篇名《家在巴山》。思之，书中的人啊，物啊，山水啊，哪篇不是"家在巴山"的语境况味呢？便以篇代目，撷为书名了。书名如是，也有接续我前两部文集《创业巴山》《巴山深处》之意，以此达成"巴山三部曲"之初心。

每个人每件事都有其不易，包括执笔的我。我不能保证自己的判断绝对正确，但力求尽量准确和真实。越贴近周边人事，越不断地触碰个人生活的边界,越探及微茫之处,真实性便会成为深深隐藏的一种挑剔。在确定真实性的同时,我自然地尊重情感的力量,以保持对外在世界的敏感与疼痛,继而衍生出笔下的好奇与敬畏、热爱与悲伤。

鲁迅是中国近代文学史上著名的文学家。西安求学时,那位胖胖的现代文学女老师用"鲁(迅)郭(沫若)茅(盾)巴(金)老(舍)曹(禺)"的顺口溜来教授民国时期文学大家的位秩。"当我沉默的时候,我觉得很充实;当我开口说话,就感到了空虚。"鲁迅的这句话,被誉为他的经典名言之一。我不能准确地解读这句话的本意,但这句话却能概括我的写作,每篇文章的创作我都似在陌生的困境里孤独、笨拙地爬行,缺失随意,鲜有自信。

"有工夫读书谓之福,有力量济人谓之福,有学问著述谓之福,无是非到耳谓之福,有多闻直谅之友谓之福。"清人张潮的这话是说给清静寡欲的人的,读到便记住了。走笔行文,拙章味浅,不敢称"学问著述",但心底里还是羡慕有福人的,"虽不能至,心向往之"。

收录进集子的作品都是2012年后写的,而且大多是近两三年写的。这些作品大都在《品读》《中国艺术报》《华侨报》《中国作家网》《中国文明网》《西安晚报》《文化艺术报》《东方商旅》《陕西工人报》《安康日报》《安康文学》《汉江文艺》《安康文化》等公开出版物上刊出过。

书尾自然要说感谢的话。感谢陕西省作家协会副主席、著名作家朱鸿为本书作序。感谢陕西省作家协会副主席、著名作家方英文为本书题写书名。妹妹文娟也为书首写了亲人间温暖的话语。感谢身边的师友和我的家人，还有一些一直关注我创作情况而从未见过面的朋友，是他们给了我写作的动力、勇气和支持。在这里，我就不一一列出他或她的名字了，我只把他们存入自己含香的心瓣，好好地加以珍惜。

窗外有爆竹声起，那是春节里县城人迎迓新春的礼仪。春来了，新年的曙光已映照上了我的脸颊。过几天，再过几天，山野将会绿意盎然，山花将会一地灿烂。

2019年2月9日写于岚皋县城肖家坝